SOPHIE OLIVER

Grandhotel Schwarzenberg – Der Weg des Schicksals

Weitere Titel der Autorin:

Das Erbe von Gullrock Hall
Der Sommer der Oliven
Mein kleines Café in Primrose Hill

Über die Autorin

Geboren und aufgewachsen in Bayern, verließ Sophie Oliver nach dem Abitur ihre Heimat, um zu studieren und die Welt zu erkunden. Mittlerweile ist sie zu ihren Wurzeln zurückgekehrt und lebt mit Familie und Hund auf dem Land. Sophie liebt die bunte Vielfalt, Schräges genauso wie Schönes sowie »all things British«. Ihre Lebensneugierde drückt sie in ihren Romanen und Kurzgeschichten aus, wobei sie sich darüber freut, in verschiedenen Genres schreiben zu dürfen.

Sophie Oliver

Grandhotel Schwarzenberg

Der Weg des Schicksals

lübbe

Dieser Titel ist auch als E-Book erschienen

MIX
Papier aus verantwortungsvollen Quellen
FSC® C014496

Vollständige Taschenbuchausgabe
der bei Bastei Lübbe erschienenen E-Book-Ausgabe

Textredaktion: Dr. Ulrike Brandt-Schwarze
Umschlaggestaltung: Birgit Gitschier, Augsburg unter Verwendung von Illustrationen von © shutterstock: Taras Atamaniv | Nick_Nick | Yevhenii Chulovskyi | Lukasz Szwaj | SK_Advance studio
Satz: 3w+p GmbH, Rimpar (www.3wplusp.de)
Gesetzt aus der Palatino
Druck und Verarbeitung: GGP Media GmbH, Pößneck
Printed in Germany
ISBN 978-3-404-18062-2

5 4 3 2 1

Sie finden uns im Internet unter www.luebbe.de
Bitte beachten Sie auch: www.lesejury.de

Für meine beiden Großmütter

Die Figuren der Handlung

Johann Gmeiner, Häusler und Trifter an der Saalach
Christoph Gmeiner, sein Sohn, Trifter
Anna Gmeiner, seine Tochter

Therese Bauer, Küchenchefin im Café Flora
Hertha, Annas Freundin, Küchengehilfin im Café Flora

Michael Schwarzenberg, Salinenabeiter

Leonhard Achleitner, Bürovorsteher in der Saline
Mathilde Mandling, seine Haushälterin

Veit Talhofer, Sauhändler

Konrad von Feil, Salinenmeister
Hedwig von Feil, seine Frau
Katharina von Feil, ihre Tochter
Brunhilde Weberbauer, Köchin
Adele, Hausmädchen
Albrecht, Hausdiener
Gernot, Torwächter, Gärtner, Kutscher und Hausmeister

Friedrich Bahlow, Berliner Geschäftsmann
Gertrud Fischer, Katharinas Freundin
Thomas Fischer, ihr Bruder
Ferdinand Hofmeister, Berliner Geschäftsmann
Margot Hofmeister, seine Frau

Bad Reichenhall,
Königlich Bayerisches Staatsbad
1905

1

Der viel zu rasche Beginn des Frühlings brachte nicht nur den Kreislauf mancher Bürger des Königlich Bayerischen Staatsbads Reichenhall durcheinander, sondern auch die Natur. Alles befand sich im Umbruch. Warme Winde ließen den Schnee flugs dahinschmelzen, sogar an den Schattenhängen der Berge, wo er sich sonst oft bis nach Ostern hielt. Palmkätzchen übertupften die Weidenbäume mit ihren flauschigen Knospen und lockten Bienen und Hummeln mit der Verheißung von frischer Nahrung an. Ein weiß-blauer Bilderbuchhimmel spannte sich über Wiesen und Felder, für den Johann Gmeiner in diesem Moment kein Auge hatte.

»Anna!«, rief er vom Ufer der Saalach in Richtung des kleinen Hauses, in dem er mit Tochter und Sohn lebte. »Sie kommen! Beeil dich, das Wasser fließt schnell heute, sonst sind sie durch!«

Drinnen rannte Anna Gmeiner die Treppe zu ihrer Kammer hinauf und knöpfte dabei ihr Kleid auf. Hastig schob sie es von den Schultern, ließ es zu Boden fallen und griff nach Hose und Hemd. Ein knöchellanger Rock aus Wollstoff würde sie im Fluss hinunterziehen wie Blei. Für das, was sie vorhatte, war es besser, Männerkleidung zu tragen. Barfuß und so schnell sie konnte lief sie über die Wiese zum Ufer und watete hinein ins eisige Wasser. Bei den ersten Schritten hatte sie das Gefühl, ihr Herz würde bersten. Die Kälte zwickte auf ihrer Haut wie tausend Nadelstiche. Lange würde sie das nicht aushalten. Ihr Vater warf ihr eine Holzstange mit einem Eisenhaken zu, und gemeinsam gingen sie in Stellung. Anna sah die ersten Stämme an der Flussbiegung auftauchen. Allesamt maßen sie etwas weniger als einen Meter, mit scharf angespitzten Enden. Sie wartete, bis einer davon in ihre Reichweite kam, wich seiner Spitze im unruhig dahinfließenden Wasser aus, schlug geübt den Haken ins Holz und stemmte sich mit aller Kraft gegen die Strömung. Unter ihren Füßen rutschte der Kies, für einen Moment drohte sie den Halt zu verlieren, aber dann behauptete sie sich und zog mühsam ihre Last ans Ufer, das letzte Stück half ihr Vater. Der erste der Stämme war geborgen. Sofort wateten sie erneut hüfttief ins Wasser und fischten weitere Hölzer aus der Saalach, bis Johann Gmeiner schließlich verkündete: »Das reicht, Anna. Mehr nehmen wir nicht.«

Dankbar nickte sie ihm zu, denn mittlerweile spürte sie ihre Beine kaum noch.

»Du bist ja völlig durchgefroren, Kind«, sagte ihr Vater und strich ihr liebevoll übers Haar. »Deine Lippen sind schon dunkelblau. Geh hinein und setz dich an den Ofen, damit du nicht krank wirst. Ich komme gleich nach.«

Anna warf einen letzten Blick auf die zahlreichen Baumstämme, die wie eine Herde brauner Krokodile den Fluss hinuntertrieben, weiter bis nach Bad Reichenhall, wo die Männer der Saline schon darauf warteten. Im Winter hatten Holzknechte die Stämme in den Wäldern des benachbarten Salzburger Landes geschlagen, und gefährlich wie Krokodile waren sie nun auch zu bergen. Mit ihren scharfen Spitzen und der Wucht, mit der sie heranschossen, konnten sie einen Menschen leicht umreißen und verletzen.

Die Gmeiners hatten es einmal mehr geschafft, sich Brennholz zu sichern. Laut Gesetz stand ihnen das zu. Mit dem Klausschein durften die Anrainer der Saalach sich Holz für den Eigenbedarf abfischen – dieser Schwund war den Salinenbehörden durchaus bekannt und fiel nicht weiter ins Gewicht. Vielmehr kam es den Betreibern der Saline darauf an, dass die Trifter und Holzknechte ihre Arbeit gut verrichteten und beim Einsetzen der Schneeschmelze die Stämme über Klausbäche und Flüsse in Richtung Reichenhall trieben. Die dortigen Sudhäuser, in denen das Salz gewonnen wurde, verschlangen Unmengen Holz, waren gefräßige, nimmersatte Ungeheuer.

»Hier, Vater, ich hab uns einen Tee gekocht, und die Suppe steht schon auf dem Feuer«, sagte Anna, als Johann endlich in die Stube trat. Auch seine Lippen hatten wegen der Kälte eine ungesund dunkle Farbe angenommen, und die nassen Hosen klebten ihm an den Beinen. Anna hatte sich bereits umgezogen und hielt ihrem Vater ein Handtuch hin. Nachdem er sich ebenfalls trockene Kleidung angezogen hatte, setzte er sich auf die hölzerne Bank vor den Kachelofen und rieb sich die Hände. »Ich muss wieder Gefühl in die Finger bekommen, auch wenn ich nicht glaube, dass ich das Holz heut noch weiterverarbeiten kann. Das Eiswasser plagt mich von Jahr zu Jahr ärger.«

Anna reichte ihm eine Tasse mit dampfendem Tee. »Jetzt wärmst du dich erst mal auf«, bestimmte sie. »Danach helfe ich dir.«

»Was würde ich nur ohne dich machen, Anna?«, seufzte Johann Gmeiner und sah seine Tochter dankbar an. Für ihre siebzehn Jahre war sie groß und kräftig gebaut, was ihr beim Holzfischen zugutekam. Ihr dunkelblondes Haar, das, wenn die Sonne darauf fiel, wie Waldhonig schimmerte, trug sie meist zu einem dicken Zopf geflochten. In Annas blauen Augen lag eine erwachsene Ernsthaftigkeit, die einem Leben in Armut und dem frühen Tod der Mutter geschuldet war. Wortlos schöpfte sie dampfende Suppe aus dem Topf in zwei Teller und stellte sie auf den Küchentisch. Dann schnitt sie Brot von einem Laib, und ihr Vater sprach das Tischgebet. Schweigend nahmen die beiden ihr einfaches Mahl zu sich.

»Wann kommt Christoph nach Hause?«, fragte sie schließlich, als Johann Gmeiner den Löffel beiseitelegte.

Annas älterer Bruder war vor ein paar Wochen mit den anderen Triftern aus Bad Reichenhall hinüber ins Österreichische gegangen, um das Holz, das über den Winter mithilfe von Steinsperren in den Bächen gestaut worden war, freizuschlagen und auf den Weg in die Stadt zu schicken.

»Ich hab noch nichts gehört«, erwiderte ihr Vater. »Aber es kann nicht mehr lange dauern. Weil es so schnell warm geworden ist, mussten sich die Männer dieses Jahr beeilen. Ein Großteil der Stämme ist schon durch, er kommt bestimmt bald zurück.«

Den restlichen Tag verbrachten sie mit Arbeiten im Haus, da sie beide nach dem Aufenthalt im eisigen Wasser kaum mehr warm wurden.

Am nächsten Morgen machten sie sich daran, ihre Ausbeute vom Flussufer über die Wiese hinauf in den Garten zu schleppen und mit Säge, Axt und Keilen in Holzscheite zu zerteilen. Anna stapelte die zerkleinerten Stücke an der überdachten Wand des Schuppens geschickt zu einer ordentlichen Zeile, die über den Sommer trocknen musste, bevor das Brennholz im kommenden Winter verfeuert werden konnte. Gerade dachte sie daran, ihrem Vater eine Pause vorzuschlagen, da sah sie, wie sich auf dem Weg, der von der Stadt herführte, zwei Männer näherten. Der Kleidung nach waren es Holztrifter. Über ihre Hosen hatten sie eine Art ledernes Tuch wie eine Schürze geknotet, dazu trugen sie Hemden und Westen und Hüte mit einer schmalen Krempe. Der hochgewachsene Christoph mit seinem flachsblonden Haar war nicht bei ihnen.

Ein beklemmendes Gefühl stieg in Anna auf. Rasch griff sie nach dem silbernen Kreuz, das sie an einer Kette um den Hals trug, und drückte es beschwörend, wie um nahendes Unheil abzuwehren. Aber natürlich ließ sich Geschehenes nicht durch ein Stoßgebet verhindern. Zu selten waren Annas Fürbitten bisher erhört worden, als dass sie auf eine glückliche Schicksalsfügung vertrauen würde. Auch Johann schien zu ahnen, weshalb sie kamen. Er bekreuzigte sich hastig, nachdem er das Beil ein letztes Mal mit bitterer Endgültigkeit auf den Hackstock hatte hinabsausen lassen.

»Grüß Gott, Johann. Grüß Gott, Anna.« Die beiden Neuankömmlinge nahmen ihre Hüte ab und drehten sie in den Händen.

»Hans, Richard, grüß euch Gott. Seid ihr schon zurück aus dem Österreichischen?«, fragte Johann Gmeiner. Anna vermochte kein Wort hervorzubringen. Richard, der jüngere der beiden, nickte nur, ohne aufzusehen, und überließ seinem Kollegen die schwere Aufgabe, die Nachricht zu überbringen.

»Wir kommen wegen ... wegen Christoph.« Hans fasste sich schließlich ein Herz. »Es hat leider einen Unfall gegeben.«

»Wo?«

»An der Muckbachklause. Dort hatte sich ein Fuchs gebildet, und Christoph wollte die Stämme freischlagen. Dabei ist er ausgerutscht und ins Wasser gestürzt.«

Wenn sich die Holzstämme in den reißenden Wildbächen verkeilten und Haufen bildeten, hinter denen sich alles anstaute, wurde das Fuchs genannt. Mutige Männer mussten dann das Holz mit Stangen entwirren – eine Aufgabe, die schon viele mit dem Leben bezahlt hatten. Daher durften nur unverheiratete junge Burschen als Trifter arbeiten, zu gefährlich war es für Familienväter, die Frau und Kinder zu ernähren hatten. Weder Anna noch ihr Vater mussten fragen, ob Christoph tot war. Niemand, der in schnell fließendes Eiswasser fiel, in dem sich neben Felsen angespitzte Holzstämme auftürmten, überlebte. In der Wallfahrtskirche Maria Kirchental drüben im Salzburger Land hing zwar die eine oder andere Votivtafel, die vom glücklichen Überstehen derartiger Unfälle berichtete, aber Anna wusste von keinem tatsächlichen Fall.

»Wo ist er?«, fragte Johann tonlos.

Nun schlug auch Hans die Augen nieder, und es vergingen lange Augenblicke, bevor er leise weitererzählte. »Christoph hat den Fuchs beseitigt, die Stämme sind nur so an uns vorbei den Bachlauf hinuntergeschossen. Sie haben ihn mitgerissen. Es war die letzte Klause vor der Einmündung in den Fluss.«

»Das heißt, mein Bub wurde in die Saalach geschwemmt und ist tot an unserem Haus vorbeigetrieben, ohne dass wir es bemerkt haben? Dann finden sie ihn wahrscheinlich erst an der Rechenanlage in Bad Reichenhall.«

Anna schluchzte laut auf und rannte ins Haus. Ihr Bruder würde nicht mehr heimkommen, er war verschwunden, und falls der Fluss ihn nicht doch nicht freigab, was keine Seltenheit war, würden sie einen leeren Sarg zu Grabe tragen müssen. Weinend warf sie sich auf ihr Bett. Am liebsten wäre sie für immer in ihrer Kammer geblieben und hätte sich der Welt draußen nie wieder gestellt.

Das war natürlich unmöglich. Dinge mussten erledigt werden, Arbeit wollte verrichtet werden, das tägliche Überleben musste gesichert werden. Christoph als Hauptversorger der Familie fiel nun weg. Sein Lohn hatte für das Auskommen der Gmeiners gesorgt, dennoch befanden sie sich am unteren Ende der Bad Reichenhaller Gesellschaft. Sie waren weder Bauern noch Stadtbürger, sondern besaßen nur ein Sacherl am Fluss, ein bescheidenes Häuschchen mit kleinem Garten und Stadel.

In der Stadt, die sechs Jahre zuvor zum Königlich Bayerischen Staatsbad erhoben worden war, versammelten sich von jeher Geld und Einfluss. Eine Welt, von der die Gmeiners weit entfernt waren. Zuerst war es der Salzhandel gewesen, der den Leuten viele Jahrhunderte lang Reichtum beschert hatte, nun schossen palastartige Villen wie Pilze aus dem Boden, und ein internationales Publikum flanierte durch Parks und Straßen. Es galt als schick, sich zur Kur nach Bad Reichenhall zu begeben und seine Zeit in Bädern und Sanatorien zu verbringen. Alpenluft, Solewasser, Bergpanorama und die Gesellschaft Gleichgestellter schienen den feinen Leuten gutzutun. Ebenso wie der Stadtkasse. Jeden Tag sah Anna die schönen Damen in ihren eleganten Kleidern, und jeden Tag schwor sie sich, irgendwann eine von ihnen zu sein. Sie würde sich niemals mit dem Platz im Leben abfinden, den ihr das Schicksal durch den Zufall der Geburt angedachte. Armut und Hunger zwangen ihre Familie zu einem täglichen Überlebenskampf, bei dem Menschen, die Anna liebte, zu Tode kamen. Sie sehnte sich nach Wohlstand, nicht wegen des Ansehens, sondern wegen der Sicherheit.

2

Unweit von Johann Gmeiners Häuschen und gleichzeitig Welten entfernt, thronte Burg Schönegg über der Saalach, eine kleine Festung und der Familiensitz derer von Feil.

Von ihrem Fenster im Turmzimmer hatte Katharina von Feil einen herrlichen Ausblick. Jahr um Jahr beobachtete sie die Holzfischer unten im Fluss. In der anderen Richtung konnte sie bis zur Saline sehen, in der ihr Vater, Konrad von Feil, als Salzmeier die Geschäfte führte. Seit Generationen leiteten die von Feils die Saline und waren in Bad Reichenhall überaus angesehen.

An diesem Abend kam ihr Vater später als sonst und sichtlich aufgewühlt nach Hause. Nachdem er Mantel und Hut abgelegt hatte, zog er ein Taschentuch hervor und fuhr sich über den kahlen Schädel, auf dem Schweißperlen standen. Konrad von Feil gehörte zu jenen unglücklichen Männern, die bereits in der Blüte ihrer Jahre sämtliche Haarpracht auf dem Kopf eingebüßt hatten, dafür spross es überall sonst am Körper. Er ging hinüber in den Salon des Erdgeschosses, der für eine alte Burg erstaunlich mondän möbliert war, und goss sich aus einer Kristallkaraffe Kräuterlikör in ein kleines Glas. Katharina beobachtete ihn dabei, wie er den Vorgang wiederholte, einmal und zweimal, dann seufzte er laut.

»Was ist geschehen, Papa?«, fragte sie ihn.

Er tupfte mit dem Taschentuch über seinen üppigen, dunklen Schnauzbart und sah sie aus müden Augen an. »Einer der Trifter ist verunglückt. Sie haben ihn unten an der Rechenanlage, wo das Wasser langsamer wird und die Stämme gesammelt werden, aus der Saalach gefischt. Sein Vater und seine Schwester haben ihn eben mit einem Handkarren geholt. Ein junger Bursche, kaum zwanzig Jahre alt.«

Katharina goss ein weiteres Gläschen ein und reichte es ihm. »Gräm dich nicht, Papa. Der Mann kannte die Gefahr, und das Gleiche gilt für seine Familie.«

»Das macht den Verlust für die Angehörigen nicht leichter«, erwiderte von Feil.

»Sie werden es verkraften. Diese einfachen Leute sind meist recht robust. Viel wichtiger ist, dass du dich ein wenig ausruhst, bevor unser Gast erscheint. Du weißt doch, wie bedeutend der heutige Abend für Mama und mich ist.«

Mit väterlicher Nachsicht tätschelte Konrad von Feil die Hand seiner Tochter und ließ sich von ihr zur Tür hinaus und in Richtung Treppe schieben. Schweren Schrittes stieg er in den ersten Stock hinauf. Katharina hingegen setzte ein munteres Lächeln auf und rief nach dem Hausmädchen.

»Adele! Wo ist Mama?«

Die junge Frau knickste und teilte ihrer Herrschaft mit, dass sich die gnädige Frau unten im Ort befinde und in einer halben Stunde zurückerwartet werde. Als wäre es ihre Schuld, dass Hedwig von Feil noch nicht im Hause war, bedachte Katharina die arme Adele mit einem unleidlichen Blick und schickte sie wieder hinaus. Hätte man sie gefragt, welche Augenfarbe das Mädchen hätte oder ob ihr Haar glatt oder lockig wäre, Katharina hätte es nicht zu sagen vermocht, so wenig Notiz nahm sie vom Personal. Unruhig lief sie im Raum auf und ab, hielt dann vor dem goldgerahmten Spiegel inne, der über einer Kommode hing, und prüfte kritisch ihr Aussehen. Das blassrosa Kleid mit dem hochgeschlossenen weißen Kragen bildete einen ansprechenden Kontrast zu Katharinas kunstvoll aufgesteckten kupferfarbenen Locken und der blassen Haut. Sie war schön, und sie wusste es. Allerdings nicht so atemberaubend wie ihre Mutter, von der sie Haarfarbe und Figur geerbt hatte.

»Gut, dass du das rosa Kleid trägst«, hörte sie in diesem Moment deren Stimme von der Tür her.

Katharina fuhr herum. »Mama. Ich dachte, du kommst erst später.«

»Ich war doch geschwinder mit meinen Erledigungen fertig, als gedacht.« Schwungvoll zog Hedwig von Feil eine Hutnadel aus ihrem eleganten Ausgehhut und warf ihn nachlässig auf einen Sessel. Dann schritt sie an ihrer Tochter vorbei in Richtung ihrer Räume und rief über die Schulter zurück: »Unterwegs habe ich Frau Geheimrat Stockenhuber aus Wien getroffen. Sie ist gerade aus Paris zurückgekehrt und hat mir erzählt, dass Gelb die Farbe der Saison ist. Rosa geht auch noch. Du hast also gut gewählt.« Damit entschwand sie und ließ ihre Tochter allein zurück.

Erst zum Abendessen im Speiseraum der von Feils, der eher einem Rittersaal ähnelte, tauchte sie wieder auf. Katharina staunte. Ihre Mutter hatte es in der Kürze der Zeit geschafft, ein Kleid in duftigem Teerosengelb aufzutun, noch dazu eines, in dem sie geradezu vollendet elegant aussah. Aber das war eben Hedwig von Feil – allen anderen stets einen Schritt voraus und auf größtmögliche Außenwirkung bedacht.

Ihr Gast schien beeindruckt, allerdings mehr von der Mutter als von der Tochter, was Katharina mit Schadenfreude erfüllte. Sie kam sich ohnehin wie eine schwer vermittelbare Zuchtkuh auf dem Viehmarkt vor, so viele junge Männer hatte ihre Mutter schon zum Diner geladen. Bei diesem Herrn hier sollte es nun endlich klappen.

Friedrich Bahlow war ein vermögender Geschäftsmann aus Berlin, der erst im vergangenen Jahr nach München übersiedelt war. Vorigen Sommer hatte er während seines Kuraufenthaltes in Bad Reichenhall Konrad von Feil und dessen Familie kennengelernt. Mitte zwanzig, unverheiratet und mit rosigen Zukunftsaussichten, war er geradezu ein Wunschkandidat für Hedwig von Feils Ambitionen.

»Sehr angenehm, Sie wiederzusehen, Fräulein von Feil«, begrüßte er Katharina, nachdem er die Hausherrin ausgiebig mit Komplimenten bedacht und ihr so ungeniert in den Ausschnitt gestarrt hatte, dass Konrad von Feil irritiert eingeschritten war und alle aufgefordert hatte, Platz zu nehmen.

Überhaupt schien Herr Bahlow ein ausgesprochen aufmerksamer Mensch zu sein. Neben ihrer Mutter widmete er sich nicht nur Katharina mit durchdringender Intensität, sondern auch Adele, die dem Hausdiener Albrecht beim Servieren half.

»Ich freue mich ebenfalls«, versicherte Katharina artig. »Bleiben Sie länger in Bad Reichenhall?«

»Nur eine Woche. Ich bin wieder im Hotel Louisenbad abgestiegen, wie beim letzten Mal.«

»Dort ist es gewiss sehr angenehm.«

»Nun ja, ein Landhotel eben, nichts Spektakuläres. Aber die Zimmer sind komfortabel, und die Lage im Ortszentrum ist gut. Allerdings entspricht die Küche nicht ganz meinen Vorstellungen. Viel zu bayerisch, schwer und fettig.«

»Dann müssen Sie unbedingt bei uns speisen, Herr Bahlow«, rief Hedwig von Feil.

Er lächelte sie an. »Das könnte ich unmöglich. Ich will Ihnen nicht zur Last fallen.«

»Aber das tun Sie keineswegs, nicht wahr, Konrad?«

Nun richteten sich sämtliche Augenpaare auf den Hausherrn. »Selbstverständlich sind Sie uns jederzeit herzlich willkommen«, antwortete er höflich, und Katharina meinte, eine gewisse Abneigung aus seiner Stimme herauszuhören.

Als der Hauptgang aufgetragen wurde, flüsterte Herr Bahlow, der neben Katharina saß, ihr zu: »Gilt das auch für Sie, mein Fräulein? Soll ich wiederkommen, damit wir uns ein wenig beschnuppern können?«

»Wenn Sie das Essen im Louisenbad nicht vertragen, helfen wir gerne aus. Schließlich sollen Sie sich nicht den Magen verderben, wo Sie doch auf Kur sind.«

Ihre Mutter würde ihr für diese Antwort die Leviten lesen, aber gottlob hatte sie nichts gehört.

Herrn Bahlows Gesichtsausdruck nach zu urteilen, war er amüsiert. »Es wird mir eine Freude sein. Ihre Frau Mutter erwähnte bereits, dass Sie bisweilen recht unangepasst sind. Ich mag Herausforderungen, ich langweile mich sonst rasch.«

Am liebsten wäre Katharina vom Tisch aufgestanden und davongelaufen, doch sie rief sich zur Räson. Bahlow sah blendend aus, er war groß, schlank und elegant, mit scharf geschnittenen Gesichtszügen und geraden Brauen, aus der Stirn gekämmtem Haar und einem leicht arroganten Zug um den Mund. Genau der Typ Mann, den sicher viele Frauen anziehend fanden. Und bei Weitem der beste Kandidat, den ihre Mutter in den letzten Jahren hervorgezaubert hatte. Es war wohl ratsam, dass Katharina sich ein wenig anstrengte, um ihn für sich zu gewinnen. Dennoch musste sie sich eingestehen, dass die Vorstellung, ihr Leben mit Friedrich Bahlow zu verbringen, einen ganzen Schwall von Ressentiments in ihr aufsteigen ließ.

3

Im Morgengrauen befeuerte Anna den Ofen in der Küche und setzte Wasser auf. Ihr Vater war im kleinen Stall, der an das Haus angrenzte, um die beiden Kühe zu versorgen. Sie kochte einen großen Topf Kartoffeln, schüttete sie in einen Holztrog und gab reichlich Gerstenkleie darüber. Dann übergoss sie alles mit heißem Wasser und stampfte die Kartoffeln mit einem s-förmig gebogenen Haken zu Brei für die Schweine.

Nach den schönen Frühlingstagen hatte es wieder abgekühlt, und Anna empfand die Wärme des Herdfeuers und den wohligen Stärkegeruch des Schweinefutters als angenehm. Sie war müde. Seit Christophs Tod schlief sie schlecht, weil sie beständig an ihn denken musste. Vor ein paar Tagen hatten sie ihn auf dem Friedhof von St. Zeno bei der Klosterkirche beerdigt. Zuvor hatten sie ihn daheim auf seine letzte Reise vorbereitet, ihm den Sonntagsanzug angezogen und die guten Schuhe. Johann hatte das übernommen, damit Anna die Verletzungen an Christophs Körper nicht sah, welche die Stämme und Steine im Fluss hinterlassen hatten. Die Totenwache hatten sie gemeinsam gehalten, mit vielen Vaterunsern und Ave Marias, Tränen und Verzweiflung. Nun lag Christoph neben der Mutter im Grab und würde nie erfahren, wie es war, selbst eine Familie zu haben, Kinder großzuziehen oder alt zu werden.

Anna trug den schweren Trog mit dem Futter hinüber in den Stall und stellte ihn den Schweinen hin, die begierig schnüffelten und sofort zu fressen begannen, obwohl der Brei noch dampfte. Dann half sie ihrem Vater beim Ausmisten. Gerade als sie den letzten vollen Schubkarren auf den Misthaufen geleert hatte, kam der Sauhändler mit seinem Fuhrwerk auf den Hof gefahren.

»Mein herzliches Beileid, Gmeiner«, sagte er zu Annas Vater. »Ich hab's schon gehört, das mit dem Christoph. Eine Tragödie.«

Johann Gmeiner nickte mit zusammengepressten Lippen, Anna wusste, es fiel ihm schwer, etwas darauf zu sagen.

»Bist spät dran dieses Jahr mit deinen Schweinen, Talhofer«, bemerkte er stattdessen und deutete auf die Lattenkiste auf dem Gefährt, in der sich einige Ferkel befanden. »Was hast du dabei?«

Der Schweinehändler schien erleichtert, das Kondolieren hinter sich gebracht zu haben und über Geschäftliches sprechen zu können. Er sprang vom Bock des Wagens. Eifrig pries er den Gmeiners die Tiere an, und sie entschieden sich schließlich für zwei Ferkel. Der Preis wurde verhandelt, bezahlt, und Anna trug das Erste in den Stall, als Talhofer launisch anmerkte: »Letztes Jahr hast du drei gekauft. Bist du sicher, dass dir zwei Sauen reichen werden?«

Johann Gmeiner zuckte müde mit den Schultern. »Natürlich wären mir drei lieber. Aber der Lohn von Christoph fällt weg, da müssen wir haushalten und können es uns nicht mehr leisten, drei Schweine zu mästen.«

Anna holte das zweite Ferkel und blieb dann bei den Tieren. Sie mochte diesen Talhofer nicht. Regelmäßig kam er im Frühling zu ihnen, um Geschäfte zu machen. Lange hatte er sie ignoriert, als wäre sie nicht vorhanden, sprach nur mit Vater oder Christoph. Aber seit ein paar Jahren warf er ihr lüsterne Blicke zu, versuchte nicht einmal, anständig zu wirken. Und wenn er ihr die Ferkel aus der Kiste reichte, presste er sich an sie, sodass sein Arm ihre Brust streifte. Er roch widerlich, und aus der Nähe waren seine schwarzen Haare fettig und verklebt und die Zähne gelb. Immer hing der Stummel einer dünnen, krummen Zigarre in seinem Mundwinkel. Weil

Anna sich schämte, erwähnte sie gegenüber ihrem Vater nicht, dass sie den Sauhändler für zudringlich hielt. Immerhin sah sie ihn nur einmal im Jahr. Das reichte ihr auch vollauf.

Vor Weihnachten hatten sie ein Schwein geschlachtet, in der Selchkammer hingen noch ein paar Stücke Rauchfleisch. Ein zweites Tier hatten sie verkauft, und die beiden anderen würden sie beizeiten dem Metzger geben müssen, sobald das Geld knapp wurde. Mit nur zwei Ferkeln würden finanzielle Einschränkungen auf sie zukommen, das wussten sowohl Anna als auch Johann, aber es gab keine andere Möglichkeit.

Nachdem sie den Neuankömmlingen zu fressen gegeben hatte, fütterte Anna die Hühner und ging ins Hühnerhaus, um die Eier zu holen. Danach bereitete sie das Frühstück für sich und ihren Vater zu, warme Milch mit ein wenig Salz, in der Stücke von altbackenem Brot schwammen.

»Ich könnte mir in der Stadt eine Anstellung suchen«, schlug sie vor.

Johann hielt inne und ließ den Löffel sinken. »Nein, Kind. Ich brauche dich hier für die Arbeit, gerade jetzt im Frühling ist viel zu tun. Wir werden schon zurechtkommen. Und im Winter frage ich bei den Holzleuten nach, ob ich Christophs Stelle übernehmen kann.«

»Niemals, Vater!« In Annas Ausruf lag all die Angst, die sie schlagartig spürte. »Das ist zu gefährlich.«

Er lächelte sie an. »Meinst du, ich bin zu alt dafür? Früher hab ich viele Jahre beim Triften geholfen, ich kenne mich aus damit.«

»Der Christoph kannte sich ebenfalls damit aus. Trotzdem ist er jetzt tot. Ich will nicht, dass dir auch ein Unglück zustößt.« Tränen schossen ihr in die Augen.

»Also gut«, lenkte er ein. »Wir werden sehen. Ist ja noch lange hin, lass uns nicht mehr davon sprechen. Wie viele Eier haben wir? Morgen ist Markttag, rentiert es sich, sie zu verkaufen?«

»Ja. Die Hühner legen erstaunlich gut in letzter Zeit, ich kann zwei volle Körbe mitnehmen.«

So stand Anna anderntags auf dem Markt in Bad Reichenhall mit dem Rücken an einer Hauswand, vor sich zwei bescheidene Tragen mit Eiern. Da sie keinen richtigen Verkaufstisch besaß, blieb ihr nur ein Platz am Rande des Geschehens, zwischen einem Mädchen, das Weidenkörbe anbot, und einem Scherenschleifer. Begeistert sah sie dem bunten Treiben zu. Sie genoss Momente wie diesen, da sie in ihrem Häuschen an der Saalach nur wenig Ablenkung erfuhr und kaum unter Menschen kam. Einem jeden, der ihr Eier abkaufte, schenkte sie ein strahlendes Lächeln, auch einem kurzen Schwatz war sie nicht abgeneigt, sodass die Zeit geradezu verflog. Zahlreiche Bauern aus dem Umland boten hier auf dem Markt ihre Waren feil, es gab Schmalzgebäck, Käse, Milch, Fleisch, Gemüse und Obst, wobei manche der Winteräpfel schon reichlich schrumplig aussahen und die Lagerrüben ebenso. Erst mit der neuen Ernte würde das Angebot wieder größer werden, bis dahin musste reichen, was vorhanden war. Die Äpfel aus dem Italienischen waren für gewöhnlich früher reif als die hiesigen, doch die Bad Reichenhaller hielten etwas auf sich und ihre Produkte und kauften am liebsten von Einheimischen.

Als es auf Mittag zuging und einige der Verkäufer bereits anfingen, ihre Stände abzubauen, lag nur noch ein Ei in Annas Korb. Eigentlich hätte sie nun nach Hause gehen können, doch sie rührte sich nicht von der Stelle. Ein junger Mann hatte es sich ein paar Meter entfernt auf dem Rand des Brunnens bequem gemacht und beobachtete sie schon seit geraumer Zeit ungeniert. Mit seinem Dreitagebart, den strubbeligen braunen Haaren und dem kantigen Kinn wirkte er widerspenstig, fast ein wenig wild, wie ein junger Wolf. Jedoch sah der Bursche sie so freudig an, dass Annas Herz einen Hüpfer tat. Nun stieß er sich vom Brunnenrand ab und kam auf sie zugeschlendert, die Hände in den Hosentaschen. Der Kleidung nach musste er ein Salzsieder sein. Sein helles Hemd stand am Kragen offen, Jacke trug er keine. Dennoch schien er nicht zu frieren, obwohl es recht frisch war. Als er näher kam, fiel ihr auf, dass die Farbe seiner Augen gleichzeitig blau und grau war, wie der Himmel, wenn er sich nicht zwischen Sonnenschein und Regenschauer entscheiden kann.

Schließlich stand er direkt vor ihr. Anna musste zu ihm aufschauen, so groß war er, größer als die meisten Männer, die sie kannte.

»Was soll das letzte Ei kosten?« Seine Stimme klang tief und ein wenig rau, ein eigentümlicher Ton, der ihr gefiel.

Sie schmunzelte. »Was willst du denn mit einem einzigen Ei?«

»Essen. Du hast ja nur noch eines übrig.«

Sie griff in den Korb und reichte es ihm. Dabei berührten sich ihre Finger. »Ich schenke es dir. Satt wirst du davon eh nicht werden. Hättest früher rüberkommen sollen, anstatt mich nur anzustarren, dann wäre nicht alles ausverkauft.«

»Danke.« Er grinste und steckte das Ei ein. »Es ging nicht schneller, weil du ständig zu tun hattest. Ich wollte aber mit dir allein reden. Ich heiß Michael, Michael Schwarzenberg.« Er streckte ihr die Hand hin, und Anna ergriff sie.

»Anna Gmeiner.«

»Ich habe die ganze Zeit überlegt, Anna Gmeiner, was du dazu sagen würdest, wenn ich dich frage, ob du am Sonntag nach der Kirche einen Spaziergang mit mir machst.«

Rasch ließ sie seine Hand los und strich sich verlegen eine Haarsträhne hinters Ohr. »Du bist ziemlich direkt. Und neu in Bad Reichenhall, oder?«

Er nickte. »Ich arbeite seit drei Wochen in der Saline. Also, was ist, darf ich dich am Sonntag treffen?«

»Ja. Aber nicht nach der Kirche, lieber im Kurgarten.«

Seit dem Tod der Mutter vor fünf Jahren war Anna keine Kirchgängerin mehr. Ihr Vater besuchte den Gottesdienst regelmäßig, verlangte jedoch von seiner Tochter nicht, dass sie ihn begleitete. Dieses ungewöhnliche Verhalten sorgte in der katholischen Bürgerschaft für Stirnrunzeln und hatte dazu geführt, dass Anna der Ruf einer trotzigen Eigenbrötlerin anhaftete, was aber keineswegs der Wahrheit entsprach. Sie fand nur keinen Trost im Glauben. Weder damals noch jetzt, nach Christophs Unfall. Tief in ihrem Herzen war sie überzeugt davon, dass kein Gott und keine Heiligen für sie da waren und dass sie sich selbst helfen musste, falls es ihr schlecht ging. Eine Rettung von oben würde nicht kommen. Freilich durfte sie derlei Gedanken nicht laut äußern.

»Dann warte ich am Eingang des Kurgartens auf dich. Nach dem Elf-Uhr-Läuten«, sagte Michael. Aus seinem Grinsen war ein schüchternes Lächeln geworden, und er verabschiedete sich mit einem Kopfnicken, das fast schon einer Verbeugung glich.

Sobald er gegangen war, räumte Anne mit zitternden Händen ihre Sachen zusammen. Plötzlich war sie aufgeregt. Noch nie zuvor hatte sie jemand einfach angesprochen und um ein Treffen gebeten. Hätte sie ablehnen müssen? Oder sich wenigstens zieren und nicht sofort zustimmen? Andererseits schien sich dieser Michael sein Vorhaben reichlich überlegt zu haben, so ausgiebig, wie er sie gemustert hatte. Und er hatte höflich gefragt. Da verdiente er eine ebensolche Antwort. Dass sie ihn gerne wiedersehen wollte, stand für Anna fest. Sein wildes Aussehen und der intensive Blick, mit dem er sie bedacht hatte, faszinierten sie. Natürlich war es nur eine Frage der Zeit, bis ihm klar werden würde, was für eine schlechte Partie sie war. Als Tochter armer Häuslerleute würde weder ein Bauernsohn noch ein Salinenmitarbeiter sich jemals ernsthaft um sie bemühen. Ihre Familie besaß nichts außer dem Häuschen, und sie würde keine Mitgift in eine Ehe einbringen. Lediglich mit der Arbeitskraft ihrer Hände konnte sie aufwarten, das war nicht einmal gut genug für einen Salzsieder. Mit Neugier sah sie dem Treffen mit dem hübschen jungen Mann entgegen, machte sich aber keinerlei Hoffnungen, dass dies zu etwas führen könnte.

»Was werden die Leute denken, wenn du mit einem fremden Burschen zwischen all den hochwohlgeborenen Herrschaften durch den Kurpark flanierst?« Johann Gmeiner schüttelte den Kopf.

»Das ist mir egal.«

»Wozu soll so eine Verabredung gut sein?«

Anna seufzte. »Zu nichts, Vater. Ich kenne meinen Platz und weiß, wo ich hingehöre. Trotzdem möchte ich gerne hingehen.«

Langsam ließ Johann die Mistgabel sinken, mit der er gerade das alte Stroh aus dem Stall auf einen Schubkarren lud, und stützte sich auf das Ende des Holzgriffs. Es war Sonntag Morgen, und erst jetzt hatte ihm Anna von ihrer Begegnung mit Michael erzählt. Gleich würde ihr Vater ins Haus gehen und sich für die Kirche umkleiden, es war die letzte Gelegenheit, sein Einverständnis einzuholen.

»Ist er ein ordentlicher Bursche?«, fragte er.

»Soweit ich das beurteilen kann, schon.«

»Und du willst ihn wirklich wiedersehen?«

Anna schlug die Augen nieder. »Ja«, antwortete sie leise.

Als sie wieder aufsah, begegnete sie seinem warmen Lächeln.

»Du bist kein Kind mehr, das vergesse ich manchmal. Die Zeit vergeht so schnell, und die Menschen, die wir lieben, verlassen uns viel zu früh. Ich wünsche dir, dass du in deinem Leben Freude findest. Ich weiß, dass du mir keine Schande machst, also geh, und hab einen schönen Tag.«

Erleichtert atmete sie auf. »Danke, Vater. Ich erledige das hier, du kannst dich für die Kirche umkleiden.«

Er gab ihr die Mistgabel und ging hinüber ins Haus.

Nachdem sie im Stall fertig war, sah Anna nach den frisch geschlüpften Küken. Die waren zusammen mit der Henne in einem Käfig unter der hölzernen Eckbank in der Stube untergebracht, weil es draußen nachts noch zu kalt für die Kleinen war. Sie gab ihnen zu trinken und legte etwas Futter hin. Dann schöpfte sie am Hofbrunnen Wasser und wusch den Stallgeruch von sich ab. Ihr Sonntagskleid würde sie heute nicht in die Kirche, sondern in den Kurgarten ausführen.

4

Michael stand am Eingang zum Kurpark in der Sonne und hielt seinen Hut in den Händen. Dabei inspizierte er seine Fingernägel, die er zu Hause eben noch sorgfältig gesäubert hatte. Die Haut seiner Hände war trocken und schwielig von der harten Arbeit in der heißen, salzigen Luft an den Siedebecken, daran konnte er nichts ändern.

Noch immer war er verwundert darüber, mit welcher Gelassenheit Anna seine Einladung angenommen hatte. Keinerlei Koketterie hatte in ihrem Verhalten gelegen, nur ehrliche Zustimmung. Vom ersten Moment an, als er sie auf dem Markt entdeckte, hatte er sich zu ihr hingezogen gefühlt. Zu der Freude in Annas Blick, mit der sie ihre Umwelt betrachtete, als wäre es etwas Wundervolles, mit einem Korb Eier am Rand des Marktgeschehens zu stehen. Für jeden Kunden hatte sie ein warmes Lächeln übrig. Nicht wie die Marktweiber hinter ihren Ständen, die derart übellaunig ihren Geschäften nachgingen, dass man hätte meinen können, es wäre eine Beleidigung, ihnen Ware abzukaufen.

Seit seiner Ankunft in Bad Reichenhall verbrachte Michael seine Zeit entweder mit schwerer Arbeit oder damit, die Leute zu studieren. Es gab reiche Bürger, noch reichere Kurgäste, und Dünkel regierte die Stadt. Ein jeder bildete sich mächtig viel ein. Eben hielt eine Kutsche neben ihm, und ein vornehmes Fräulein stieg aus. Ihr Kleid hatte sicherlich mehr gekostet, als Michael in einem halben Jahr verdiente. Ein elegant gekleideter Herr kam auf sie zu und begrüßte sie galant mit Handkuss. Er bot ihr seinen Arm an, und die beiden spazierten in den Park hinein, ohne den jungen Mann eines Blickes zu würdigen.

Eines Tages würde auch er maßgeschneiderte Anzüge und gutes Schuhwerk tragen, beschloss Michael nicht zum ersten Mal. Und die Leute würden ihn wahrnehmen.

Als er Anna erblickte, beschleunigte sich sein Puls. Augenblicklich vergaß er die hochfliegenden Pläne und konzentrierte sich voll und ganz auf das schöne Mädchen. In ihrem dunklen Wollkleid wirkte sie reifer als tags zuvor auf dem Markt. Der zu kurze Saum und das straff sitzende Mieder ließen erkennen, dass sie dem Sonntagskleid entwachsen war. Mit ihren blauen Augen und dem dunkelblond glänzenden Haar würde sie in einem hellen Farbton überwältigend aussehen. Michael stellte sich Anna im Kleid des vornehmen Fräuleins vor und ließ seinen Blick über ihre Gestalt gleiten, ohne dabei ungebührlich lange auf ihrem Busen zu verharren. Auch wenn er den gerne näher betrachtet hätte.

Heute streckte sie ihm die Hand zum Gruß hin, er schüttelte sie und hakte sie sodann bei sich unter. »Gehen wir ein Stück?«

Sie nickte stumm, und gemeinsam bogen sie in den Park. Ein wenig befangen wirkte sie an seiner Seite, und er wünschte sich, die Fremdheit möge baldmöglichst einer innigen Vertrautheit weichen. Dieses Bedürfnis traf ihn unvorbereitet, war er doch ein Mann, der die meiste Zeit seines bisherigen Lebens allein verbracht hatte und damit zufrieden gewesen war. Aber mit Anna schien alles anders zu sein.

»Wie alt bist du?«, fragte er.

»Im Februar siebzehn geworden. Und du?«

»Neunzehn.«

»Was ist mit deiner Familie, woher kommst du?«

Michael dachte an die vergangenen Monate. »Ich stamme aus einem kleinen Dorf in der Nähe von Bozen«, begann er. »Ich hab früh meine Eltern verloren und musste mich allein durchschlagen. Letztes Jahr bin ich nach Bayern gekommen, und bis vor ein paar Wochen habe ich noch in Berchtesgaden gearbeitet. Als ich gehört habe, dass sie hier in Bad Reichenhall Salzsieder einstellen, habe ich mein Glück versucht.«

Die Blumenrabatten zu beiden Seiten des Kieswegs quollen über vor Krokussen, Schneeglöckchen und den ersten Narzissen. Ein Meer aus Gelb, Weiß und Lila feierte den Sieg des Frühlings über den Winter, der in diesem Jahr besonders hart gewesen war. Es tat gut, fröhliche Farben zu sehen, und auch die Sonne fühlte sich angenehm wärmend auf der Haut an.

Während er erzählte, merkte Michael, dass Annas untergehakter Arm sich ein wenig entspannte. »Die Arbeit ist in Ordnung, aber nichts, was ich für immer machen werde.«

»Nicht?« Sie blickte ihn fragend von der Seite an. »Was möchtest du denn tun?«

Michael schluckte. Er blieb stehen und sah ihr in die Augen. Irgendetwas darin verriet ihm, dass sie ihn nicht auslachen würde. »Ich will mir etwas suchen, mit dem ich einen Haufen Geld verdienen kann.«

»Und was könnte das sein?«

Er zuckte mit den Schultern. »Das weiß ich noch nicht. Aber ich bin davon überzeugt, es zu finden, sobald ich endlich aus der Enge dieser Berge heraus bin. Die Welt ist so groß, dass es für jeden etwas gibt, mit dem er sein Glück machen kann. Ich glaub nicht daran, dass man arm sterben muss, nur weil man arm geboren wurde.«

Sie gingen schweigend weiter.

»Ehrgeizige Pläne, Michael«, sagte Anna dann, die Stirn nachdenklich gerunzelt. »Aber du bist ein Mann, und wenn du es geschickt anstellst, wirst du sicher Erfolg haben. Was mich betrifft, da will ich dir gleich die Wahrheit sagen. Ich hab nur noch den Vater, und wir sind einfache Häuslerleute unten am Ufer der Saalach.« Sie verstummte, blickte ihn trotzig an, als erwarte sie eine abschätzige Erwiderung. Schließlich zog sie ihren Arm zurück und machte einen Schritt zur Seite.

Die plötzliche Distanz zwischen ihnen gefiel Michael nicht, und er sah Anna verständnislos an.

»Verstehst du?«, fragte sie ihn auch prompt.

Er schüttelte den Kopf.

»Du kommst aus Südtirol, hast viel gesehen und bist auf dem Weg hinaus in die Welt, um es zu etwas zu bringen. Meine Familie ist arm, ich kenne nur das Leben hier, und bei dem, wonach du suchst, würde ich dir nur im Weg sein.« Sie deutete auf die zahlreichen Paare, die durch den Garten spazierten. »Es ist wunderschön hier, und ich würde gerne so tun, als ob ich irgendetwas mit dieser Gesellschaft zu tun hätte. Aber …«, sie machte einen weiteren Schritt von ihm weg.

»Anna, das stimmt nicht«, sagte Michael leise. Er spürte, wie das Herz in seiner Brust raste, weil er nur zu gut wusste, was sie meinte. Leuten wie ihnen stand es nicht zu, sich einfach zu amüsieren und die Zeit mit Müßiggang zu vertreiben. Sie sollten in jeder Minute des Tages ihren kargen Lebensunterhalt verdienen und durften lediglich aus der Ferne einen kurzen Blick auf den Glanz der Wohlhabenden werfen. Gerade lange genug, um sich der eigenen Position bewusst zu werden. So war es immer schon gewesen. So würde es stets sein. Zumindest hatte die Welt um Michael herum versucht, ihm dies seit Kindertagen einzutrichtern, und Anna war es sicherlich nicht anders ergangen.

»Wir beide, du und ich, sind genauso viel wert wie die feinen Herrschaften in diesem Park. Wir dürfen hier flanieren wie sie, wir dürfen lachen, uns unterhalten und einen angenehmen Sonntag genießen.« Er trat nah an sie heran, griff entschlossen nach ihrer Hand, legte sie auf seinen Arm und sah ihr in die Augen. »Ob wir daheim auf Strohsäcken schlafen, ist völlig egal. Wir haben das Recht auf eine schöne Zeit, damit wir wenigstens eine Weile vergessen können, was später wieder an Arbeit auf uns wartet.« Behutsam hob er ihr Kinn mit einem Finger leicht an. Ihre Haut war weich und zart. »Und jetzt Kopf hoch, Schultern gestrafft und weiter geht's. Lass uns am Gradierhaus entlangspazieren.«

Sie schenkte ihm ein kleines Lächeln. »Das ist aber nur für die Kurgäste.«

»Na und? Vielleicht sind wir auch welche. Wer will uns das Gegenteil beweisen?«

Ohne Widerstand ließ sie sich von ihm zu der überdachten Wandelbahn führen, die am ehemaligen Gradierwerk vorbeiführte. Das gelb und weiß gestrichene Holz des Anbaus wetteiferte farblich mit den Frühlingsblumen. Anna atmete tief durch, während sie um die lang gestreckte Anlage gingen, und Michael tat es ihr gleich. Die kühle, salzhaltige Luft erquickte seine Lungen, und die Atmosphäre neben den dunklen Reisigwänden, über die unablässig Solewasser lief, war eine besondere. Nach ein paar Minuten entspannte er sich. Er kam öfter hierher, aus ebendiesem Grund. Die langen Arbeitstage in der heißen Siederei waren sehr anstrengend, und wann immer es möglich war, gönnte er sich danach gern die Wohltat der frischen Soleluft.

»Wohin willst du, wenn du aus Bad Reichenhall fortgehst?«, fragte Anna unvermittelt.

»Das habe ich mir noch nicht überlegt. Zuerst muss ich hier ein bisschen Geld verdienen, damit ich mir eine Reise überhaupt leisten kann. Und dann brauch ich natürlich eine Idee, nicht nur, wo es hingehen soll, sondern auch, was ich dort anfangen möchte.«

»Es ist sicher aufregend, solche Pläne zu schmieden.«

»Wir können ja gemeinsam überlegen.«

Sie lächelte. »Das wäre schön. Ich werde zwar selbst kaum Gelegenheit haben, die Welt zu sehen, aber es würde mir Spaß machen, an deinen Gedanken teilzuhaben.«

Es war kurzweilig, mit Anna an seinem Arm inmitten der

Kurgäste die köstliche Luft zu atmen und Zukunftspläne zu schmieden. Über ihrem angeregten Gespräch verging die Zeit wie im Flug, bis Anna sagte: »Ich glaube, ich sollte nach Hause gehen. Der Vater wartet sicher schon auf mich.«

»Darf ich dich heimbringen?«, fragte Michael hoffnungsvoll.

Anna schüttelte den Kopf. »Lieber nicht.«

»Dann versprich mir, dass wir uns wieder treffen. Nächsten Sonntag.«

Ihr nachdenklicher Blick schien sich bis in Michaels Herz zu bohren. Sie würde nein sagen.

»Es war schön mit dir. Ich bin mir sicher, du wirst deinen Weg gehen, deinen Platz in der Welt finden und ein Leben führen, auf das du stolz sein kannst, Michael Schwarzenberg. Aber ich möchte nicht Zeit mit jemandem verbringen, den ich am Ende gern haben könnte, und dann verlässt er mich, und ich sehe ihn nie wieder. Also lassen wir es am besten so, wie es ist.« Sie streckte ihm ihre Hand hin, und er ergriff sie. Schmal fühlte sie sich an, zart und trotzdem stark. Michael schnürte es die Kehle zu, er wusste nicht, was er sagen sollte, deshalb nickte er nur.

Anna hatte recht. Mit ihren siebzehn Jahren war sie reifer als er mit seinen hochfliegenden Plänen. Aus ihnen beiden konnte nichts werden. Für eine kurze Liebschaft war sie ihm zu schade, und mehr hatte er ihr nicht zu bieten. Also musste er sie ziehen lassen.

Sie bedachte ihn mit einem letzten Lächeln und ging davon. Sobald sie aus seinem Blickfeld verschwunden war, bekam Michael das Gefühl, etwas von Grund auf verkehrt gemacht zu haben. Hätte er sie überreden müssen, sich weiter mit ihm zu treffen? Oder hätte er sie gar nicht erst um eine Verabredung bitten sollen? Dann wäre er nun nicht davon überzeugt, einen besonderen Menschen kennengelernt zu haben, den er nicht aus seinem Leben verschwinden lassen wollte.

Mit einem letzten tiefen Durchatmen verließ er den Wandelgang des Gradierwerks und den Park. Die umliegenden Straßen waren gesäumt von neuen, mehrstöckigen Villen. In strahlendem Weiß, zartem Rosé oder Vanillegelb kündeten sie vom Wohlstand Bad Reichenhalls. Manche gehörten Privatleuten, in anderen befanden sich Badeanstalten, Kurkliniken oder Sanatorien. Normalerweise betrachtete Michael diese Zurschaustellung von Luxus als Ansporn, heute allerdings ließ er alles unbeachtet hinter sich und durchquerte zügig das Ortszentrum bis hinüber zum Florianiplatz, wo er in die Gruttesteingasse einbog.

Dort bewohnte er ein kleines Dachzimmer in einem alten, mehrstöckigen Haus mit spitzem Giebel. Aus dem Fenster hatte er einen schönen Blick auf die Bad Reichenhaller Oberstadt und die Berge. Seine Wirtin Karla Rasch war eine kinderlose Küferwitwe. Sie hatte ihm erzählt, dass sich ihr Haus bereits seit neun Generationen im Besitz der Familie ihres Mannes sei und beim großen Brand vor siebzig Jahren als eines der wenigen in der Stadt von den Flammen verschont geblieben wäre.

»Das liegt am Florianiplatz«, hatte sie im Brustton der Überzeugung behauptet. »Um den Platz herum ist alles abgebrannt, auch hier in der Oberstadt, aber der Heilige Sankt Florian hat uns beschützt, weil die gottesfürchtigen Leut ihn darum angefleht haben. Nur eine Handvoll Häuser stand noch, unseres war eines davon.«

Michael bezweifelte, ob irgendein Heiliger etwas damit zu tun gehabt hatte, dass nicht ganz Reichenhall, sondern nur neunzig Prozent abgebrannt waren, aber er widersprach seiner resoluten Vermieterin nicht. Karla Rasch war eine kleine, untersetzte Frau in den Fünfzigern, die gerne Schürzen und Kopftücher trug und während der Woche den Eindruck der bescheidenen, hart arbeitenden Handwerkerfrau machte. Sonntags änderte sich das. Beim Kirchgang zeigte sie sich in der Tracht des Berchtesgadener Landes, und zwar in üppigster Ausprägung. Zum schweren schwarzen Seidenmieder mit passendem Rock legte sie eine helle Schürze an. Auf ihrem grauen Dutt thronte der typische runde Frauenhut mit seiner gelegten Kordel, und die Spitze an ihrem Schultertuch hatte sie natürlich selbst gehäkelt. Besonders stolz war sie auf ihr Kropfband, das – breit, silberschwer und mit blutroten Granatsteinen besetzt – ein Erbstück ihrer Schwiegermutter war. Angetan mit ihrem besten Gewand wirkte Karla Rasch schlagartig um Jahre jünger. Das lag nicht allein an der Kleidung, sondern an der Körperhaltung der ältlichen Witwe, die sich plötzlich kerzengerade hielt und nicht in sich zusammengesunken war wie sonst. Ihr wochentags müder Blick strahlte am Sonntag gut gelaunt aus den kleinen, eng zusammenstehenden Augen, und sogar ein wenig Farbe schlich sich dann auf die Wangen.

Als Michael sie zum ersten Mal fertig zum Kirchgang im Hausgang getroffen hatte, hätte er sie beinahe nicht erkannt. Flugs hatte er den Hut gelüftet, als sie ihm entgegenlachte. »Ach, der Herr Schwarzenberg, ich wünsch Ihm einen schönen Feiertag«, hatte sie freundlich gerufen. »Ich geh jetzt zur Messe hinüber nach Sankt Nikolaus und danach zum Mittagstisch ins Graßlbräu.« Auf Michaels ratlosen Blick hin, hatte sie mit einer wegwerfenden Handbewegung hinzugefügt, »Oder Bürgerbräu, wie es seit Neuestem heißt.«

Das stimmte nicht ganz, denn genau genommen hatte der Namenswechsel der alteingesessenen Reichenhaller Traditionsgaststätte bereits vier Jahre zuvor stattgefunden, als der Herr Kommerzienrat Röhm das Graßlbräu aufgekauft hatte. Aber Michael hatte schon gemerkt, dass seine Wirtin in ihrer eigenen Zeitrechnung lebte. Gerne und langatmig erzählte sie ihm bei jeder sich bietenden Gelegenheit von den Schwiegereltern und ihrem seligen Gatten. Nur sonntags hatte sie es eilig. Da schwatzte sie lieber mit ihren Bekannten vor der Kirche und später beim Essen.

Als Michael von seinem Treffen mit Anna nach Hause kam, war Frau Rasch offenbar noch aus. Das Haus lag still, auch hinter den anderen Türen, wo zwei weitere Zimmerherren wohnten, regte sich nichts. Das war ihm ganz recht so, er hatte weder das Bedürfnis nach Gesellschaft noch nach Unterhaltung. Lieber wollte er für sich sein und darüber nachdenken, was die heutige Begegnung mit Anna Gmeiner mit ihm angestellt hatte.

Er öffnete sein Fenster, um frische Luft hereinzulassen, und setzte sich aufs Bett. Langsam blickte er sich um. Die Kommode mit dem

Waschgeschirr darauf und dem alten Spiegel an der Wand, der einzelne Stuhl und der schmale Kleiderschrank waren neben dem Bett die einzigen Möbel im Raum. Nichts davon gehörte ihm. Michael war imstande, seinen gesamten Besitz innerhalb kürzester Zeit zu packen und zu einem Bündel zu schnüren, das er problemlos tragen konnte. Er lebte im Haus einer Fremden, in einer Stadt, in der er nicht daheim war. All das musste sich ändern. Aus der Kommodenschublade nahm er eine kleine Blechschachtel, in der ein abgegriffener Zeitungsartikel lag. Wie jeden Tag faltete er ihn auseinander und las ihn aufmerksam durch. Vorhin im Park hatte er Anna nicht die ganze Wahrheit erzählt. Michael wusste durchaus, wohin er sich auf den Weg machen wollte.

»Amerika«, flüsterte er vor sich hin. Dort würde er sein Glück suchen.

Die Vorfreude, die ihn sonst beim Lesen des Artikels über die Reichtümer und vielversprechenden Aussichten in dem großen, weiten Land über dem Ozean befiel, blieb heute gänzlich aus. Stattdessen sah er Annas Gesicht vor sich, ihren aufmerksamen Blick, die Lippen, die seinen Herzschlag beschleunigten, wenn sie lächelten. Hatte das Glück, das er doch anderswo hatte suchen wollen, ihn hier in Bad Reichenhall gefunden, wo er nicht bleiben konnte?

5

Gewitterwolken ballten sich über der Burg zusammen, und der Tag war ebenso düster wie Katharinas Stimmung.

»Muss es denn wirklich sein?«, fragte sie ihre Mutter zum wiederholten Mal. Die Antwort kannte sie auswendig. Sie stand mit dem Rücken zum Raum am Fenster und bewegte stumm die Lippen mit, während Hedwig von Feil sprach.

»Du bist vierundzwanzig, mein Kind, und du kannst dich glücklich schätzen, einen Ehemann wie Herrn Bahlow zu bekommen. Wärst du vor drei Jahren nicht so wählerisch gewesen, könntest du jetzt eine Gräfin Tirosz sein, aber du musstest dich unbedingt kapriziös verhalten. Nun wirst du eben Frau Bahlow!«

»Wäre es dir lieber, ich wäre mit einem ungarischen Tattergreis geschlagen und lebte irgendwo in der Puszta, Mama?«

»Du meinst, lieber, als dass die Leute schadenfroh tuscheln, weil unsere einzige Tochter noch immer nicht verheiratet ist und daheim im Nest sitzt wie ein dicker Kuckuck?«

Katharina schnaubte. Diese Bezeichnung kränkte sie, aber sie wollte sich nichts anmerken lassen. Sobald ihre Mutter glaubte, Oberwasser zu haben, würde sie gebetsmühlenartig wiederholen, was sie von Katharina erwartete, so lange, bis diese sich in ihr Schicksal fügte – letzten Endes würde ihr ohnehin nichts anderes übrig bleiben. Wahrscheinlich hätte ihre Mutter sie am liebsten stehenden Fußes mit Friedrich Bahlow verheiratet, vermutete Katharina, und betrachtete es als heimlichen Sieg, den Hochzeitstermin bis in den Herbst verschoben zu haben. So blieb ihr wenigstens noch der Sommer, um Abschied von ihrem schönen Leben daheim zu nehmen.

»Ich gehe aus«, teilte sie ihrer Mutter knapp mit und klingelte nach dem Zimmermädchen.

»Lass anspannen«, lautete Katharinas Anweisung.

Irritiert blickte Hedwig von Feil Adele nach, als sie einen Knicks machte und wieder aus dem Zimmer schlüpfte, um zu tun, was ihr aufgetragen worden war.

»Was soll das heißen, du gehst aus? Wohin bitte – und mit wem?«

»Ich fahre in den Park, dort treffe ich mich mit Gertrud Fischer, und wir besuchen ein Matinee-Konzert der Kurkapelle.«

»Gertrud Fischer? Wie oft habe ich dich schon darum gebeten, dich nicht mit einheimischen Bauernmädchen abzugeben? Das ziemt sich nicht für eine von Feil!«

»Wir leben seit zweihundert Jahren in Reichenhall, da würde ich uns durchaus ebenfalls als einheimisch bezeichnen, meinst du nicht auch? Und die Tochter des Kurdirektors ein Bauernmädchen zu nennen, käme mir nie in den Sinn.«

Wütend schnappte ihre Mutter nach Luft. Doch bevor sie gegen diese schnippische Antwort protestieren konnte, griff sich Katharina rasch ihren breitkrempigen Hut und suchte das Weite.

Während der Kutscher sie durch die Flanierstraßen Bad Reichenhalls chauffierte, verzogen sich die dunklen Wolken, und die Sonne strahlte von einem Himmel in Bayerischblau.

»April, April, der macht, was er will«, murmelte Katharina vor sich hin. Im Straßenbild fiel ihr das ein oder andere leuchtend gelbe Kleid auf. Sie ärgerte sich, dass ihr Vater dagegen gewesen war, in ein derartiges Gewand für seine Tochter zu investieren, obwohl Katharina ihm mehrfach versichert hatte, leuchtendes Gelb wäre die Farbe der Saison. Ihre Mutter hatte zudem argumentiert, im nächsten Jahr wäre dieser auffällige Farbton wieder unmodern und die Ausgaben für ein Kleidungsstück, das nur eine Saison getragen werden konnte, somit nicht zu rechtfertigen. Das galt anscheinend nur für ihre Tochter und nicht für Hedwigs eigenes neues Kleid. Und weil Konrad von Feil immer auf seine Frau hörte, wenn es darum ging, Geld zu sparen, hatte er sich dagegen ausgesprochen.

Missmutig blickte Katharina an ihrem Wollkostüm in blau-weißem Pepitamuster hinunter. Frisch sah es aus und jugendlich, aber eben nicht neu. Wer dieses Jahr etwas auf sich hielt und es sich leisten konnte, trug Gelb, wie die Kleider der vornehmen Damen bewiesen, die im Schatten der Bäume lustwandelten.

Zwischen all den Frühlingsblumen des Königlichen Kurgartens kommt die Kleidung der Leute allerdings kaum zur Geltung, dachte Katharina. Zu herrlich war die bunte Pracht, die sich in kunstvollen Anpflanzungen zu beiden Seiten der Wege darbot. Gertrud war schon da und saß an einem kleinen Tischchen am Brunnen, den Sonnenschirm aufgespannt in der einen und ein Glas Solewasser in der anderen Hand. Das abscheuliche Getränk würde sie natürlich nicht wirklich zu sich nehmen, aber es galt neuerdings als schick, am Glas zu nippen. Bekam ein Aufenthalt im Park doch auf diese Weise etwas Gesundheitsförderliches. Neben Gertrud stand ihr Bruder Thomas und blickte sich suchend um. Katharinas Atem beschleunigte sich.

»Fräulein von Feil, wie angenehm Sie zu sehen«, begrüßte er sie mit einem Lächeln. Als er sich charmant über ihre Hand beugte, sah er ihr so tief in die Augen, dass sich Katharina sicher war, er fände sie ebenso unwiderstehlich wie sie ihn.

Mit ihren strahlend blauen Augen, dem Blondhaar und den feinen Gesichtszügen sahen Gertrud und Thomas Fischer aus wie zwei Geschwister aus einer Märchenwelt. Niemand würde darauf kommen, dass sie die Kinder des grobschlächtigen Kurdirektors von Bad Reichenhall waren, der sich zwar reichlich Mühe gab, zu seiner eleganten Stadt zu passen, jedoch noch immer wie ein Bauer wirkte. Während Gertrud mit einem hohen Salinenbeamten verlobt war, diente Thomas als Leutnant in der Königlich Bayerischen Armee. Um seinem Sohn eine Offizierslaufbahn zu ermöglichen, hatte Oskar Fischer alle Hebel in Bewegung gesetzt und seine politischen Kontakte genutzt. Was sich gelohnt hatte, denn Thomas erwies sich als äußerst geeignet für eine Militärkarriere. In seiner blauen Uniform sah er so schmuck aus, dass Katharina ihn deutlich länger anstrahlte, als es sich gehörte.

Ein Windstoß, der ihr beinahe den Hut vom Kopf wehte und Gertrud dazu veranlasste, den Schirm zuzuklappen, brachte Katharina wieder zurück in die Realität. »Bin ich zu spät?«, fragte sie.

»Nein, das Konzert hat noch nicht angefangen, aber wir sollten langsam hinübergehen, wenn wir den Anfang nicht verpassen wollen«, antwortete Gertrud.

Sobald der Winter vorüber war, gab die Reichenhaller Kurkapelle regelmäßig Konzerte im Park, zur großen Begeisterung der Gäste.

»Es wird Zeit, dass wir endlich ein anständiges Konzerthaus bekommen«, bemerkte Katharina nicht zum ersten Mal, als sie sich vor dem hölzernen Podest, auf dem die Musiker standen, niederließen. Die aufgestellten Klappstühle waren größtenteils schon besetzt, sodass den dreien nur Plätze weit hinten blieben, doch das war ihnen ganz recht, so plauschte es sich diskreter.

»Ich weiß«, pflichtete ihr Gertrud bei. »Papa schwebt ein ganz besonderes Konzerthaus vor, etwas üppiges, prachtvolles, das zum Ambiente von Bad Reichenhall passt. Alle bisherigen Vorschläge waren ihm nicht gut genug. Aber jetzt hat er Kontakt zum ehemaligen Hofoberbaurat von König Ludwig geknüpft.«

»Wenn er schon dabei ist, könnte er gleich den gesamten Garten etwas repräsentativer anlegen lassen.«

Gertrud beugte sich verschwörerisch zu Katharina. »Das hab ich ihm auch gesagt.«

»Wann müssen Sie zurück zu Ihrem Regiment, Herr Leutnant?«, wechselte Katharina das Thema und wandte Thomas ihre Aufmerksamkeit zu. Mama wäre entsetzt, wenn sie wüsste, dass ich in der Mitte zwischen den Geschwistern sitze und nicht anstandshalber durch Gertrud von dem jungen Herrn getrennt, dachte sie entzückt.

»Am Mittwoch.«

»Und wann kommen Sie wieder?«

»In zwei Monaten.«

Das waren deprimierende Neuigkeiten, aber Katharina ließ sich nichts anmerken. »Werden Sie mich denn vermissen?«, fragte sie kokett.

»Selbstverständlich.« Er griff nach ihrer behandschuhten Hand und drückte sie kurz.

Von dem Konzert an sich bekam Katharina nicht allzu viel mit, weil sie die Gegenwart von Thomas zu sehr genoss und gleichzeitig überlegte, wie sie es anstellen könnte, ihn öfter zu sehen und den leidigen Herrn Bahlow loszuwerden. Sie würde wohl ihren Vater bemühen müssen – ohne seine Hilfe sah ihre Zukunft düster aus.

Noch am selben Abend ging sie dieses Vorhaben an. Der Tisch war abgedeckt, Katharinas Mutter zog sich wegen einer drohenden Migräne zurück, und Konrad von Feil schickte sich gerade an, wie immer an seinen Schreibtisch zu entschwinden. Katharina ergriff die Gelegenheit beim Schopf, bevor er aufstand.

»Ich war heute mit den Geschwistern Fischer beim Konzert im Kurgarten, Papa, und Gertrud erzählte, dass ihr Vater einen Konzertsaal plant.«

Ihr Vater schien nur mäßig interessiert. »Davon spricht der Herr Kurdirektor seit Jahren, aber nichts geschieht. Wahrscheinlich werden Gäste und Musiker noch jahrelang der Witterung trotzen müssen, ehe sie ein Dach über dem Kopf bekommen.«

»Wir hatten jedenfalls einen angenehmen Nachmittag.«

»Das ist schön, Kind. Wie geht es Gertrud? Laufen die Hochzeitsvorbereitungen?« Im Gegensatz zu Hedwig von Feil billigte ihr Mann Katharinas Kontakt zu den Fischers, war er als Direktor der Saline doch aus politischen Gründen froh um gute Beziehungen zu Kurdirektor, Bürgermeister und lokalen Honoratioren. Und da Gertrud den Salinen-Justiziar ehelichen würde, war er natürlich bestens informiert.

»Sie fangen langsam damit an. Es ist zwar noch über ein halbes Jahr hin, bis Gertrud heiratet, aber ihre Mutter will alles ganz genau planen.«

»Wie schön.«

Das klang nach Aufbruch. Und tatsächlich nickte ihr Vater Katharina lächelnd zu und wollte sich vom Stuhl erheben.

»Leutnant Fischer hat noch ein paar Tage Urlaub, bevor er wieder zu seinem Regiment muss«, sagte sie schnell, »und ich überlege, mich von ihm zu einem Spaziergang ausführen zu lassen. Immerhin ist er danach für zwei Monate weg.«

Mit einem Seufzer lehnte sich Konrad von Feil wieder zurück und sah seine Tochter forschend an. »Wie kommst du auf diese Idee?«

»Ich finde ihn unterhaltsam, er ist ein charmanter, intelligenter junger Mann.«

»Das ist Herr Bahlow ebenfalls. Es schickt sich nicht, mit anderen Herren gesehen zu werden, wenn man gerade dabei ist, für die Zukunft eine Verbindung anzubahnen.«

»Ja, darüber wollte ich gerne mit dir reden, lieber Vater. Es scheint mir, als hätten Herr Bahlow und ich nicht viel gemeinsam. Zudem kann ich mir ein Leben in München nicht vorstellen, ich möchte in Bad Reichenhall bleiben. Hier bin ich jemand, in München kenne ich keine Menschenseele … und mich kennt auch niemand.«

»Das wird sich rasch ändern.«

Katharina schüttelte den Kopf. »Mag sein. Aber liegt es dir nicht am Herzen, dein einziges Kind glücklich zu sehen?«

Konrad von Feil runzelte die Stirn. »Willst du behaupten, dass Thomas Fischer dich glücklich machen würde? Woher weißt du das? Seid ihr bereits in engerem Kontakt?«

»Nein, absolut nicht«, ruderte sie zurück. »Es ist nur – ich fühle mich in seiner Gegenwart wohler als mit Herrn Bahlow.« Sie merkte selbst, wie lahm das klang, wie wenig überzeugend ihre Worte waren. Doch wie sollte sie ihrem Vater gegenüber argumentieren? Es war ja nicht so, als würden sie regelmäßig über solch persönliche Dinge sprechen.

Nun erhob er sich endgültig und sah auf sie hinunter. »Willst du Katharina Fischer heißen und die Schwiegertochter eines ehemaligen Großbauern sein, der zufällig Kurdirektor geworden ist? Denkst du nicht, dass dir ein reicher Unternehmer, der in München noch groß rauskommen wird, mehr bieten könnte? Sein Geld und dein Name werden euch alle Türen öffnen. Ist das nicht eine aufregende Vorstellung?«

»Doch, Papa«, entgegnete sie leise.

»Na siehst du. Wir werden deiner Mutter nichts von dieser Unterhaltung erzählen, und du schlägst dir Leutnant Fischer ganz schnell aus dem Kopf. Der soll sich um ein junges Dorfmädchen bemühen, das besser zu ihm passt.«

Damit ließ er Katharina allein im Speisezimmer zurück. Das Bild, das er in ihrem Geiste heraufbeschworen hatte, schnürte ihr die Kehle zu. Bei dem Gedanken, Thomas könnte sich eine Braut suchen, mit einem hübschen Mädchen am Arm durch den Park flanieren, in dem sie sich so oft begegneten, zog sich ihr schmerzhaft der Magen zusammen.

Andererseits würde sie ihn ohnehin nicht mehr sehen, sobald sie mit Friedrich Bahlow verheiratet war. Katharina hatte nicht erwartet, dass sich ihre Eltern einig wären, was eine Verbindung mit dem Geschäftsmann betraf. Sie wusste, dass sie auf verlorenem Posten stand. Besser war es, sich zu fügen. Wenn ihr nur das Herz nicht so wehtäte …

6

Sie hatte geglaubt, Michael schneller vergessen zu können, aber vier Wochen nach ihrem Treffen hatte sie ihn noch immer nicht aus dem Kopf bekommen. Oftmals kam es ihr vor, als würde sie ihre Arbeit wie in Trance erledigen, weil sie ständig an ihn denken musste, sich fragte, wie es ihm ging, was er machte und ob er wohl ein anderes Mädchen gefunden hatte, das sich nicht so abweisend gab wie sie. Auch Johann Gmeiner fiel das seltsame Verhalten seiner Tochter auf. Er trat zu ihr an den Brunnen im Hof, wo sie Wasser pumpte.

»Was ist los mir dir, Kind?«, wollte er wissen. »So kenne ich dich gar nicht. Einsilbig und verschlossen. Bist du traurig?«

»Nein, Vater. Es ist nichts.«

Er blieb noch kurz bei Anna stehen. Als aber keine weitere Erklärung folgte, schüttelte er ratlos den Kopf und schob einen leeren Schubkarren in den Stall.

Der Handschwengel des grün gestrichenen Brunnens auf dem Hof quietschte in gleichmäßigem Rhythmus, während Anna Wasser in das Granitbecken davor pumpte. Wind, Wetter und die Zeit hatten dessen Kanten entschärft. Nun sah der harte Stein weich gerundet aus. Als Kind hatte Anna an heißen Sommertagen in dem kleinen Becken gebadet. Sie erinnerte sich daran, wie ihre Mutter sie hineingehoben hatte, damit sie mit den Füßchen im kalten Wasser planschen konnte, vor Freude quietschend. Diese Zeiten waren lang vorüber. Nachdem der Wasserstand gestiegen war, beschloss sie, dass es nun genug wäre. Als Nächstes hängte sie einen Eimer vorn an den Wasseraustritt der Pumpe und füllte ihn, danach einen zweiten, und erst, als sie sich anschickte, beide in den Stall hinüberzutragen, sah sie den Mann, der unbemerkt auf den Hof getreten war und zielstrebig auf sie zuschritt.

»Michael!«, rief sie aus und stellte die Eimer so heftig neben sich ab, dass das Wasser darin hin und her schwappte.

»Grüß Gott, Anna.« Mit einer fahrigen Handbewegung zog er den Hut vom Kopf und kam noch näher, bis er direkt vor ihr stand.

Sie war zu überrascht, um zu antworten, und nickte ihm lediglich zu.

»Wer ist das?«, rief Johann Gmeiner, der aus der Stalltür trat und sich die Hände an einem schmutzigen Lappen abwischte, was sie nicht gerade sauberer machte.

Nervös blickte Anna zwischen ihrem Vater und Michael hin und her. »Das ist Michael Schwarzenberg, er arbeitet in der Saline.«

»Aha.« Johann wusch sich die Finger im Brunnenwasser, das Anna eben nachgefüllt hatte, dann streckte er Michael die Rechte hin. Dem schien es nichts auszumachen, eine nasse Hand zu schütteln.

»Grüß Gott, Herr Gmeiner. Bitte entschuldigen Sie, dass ich hier einfach auftauche, aber ich hätte was mit Ihnen zu bereden. Und mit Anna.«

»Wenn das so ist, gehen wir besser hinein.« Er deutete auf das Haus und marschierte voraus.

Nachdem Michael und Johann am Tisch in der Stube Platz genommen hatten und Anna einem jeden einen Becher mit verdünntem Most hingestellt hatte, sich selbst eingeschlossen, ergriff Michael das Wort.

»Ich durfte Ihre Tochter vor ein paar Wochen auf dem Markt kennenlernen und zu einem Spaziergang ausführen. Dabei haben wir uns recht gut verstanden. Deswegen wollte ich Sie um die Erlaubnis bitten, mich um Anna zu bemühen.«

Verständnislos starrte Johann Gmeiner den jungen Mann an. »Was willst du, Bub?«

»Ihr den Hof machen.«

»Den Hof machen? Wir sind Häuslerleut!«

»Ich habe ernste Absichten, Herr Gmeiner.«

Annas Vater nickte. »Das verstehe ich besser. Was, außer ernsten Absichten, hast du sonst noch?«

Mit einer ruckartigen Bewegung stand Anna auf. Dabei fiel ihr Stuhl krachend um, und die beiden Männer blickten sie erschrocken an.

»Ich bin anwesend und kann euch hören«, stieß sie hervor. »Bevor ihr anfangt, um mich zu schachern, hätte ich bei der Sache auch ein Wort mitgeredet, wenn‘s recht ist.« Sie wandte sich an Michael. »Zum Beispiel wüsste ich gerne, warum du hier auftauchst, obwohl ich dir gesagt habe, dass es keinen Sinn macht, uns näher kennenzulernen?«

Eine leichte Röte stahl sich auf Michaels Wangen. Er hatte sein Getränk noch nicht angerührt, sondern drehte den Becher unsicher zwischen den Händen.

»Mir scheint, da gibt es grundsätzliche Dinge zu klären, bevor wir uns über dein Anliegen unterhalten«, raunte Johann Gmeiner ihm zu. Lauter sagte er. »Ich geh noch mal rüber in den Stall und komme wieder, wenn ich mit dem Füttern fertig bin.« Damit verließ er den Raum.

Michael saß mit gesenktem Blick am Tisch, Anna stand daneben und starrte auf ihn hinunter.

»Also?«, fragte sie.

Jetzt erhob er sich ebenfalls. Die Unsicherheit in seinen Augen war gänzlich verschwunden, stattdessen wirkte er entschlossen.

»Ich weiß, dass du gesagt hast, du willst mich nicht wiedersehen. Das respektiere ich auch, zumindest wollte ich es, aber du gehst mir nicht mehr aus dem Kopf. Ich muss immer an dich denken, kann mich auf nichts anderes konzentrieren.«

»Zum Beispiel auf deine Auswandererpläne?« Anna verschränkte die Arme vor der Brust.

»Können wir das bitte für den Augenblick vergessen?«

Sie presste die Lippen zusammen und nickte knapp.

»Anna, zwischen uns, da ist was Besonderes, das musst du doch auch gespürt haben. Wenn ich dir gleichgültig bin, dann sag es, und ich gehe sofort wieder und lasse dich in Ruhe. Aber wenn du nur einen Funken Interesse an mir hast, gib uns eine Chance. Ich schwöre dir, ich bin kein Hallodri, sondern ein ehrlicher Bursche, dem du das Herz gestohlen hast.«

Sie verzog die Lippen.

»Lach mich nicht aus. Ich weiß auch nicht, wie ich es anders ausdrücken soll«, stieß er hervor, setzte sich wieder und trank seinen Most mit einem Zug aus. Als er den Becher abstellte, kam Annas Vater zurück in die Stube.

»Und?«, fragte er knapp.

»Der Michael und ich möchten am Sonntag wieder einen Spaziergang machen, wenn du erlaubst«, verkündete Anna bestimmt.

Ein amüsiertes Grinsen stahl sich auf Johann Gmeiners Züge. Michaels Gesicht hingegen wurde von einem strahlenden Lächeln erhellt. Weil Anna sich plötzlich reichlich befangen fühlte, ließ sie den Blick sinken und inspizierte ihre abgetragenen Schuhe.

»Also gut, Kind. Dann machen wir es so, du begleitest mich zur Messe. Und danach könnt ihr meinetwegen ein Stündchen durch die Stadt laufen.«

Der Vater war ein schlauer Fuchs. Mit dieser Entscheidung schlug er gleich mehrere Fliegen mit einer Klappe. Zum einen brachte er Anna dazu, in die Kirche zu gehen. Wenn sie sich hinterher mit Michael traf, würden das die Leute sehen, somit waren keine Heimlichkeiten möglich, denn wenn Johann Gmeiner seine Tochter mit Michael Schwarzenberg durch Bad Reichenhall spazieren ließ, war das schon eine recht offizielle Angelegenheit. Der entweder in einem vernünftigen Zeitrahmen eine Verlobung folgte, oder das Ganze musste beendet werden. Und dann war es natürlich ein Zeichen an die hochnäsigen Tratschmäuler, dass sich ein junger Salinenarbeiter für die Tochter armer Leute interessierte. Bei einem Spaziergang durch die Stadt war darüber hinaus jegliche Vertraulichkeit ausgeschlossen, vor allem am Sonntagmittag.

»Gut, Vater«, sagte Anna leise, »ich gehe mit dir in die Kirche.«

»Schön. Dann wäre das ja abgemacht.« Mit einem kurzen Kopfnicken in Richtung Michael beendete er die Unterhaltung.

Anna brachte Michael hinaus, während ihr Vater in der Stube blieb. Im spärlichen Licht des Hausflurs, als Anna gerade die Tür öffnen wollte, griff Michael nach ihren Händen und drückte sie sanft.

»Danke. Du wirst es nicht bereuen.« In seiner Stimme lag so viel Freude, dass Anna nicht anders konnte, als ihn anzustrahlen.

»In welche Kirche geht ihr?«, fragte er flüsternd.

»Sankt Ägidius.«

Er beugte sich vor und hauchte ihr einen Kuss auf die Lippen, dann trat er rasch hinaus, und Anna schloss die Tür hinter ihm. Für einen Moment verharrte sie mit dem Rücken dagegengelehnt, mit heftig pochendem Herzen.

Am Sonntagmorgen dauerte das Zurechtmachen bei Anna viel länger als sonst. »Ich brauche ein neues Kleid«, rief sie durch die offene Zimmertür hinaus zu ihrem Vater, der ebenfalls dabei war, sich in seiner Kammer für den Kirchgang anzuziehen.

»Warum?«

»Weil mir der Rock hier zu kurz ist und ich das Mieder

kaum mehr schließen kann. Anscheinend bin ich in den letzten drei Jahren noch mal ordentlich gewachsen.«

»Hoffentlich hört das bald auf, Kind. Seit du zwölf bist, schießt du in die Höhe wie ein Schwammerl.«

»Ich glaube, ich bin so ziemlich durch, Vater. Aber das Sonntagskleid geht wirklich nicht mehr, ich trage es, seitdem ich vierzehn war.« Sie trat auf den Flur hinaus und wartete darauf, dass er den Kopf aus seiner Tür steckte.

»Ach du lieber Gott«, seufzte er, »das sitzt ja fast schon verboten knapp. So gehst du mir nicht in die Kirche. Wart einen Moment.«

Er verschwand wieder in seiner Kammer, und sie hörte, wie er im Kleiderkasten rumorte. Schließlich erschien er mit einem schwarzen Gewand über dem Arm.

»Hier, das hat deiner Mutter gehört. Du bist zwar schlanker als sie, aber ebenso groß. Es wird dir sicher besser passen.«

Andächtig nahm sie ihm das Kleid ab. Ihre Mutter hatte es jeden Sonntag getragen, daran erinnerte sich Anna gut. Erst ein paar Monate vor ihrem Tod hatte sie es bei der Schneiderin anfertigen lassen. Der Stoff war weich und glänzend, und den hochgeschlossenen Halsausschnitt umgaben zarte Rüschen.

Die Länge war perfekt, und dank des schmalen Gürtels konnte Anna es nicht nur enger schnüren, er betonte auch ihre Taille. Mit einem hübschen Kamm, ebenfalls von ihrer Mutter, steckte sie sich das Haar aus dem Gesicht.

»Heute siehst du aus wie eine Dame und nicht mehr wie mein kleines Mädchen«, bemerkte Johann Gmeiner, als er ihr das Gebetbuch reichte.

Weil das Wetter sonnig und mild war, griff Anna nach dem Schultertuch, etwas Wärmeres würde sie nicht brauchen.

Der Gang in die Stadt bis zur Ägidikirche dauerte eine halbe Stunde. Je näher sie dem Gotteshaus kamen, desto nervöser wurde Anna. Hätten sie früher aufbrechen sollen? Das Zusammenläuten hatte schon aufgehört, als sie die Getreidegasse entlangeilten. Vor dem Eingangsportal stand niemand mehr, alle waren bereits hineingegangen. Anna und ihr Vater stiegen schwer atmend die kurze steile Treppe hoch, die in die Kirche hineinführte. Drinnen setzte sich Anna auf einen freien Platz ziemlich weit hinten auf der Frauenseite. Kaum hatte sie sich niedergelassen, zog der Messdiener die Läutschnur an der Sakristeitür, die Gemeinde erhob sich, und der Pfarrer kam herein.

Es dauerte ein wenig, bis Annas Atem sich beruhigte. Drei Reihen vor ihr auf der Männerseite drehte sich Michael um und lächelte sie an. Verlegen strich sie sich eine Haarsträhne hinters Ohr, die sich während des strammen Marsches aus ihrer Frisur gelöst hatte. Bestimmt war ihr Gesicht rot und erhitzt.

Aber bis die Messe vorbei war, hatte Anna ihre Gelassenheit wiedergefunden, und als Michael schließlich draußen auf dem Kirchenhof mit einem freundlichen »Guten Morgen« auf sie zutrat, hatte sie sich wieder unter Kontrolle. Zumindest so lange, bis ihr auffiel, wie die Leute neugierig die Köpfe drehten und tuschelten, wer wohl der junge Mann beim Gmeiner und seiner Tochter war. Ihrem Vater schien das nichts auszumachen. Höflich grüßte er nach rechts und links.

»Gehst noch mit ins Bürgerbräu?«, fragte ihn der Hufschmied, den Anna in seinem sauberen Anzug beinahe nicht erkannt hätte.

Johann Gmeiner schüttelte den Kopf. »Ich leg mich daheim ein wenig hin, die Woche war anstrengend.« Dann wandte er sich Michael zu. »Die Anna erwarte ich später, wie wir es vereinbart haben.«

Sobald sie sich ein paar Straßen weit von der Ägidikirche entfernt hatten, bot Michael Anna seinen Arm an, und sie nahm ihn, ohne zu zögern. Beim Überqueren der breiten Salinenstraße wurden sie von einem Auto angehupt. Lachend sprang Anna beiseite und zog Michael mit sich.

»Ich erinnere mich noch gut daran, wie der erste Bad Reichenhaller sich ein Automobil zugelegt hat«, erzählte sie. »Das war vor sechs Jahren, und es gehörte dem Herrn Doktor von Heinleth. Manchmal hab ich ihn mit seiner Frau und seiner kleinen Tochter ausfahren gesehen und mir immer gedacht, wie wundervoll es doch sein müsste, eine Kutsche ohne Pferde zu haben. Wir besaßen ja beides nicht, weder Kutsche noch Pferd.«

»Wir auch nicht«, sagte Michael. »Willst du ein Auto haben? Ich kauf dir eins. Später, meine ich, wenn ich zu Geld gekommen bin. Aber eine Liste von Dingen, die du möchtest, kannst du dir schon mal anlegen, das schadet nicht.«

Sie kniff ihn in die Seite. »Michael Schwarzenberg! Machst du dich etwa über mich lustig?«

»Ganz gewiss nicht. Schau, hier arbeite ich.«

Sie hatten die Saline erreicht, und er deutete auf die Sudhäuser mit ihren zahlreichen Kaminen.

»Das weiß ich doch.«

Er beugte sich verschwörerisch zu ihr. »Ja, aber es gibt etwas, das ich dir noch nicht erzählt habe. Ab nächster Woche muss ich nicht mehr an den Sudpfannen schwitzen – ich hab einen Posten in der Verwaltung ergattert!«

»Wirklich?« Anna blieb stehen und sah zu Michael auf. »Das ist ja wunderbar. Wie hast du das geschafft?«

»Ich kann ganz gut rechnen. Das hat mir mein Großvater schon als kleiner Junge beigebracht, und es fällt mir leicht. Als ich gehört habe, dass eine der Schreibhilfen im Lohnbüro plötzlich ausgefallen ist, bin ich hinüber in den Beamtenstock marschiert und habe meine Dienste angeboten. Mit Erfolg.«

»Gratuliere. Das ist nicht alltäglich, dass sie einem Salzsieder Einzug in die Schreibstube gewähren. Dann wirst du bald auf der anderen Straßenseite arbeiten, mit sauberen Hemdsärmeln. Ein Zimmer bekommst du wohl nicht im Beamtenstock?«

Er lachte. »Nein, so weit geht das Entgegenkommen der Verwaltung dann doch nicht. Aber warte nur ab. Sobald ich mich in der Hierarchie ein wenig hochgearbeitet habe, werde ich mich um eine Unterkunft hier drin bewerben.«

Sie standen vor dem riesigen Gebäude, das einen ganzen Häuserblock beanspruchte und sowohl die Salinenverwaltung wie auch begehrte Wohnungen für höhere Beamte beherbergte. Es wirkte gleichzeitig wuchtig, nüchtern und durch die Rundbogenfenster stilvoll.

Sie gingen weiter bis zum Florianiplatz. Vor dem Haus von Karla Rasch blieb Michael stehen und deutete nach oben. »Bis ich in eine moderne Wohnung ziehen darf, ist das mein Zimmer. Siehst du das Fenster unterm Dach?«

Anna blinzelte gegen die Sonne. »Ist doch auch schön«, sagte sie. »Ich stelle es mir angenehm vor, in einem hohen Haus zu wohnen, direkt in der Stadt und mit Blick auf die Berge.«

»Und mit einer neugierigen Vermieterin und ein paar anderen Zimmerherren?«

»Na, das vielleicht nicht. Wir sollten langsam umdrehen, Michael. Ich hab ja noch den Nachhauseweg vor mir, und wenn ich zu spät komme, lässt der Vater mich bestimmt nicht mehr mit dir spazieren gehen.«

»Natürlich. Das wollen wir auf keinen Fall riskieren.«

Die Zeit schien in Michaels Gegenwart geradezu zu verfliegen. Anna verspürte wenig Lust auf eine Rückkehr in das kleine Häuschen, auf die Stallarbeit, die auf sie wartete, und auf einen einsamen Sonntagabend fern der Stadt und fern von Michael.

Zurück an der Ägidikirche, fragte er unvermittelt: »Darf ich dich nach Hause begleiten, Anna?«

Sie riss die Augen auf. »Den ganzen Weg? Das dauert aber, und dann musst du alles wieder zurückmarschieren.«

»Ist mir klar.« Er lachte. »Aber so kann ich länger mit dir zusammensein. Wenn du erlaubst.«

»Sehr gerne.«

Nie zuvor war Anna der Heimweg aus der Stadt derart kurz erschienen. Als ihr Häuschen in Sicht kam, war sie regelrecht enttäuscht. Michael schien es ähnlich zu ergehen, denn er zog sie vom Weg und hinter eine Gruppe Birken, die einen Meilenstein umstanden.

»Ich möchte mich hier von dir verabschieden«, sagte er, »wo uns dein Vater nicht sieht.«

»Warum soll er uns dabei nicht sehen?«

»Deswegen.«

Mit einer geschmeidigen Bewegung zog er sie an sich und küsste sie. Seine Lippen fühlten sich warm und fest an, und als seine Zungenspitze sich zwischen die ihren stahl, merkte Anna schnell, dass er in diesen Dingen wohl deutlich mehr Erfahrung hatte als sie. Sie genoss seine Nähe, den sanften Druck seiner Hände an ihrem Rücken, die Arme, die sie festhielten, und die breite Brust, gegen sie sich mit einem leisen Seufzen lehnte. Nur allzu schnell löste er sich wieder von ihr, und trat heftig atmend einen Schritt zurück. Dabei wischte er sich mit dem Daumen über die Unterlippe und sah sie mit einem eigentümlichen Blick an, als hätte er eine derart starke Reaktion seinerseits nicht erwartet.

»Also gut, Anna Gmeiner«, stieß er hervor. »Das war …« Er suchte nach Worten, aber die richtigen wollten ihm wohl nicht in den Sinn kommen. Das ferne Läuten der Glocken erlöste ihn, denn Anna rief: »So spät schon! Der Vater wartet sicher, ich muss los.« Hastig drückte sie ihm einen letzten Kuss auf, dann wandte sie sich ab.

»Anna?«

Sie drehte sich noch einmal um.

»Am Mittwoch, zum Abendläuten, wieder hier bei den Birken? Bis Sonntag halte ich es ohne dich nicht aus.«

Wie konnte sie einer derartigen Bitte widerstehen? Glücklich nickte sie und rannte dann zum Haus, so schnell sie ihre Füße trugen. Wie sie das heimliche Treffen arrangieren sollte, war ihr momentan noch nicht klar, aber sie gedachte nicht, es ausfallen zu lassen. Komme, was da wolle, am Mittwoch würde sie Michael wiedersehen.

7

Nach einem letzten Bissen von der schon etwas harten Brezel schlüpfte Michael in seine Jacke und versicherte sich im Spiegel über dem Waschtisch, dass sein widerspenstiges Haar ordentlich gebändigt war. Dann verließ er eiligen Schrittes das Haus. Es war sein erster Tag in der Schreibstube, und er wollte unbedingt pünktlich sein, um einen guten Eindruck zu machen. Allerdings fiel es ihm schwer, seine Gedanken auf die Arbeitsstelle zu lenken, weil Anna ihm im Kopf herumspukte.

Etwas war geschehen, was Michael nicht erwartet hatte. Er hatte sich bis über beide Ohren in sie verliebt. Das würde ihn vor einige Probleme stellen, zum Beispiel, was seine Amerikapläne betraf. Doch darüber wollte er im Moment nicht nachdenken.

Im breiten Treppenhaus in der ersten Etage des Beamtenstocks bewunderte Michael die großen Fenster, durch die helles Sonnenlicht einfiel. Die Luft roch besser als in der Siederei, nach Bohnerwachs und Papier statt nach schwitzenden Männern und Feuer. Er trug seinen besten Kragen mit einer sauberen Jacke darüber und hatte seine Schuhe am morgen besonders poliert.

Auch nicht schlechter als so manch anderer hier, dachte er, als ihm eine Gruppe von Angestellten entgegenkam. Er hatte erwartet, dass alle in feinen Zwirn gekleidet wären, aber solche Anzüge blieben wohl nur den höheren Beamten mit entsprechendem Einkommen vorbehalten, die sie sich leisten konnten.

Wenig später, in Gegenwart seines direkten Vorgesetzten, bestätigte sich diese Vermutung, als Michael die Höhe seines

Gehalts erfuhr. Als einfache Schreibkraft würde er kaum mehr verdienen als am Salzsiedebecken.

»Das ist Ihr Platz, Herr Schwarzenberg«, teilte ihm Leonhard Achleitner mit. Auf jeden Fall wurde er hier förmlicher angesprochen als drüben in der Saline, wo alle untereinander per Du waren. Auf dem bezeichneten Schreibtisch befanden sich eine Schreibmaschine, eine mehrstöckige Ablage mit zahlreichen Papieren, ein Behälter Bleistifte, ein Tintenfass nebst Füllfederhalter sowie eine Schreibunterlage.

Andächtig nahm Michael dahinter Platz und zog nacheinander die Schubladen auf. Alles darin lag wohlsortiert in kleinen Fächern, vom Radiergummi bis hin zu den Heftklemmen.

»Ihr Vorgänger war ein Paradebeispiel für Ordnung. Ein Jammer, dass er plötzlich umziehen musste. Ich erwarte von Ihnen eine ebenso vorbildliche Arbeitsmoral.« Achleitner deutete auf das oberste Ablagefach. »Zunächst kontrollieren Sie die neueste Förderabrechnung und schreiben dann alles mit der Maschine ins Reine. Falls Sie eine Rechenmaschine brauchen, müssen Sie warten, bis Herr Huber damit fertig ist.«

»Eine Rechenmaschine?«, fragte Michael.

»Ja. Ein Arithmometer, zum Addieren der Posten. Herr von Feil war so großzügig, uns mit einer Brunsviga auszustatten, neuestes Modell selbstverständlich.« Auf Michaels verständnislosen Blick hin setzte er hinzu: »Sie können doch mit einem Kalkulator umgehen? Und mit einer Schreibmaschine? Ich hoffe nicht, dass wir es bereuen, einem Burschen von den Siedepfannen hier drüben in der Verwaltung eine Chance gegeben zu haben.« Damit drehte er sich um und ließ Michael unter den neugierigen Augen der anderen drei Schreibkräfte zurück, um in sein eigenes Büro nebenan zu gehen.

So wie Michael es sah, hatte er zwei Möglichkeiten. Entweder er gliederte sich reibungslos in die Beamtenhierarchie ein, oder er versuchte, die Karriereleiter zügig hinaufzuklettern. Sollte ihm Letzteres gelingen – inklusive deutlicher Gehaltsverbesserungen natürlich – könnte er hier in der Stadt bleiben und um Annas Hand anhalten. Ein Gedanke, den er vorerst nicht weiterdenken wollte, denn die Aufgaben mussten erledigt werden.

Michael sah hinüber zu dem Mann, dessen Arbeitsplatz sich direkt neben Leonhard Achleitners Bürotür befand. Das ist also dieser Herr Huber, dachte er und versuchte, das eigentümliche Gerät zu erkennen, das vor diesem stand. Ein wenig sah es aus wie eine Schreibmaschine. Es bestand aus einem größeren und einem kleineren walzenförmigen Teil, an dem Zahlen und Hebel zu erkennen waren, und rechts befand sich eine Kurbel, an welcher der Salinenbeamte fleißig drehte. Er erweckte nicht den Anschein, als würde er in naher Zukunft damit fertig werden.

Entschlossen griff Michael nach der obersten Liste und stürzte sich in die Arbeit. Er brauchte keine Rechenmaschine. Wenn er irgendetwas gut beherrschte, dann den Umgang mit Zahlen, und Addieren war eine seiner leichtesten Übungen.

Mit dem Tippen lief es ein wenig zäher, weil er noch nie zuvor eine Schreibmaschine bedient hatte. Aber Michael lernte schnell, das Ganze war schließlich keine Hexerei, und kurz vor dem Mittagsläuten klopfte er an die Tür des Bürovorstehers.

»Herein!«, tönte es von drinnen. Und als Achleitner Michael erblickte, fügte er hinzu: »Gibt‘s schon Schwierigkeiten? Kommen Sie nicht zurecht?«

»Im Gegenteil, Herr Achleitner. Ich wollte Ihnen die fertige Liste bringen, und Sie fragen, was ich als Nächstes machen soll.«

Der Bürovorsteher saß hinter einem dicken Schreibtisch aus dunkel lackiertem Holz mit Messingbeschlägen, der seine gehobene Stellung verdeutlichte. Er selbst war ein junger Mann, Michael schätzte ihn auf nicht einmal Mitte zwanzig.

Wenn der es in seinem Alter bereits so weit geschafft hatte, dachte Michael, kann ich das auch.

Leonard Achleitner hatte dunkelblondes, kurz geschnittenes Haar und gerade, dichte Brauen über Augen von undefinierbarer und nicht bemerkenswerter Farbe. Ein kleines Grübchen in der Kinnmitte sorgte dafür, dass sein Gesicht ein wenig besonders wirkte. Er war keine Unternehmerpersönlichkeit, eher ein braver Arbeiter, einer, der jemanden brauchte, um ihm Anweisungen zu geben. Eines von Michaels Talenten lag darin, über eine außergewöhnliche Menschenkenntnis zu verfügen. Er konnte sich Gesichter merken und Charaktere auf Anhieb richtig einschätzen. Leonhard Achleitner machte auf ihn den Eindruck eines humorlosen, fairen, doch bisweilen unsicheren Zeitgenossen.

In diesem Moment wusste dieser anscheinend nicht, ob er seinen neuen Angestellten loben oder sich auf den Arm genommen fühlen sollte.

»Das kann nicht sein, Herr Schwarzenberg.« Achleitner stand auf, streckte Michael die Hand über den Schreibtisch entgegen und griff nach der Abrechnung. Hastig überflog er das Geschriebene, dabei sprangen seine Augen von links nach rechts und wieder zurück.

»Tatsächlich. Alles korrekt.« Er legte die Papiere ab und kratzte sich am Kinn. »Ich dachte, der Huber braucht die Rechenmaschine den ganzen Vormittag. War der etwa schneller fertig?«

»Nein, er hat sie immer noch. Ich benötige keinen Kalkulator. So ein paar Zahlen kann ich im Kopf aufsummieren.«

Perplex ließ sich Achleitner auf seinen Stuhl zurücksinken und betrachtete Michael von oben bis unten, zum ersten Mal mit voller Aufmerksamkeit.

Die Musterung wurde unterbrochen, als die Tür überraschend aufflog und ein glatzköpfiger älterer Herr in einem auffällig karierten Tagesanzug hereinmarschierte, ohne angeklopft zu haben.

»Achleitner«, sprach er den Bürovorsteher knapp an, »wie sieht es mit der Fördermengenabrechnung aus? Ist der Huber fertig damit?«

»Guten Tag, Herr von Feil. Herr Huber arbeitet an etwas anderem. Aber die Abrechnung wurde korrekt erledigt von unserem neuen Mitarbeiter, Herrn Schwarzenberg. Ohne Mithilfe der Rechenmaschine und in erstaunlich kurzer Zeit. Hier, sehen Sie, alles in Ordnung.«

Herr von Feil schnappte sich die Blätter und las sie ebenfalls durch, dann nickte er und steckte sie ein. Im Hinausgehen sah er Michael an und murmelte, »Schwarzenberg, so, so.«

Vor diesem Tag hatte Michael den Salzmeier erst einmal gesehen, als er strammen Schrittes durch die Siedehalle marschiert war, während ein neben ihm hertrippelnder Beamter ihm etwas von einem Klemmbrett vorlas. Die Arbeiter hatte er keines Blickes gewürdigt. Und auch jetzt strahlte Konrad von Feil eine Art selbstgefälliger Distanziertheit aus. Unbestreitbar stand er weit über allen anderen Mitarbeitern der Saline, und das ließ er sich anmerken.

Der vornehme Herr war Michael auf Anhieb unsympathisch. Nicht aufgrund seines privilegierten Standes, sondern weil er den Dünkel in seinen Augen bemerkt hatte, der schon an Despektierlichkeit grenzte. Natürlich war vom Leiter der Saline kein freundliches Wort für eine bescheidene Schreibkraft zu erwarten, aber verächtlich ansehen lassen musste sich Michael von niemandem. Er schluckte seinen Unwillen hinunter, schnarrte ein »Auf Wiedersehen, Herr von Feil«, obwohl der Angesprochene bereits grußlos den Raum verlassen hatte, und nickte Achleitner zu.

»Gut gemacht, Herr Schwarzenberg«, sagte der Bürovorsteher. Schön zu wissen, dass wenigstens der Bürovorsteher sich nicht zu schade für ein Lob war. Überhaupt hätte Achleitner dem Leiter der Saline nicht sagen müssen, dass Michael gute Arbeit geleistet hatte. Damit stieg er in der Achtung seines neuen Mitarbeiters.

In der Pause stellte sich Michael den Kollegen vor. Peter Sattelbauer war zweiundzwanzig Jahre alt und hatte den Schreibtisch neben ihm. Weiter vorn saßen Herr Huber und Herr Lang, beide in den Fünfzigern, und irgendwie sahen sie sich sogar ähnlich, mit ihren gezwirbelten Schnauzbärten und dem schütteren Haupthaar. Michael vermutete, dass die optische Angleichung von Peter nicht lange auf sich warten lassen würde. Bereits jetzt lichtete sich sein Haar zu beeindruckenden Geheimratsecken, und ein sorgfältig gebürsteter Flaum auf der Oberlippe zeugte von Bartabsichten. Zu Mittag aßen die Herren in Papier gewickelte Butterbrote, dazu geräucherte Hartwurst, während Michael auf den Resten seiner altbackenen Brezel vom Morgen herumkaute. Sie verließen dabei das Gebäude nicht, vertraten sich lediglich ein wenig die Beine auf dem Gang.

»Kein Wunder, dass die farblos sind wie drei Käsemilben, wenn sie nie einen Sonnenstrahl abkriegen«, beklagte sich Michael zwei Wochen später bei Anna. »Und der Peter wirkt irgendwie schon genauso alt wie Herr Huber und Herr Lang. Ich hatte gehofft, ich könnte mich mit ihm anfreunden, aber wie es aussieht, haben wir nichts gemeinsam.«

»Das muss man doch nicht, um gut miteinander auszukommen.«

Annas Einwand war berechtigt.

Er lenkte ein. »Verkehrt sind sie nicht, halt Bürohengste wie aus dem Bilderbuch. Na ja, ich hab sowieso nicht vor, mich recht lang im Schreibzimmer aufzuhalten. Wenn Herr Achleitner merkt, dass ich viel mehr kann, als endlose Zahlenreihen zu addieren, wird er mich bestimmt zur Beförderung vorschlagen.«

»Dir ist aber schon klar, dass du erst seit zwei Wochen dort arbeitest? Ein bisschen Geduld wirst du wohl mitbringen müssen.« Sie bedachte ihn mit einem nachsichtigen Lächeln, und er streckte seine Hand aus, um ihr über die Wange zu streicheln.

An diesem wunderschönen Sonntagnachmittag lagen sie am Flussufer der Saalach, in Rufweite von Johann Gmeiner, der jedoch im Haus ein ausgedehntes Schläfchen hielt. Die mühsame Bergung der Holzstämme im Winter lag in weiter Ferne. Derselbe Fluss plätscherte nun milde vor sich hin, das Wasser war frisch, aber angenehm, und üppige Dotterblumen säumten sein Ufer wie ein gelbes Band. Die Wiese um sie herum summte vor Bienen, die emsig Kleeblüten und Hahnenfuß besuchten. Unter dem Weidenbaum, wo die beiden es sich gemütlich gemacht hatten, waren sie vor neugierigen Blicken geschützt, sodass Michael es wagte, Anna zu küssen.

Anfangs zögerte sie, aber als er ihr zuflüsterte: »Dein Vater schläft sicher noch. Keine Angst, er sieht uns nicht, und wir würden ihn kommen hören«, sank sie zurück ins Gras und ließ zu, dass er sich über sie beugte. Erst als sein Kuss fordernder wurde und seine Hände begannen, Annas Körper zu erforschen, schob sie ihn von sich und setzte sich auf.

»Entschuldige«, murmelte er verlegen.

»Nein, ist schon in Ordnung. Es ist nur, ich weiß nicht … also, ich hab nicht …« Sie verstummte, ebenfalls unsicher.

Er legte einen Arm um ihre Schultern und zog sie an sich. »Ach, Anna«, seufzte er, »du bringst mich noch um den Verstand.«

»Wie meinst du das?«

»Ich meine, dass die Sache ziemlich schnell geht … mit uns. Also mit mir zumindest. Anfangs dachte ich, ich hätte mich nur in dich verguckt, aber es ist viel mehr.« Er rückte ein wenig von ihr ab, um ihr in die Augen sehen zu können, und schluckte hart. »Ich liebe dich, Anna Gmeiner.« Da. Es war so einfach, es auszusprechen, weil es von Herzen kam. Eine Erleichterung, ihr seine Gefühle zu gestehen.

»Ich liebe dich auch, Michael«, entgegnete sie leise.

Ein Gefühl unendlichen Glücks stieg in ihm auf, wie er es noch nie zuvor gespürt hatte. So fühlte es sich also an, wenn etwas richtig war.

Er kniete sich hin, nahm Annas Gesicht in seine Hände und küsste sie so lange, bis ihnen die Luft wegblieb. Schwer atmend blickten sie einander an, dann mussten beide lachen.

»Bist du glücklich?«, fragte er.

Sie nickte wild.

»Ich auch.«

Plötzlich stahl sich ein Schatten auf ihr Gesicht, wie eine Wolke, die die Sonne verdunkelt. »Was ist, wenn du weggehst?«

»Vielleicht muss ich das nicht. Gib mir ein paar Monate Zeit, um eine Beförderung zu erreichen. Sobald ich mehr verdiene, werde ich deinen Vater um deine Hand bitten. Ich muss ihm beweisen, dass ich für dich sorgen kann, dann wird er nicht Nein sagen.«

»Aber du wolltest doch …«

»Ich wollte nur ins Ausland gehen, falls ich es hier zu nichts bringe. Jetzt habe ich dich und eine gute Anstellung, was brauche ich mehr?« Erneut strich er sanft über Annas Gesicht. »Es wird schon werden. Ein paar Monate nur, und wir können eine gemeinsame Zukunft planen. Wenn du mich willst …« Er legte den Kopf schief und sah sie an.

Als Antwort schlang sie die Arme um ihn und küsste ihn voller Hingabe. Noch nie zuvor in seinem Leben war Michael so glücklich gewesen wie in diesem Augenblick.

8

Die offizielle Verlobung von Katharina von Feil und Friedrich Bahlow fand an Pfingsten statt. Im Fotoatelier Scherrer wurde eine Serie geschmackvoller Aufnahmen angefertigt, in denen das gut aussehende Paar mit ernstem Blick nebeneinander posierte. Sie in hochgeschlossener weißer Spitzenbluse und dunklem Rock, der die harmonisch geschwungene Taille betonte, er in einem maßgeschneiderten Anzug. Beide mal mit, mal ohne Hut. Beim Kirchgang am Pfingstsonntag präsentierten sich die Verlobten erstmalig gemeinsam der Bad Reichenhaller Öffentlichkeit.

Dank der nicht enden wollenden Überzeugungsarbeit ihrer Mutter hatte sich Katharina schließlich mit dem Gedanken angefreundet, dass Friedrich Bahlow eine äußerst vorteilhafte Partie war. Bisweilen freute sie sich inzwischen sogar auf den Umzug nach München. Hierzubleiben, wäre ihr ohnehin unmöglich gewesen. Zumindest, solange Thomas Fischer bei den Gebirgsjägern stationiert war und sie Gefahr lief, ihm in seiner feschen Uniform zu begegnen. Dies würde ihr allzu schmerzhaft vor Augen führen, was hätte sein können, aber nicht sein dürfen. Schlimm genug, dass er sie an Pfingsten in der Kirche keines Blickes gewürdigt hatte. Seine Schwester war wenigstens danach auf dem Kirchplatz kurz herübergekommen und hatte gratuliert.

Eine Aussprache zwischen Katharina und Thomas hatte nicht stattgefunden. Wozu auch, es gab nichts zu bereden, da nichts vorgefallen war. Für den Sohn des Kurdirektors musste es sicherlich ohne Erklärungen nachvollziehbar sein, dass eine von Feil keinen Fischer ehelichen konnte und ein harmloser Flirt kein Versprechen war.

Spätestens als die Bekanntmachung der Verlobung in den Zeitungen erschien, nicht nur im Bad Reichenhaller *Grenzboten*, sondern auch im *Bayerischen Landboten* zu München, wusste jeder, dass Katharina endlich vergeben war. Sie würde sogar noch vor ihrer Freundin Gertrud vor den Altar treten und dann zusammen mit ihrem Gatten zu deren Hochzeit erscheinen. Ein oftmals heraufbeschworener Gedanke, der bei Katharina keinerlei Herzschmerz verursachte, vielmehr eine Art bitterer Schadenfreude, als ob es Thomas' Schuld wäre, dass aus ihnen nichts geworden war.

An einem Dienstag im Juni bekam Friedrich Bahlow die große Salinenführung vom Schwiegervater in spe persönlich, und Katharina durfte sie begleiten.

»Als Kind hat mich Papa öfter mit zur Arbeit genommen«, erklärte sie ihrem Verlobten leise, während sie durch die zweite von vier Siedehallen schritten, »deshalb kenne ich mich hier gut aus. Aber seit ich ein Backfisch war, fand er es nicht mehr schicklich, mich den Blicken der Arbeiter auszusetzen … Ich war lange nicht hier.«

»Die Bedenken deines Herrn Papa sind durchaus berechtigt, meine Liebe. Sieh nur, wie viele lüsterne Augenpaare dir folgen.«

»Friedrich!« Sie klopfte ihm sanft, aber tadelnd auf den Arm. »Was hast du für schlimme Gedanken.«

Er nahm ihre Hand und hakte sie bei sich unter, dann beugte er sich zu ihrem Ohr. »Die habe nicht nur ich, sondern jeder Mann, der halbwegs bei Verstand ist. Du bist einfach eine Schönheit.«

Katharina merkte, wie sie errötete. Einerseits fühlte sie sich durch Friedrichs Worte geschmeichelt, anderseits machte seine Direktheit sie verlegen. Als Verlobte waren sie nun per Du, besiegelt hatten sie das mit einem Kuss. Einem sehr kühnen, wie Katharina sich erinnerte, bei dem Friedrichs Zunge fordernd in ihren Mund eingedrungen war und hin und her gezuckt hatte, als wäre sie ein Aal auf dem Trockenen. Mit dem Kuss verhielt es sich wie mit Friedrichs Ausdrucksweise – Katharina fand ihn abstoßend und erregend zugleich und fragte sich, was sie in ihrer Hochzeitsnacht erwarten würde.

Von den Siedehallen ging es hinüber ins Hauptbrunnenhaus, das mit der hohen Maschinenhalle, den roten Ziegelmauern samt weißen Gesimsen und dem von Rundbögen umrahmten Portal eher wie eine Kathedrale als wie eine Förderanstalt wirkte. Wenn ihr Vater nach dem Genuss von zu viel Hochprozentigem das Ölgemälde der Saline daheim im Salon betrachtete, nannte er sie auch gelegentlich so: meine Salzkathedrale. Katharina hatte manchmal das Gefühl, dass er liebevoller von dem Gebäude sprach als von seiner Familie.

Nun stand er breitbeinig in der Maschinenhalle neben den meterhohen Wasserrädern. »Darunter liegen die Solequellen, Herr Bahlow, und diese Räder treiben die Pumpen an, die unser aller höchstes Gut aus der Erde ans Tageslicht befördern.«

»Unser aller höchstes Gut?«, fragte Friedrich ein wenig spöttisch.

Konrad von Feil ließ sich nicht beirren. »Aber ja! Ohne das Salz wären wir nicht Bad Reichenhall, wahrscheinlich nicht einmal Reichenhall. Die Stadt trägt ihren Namen nicht umsonst. Seit dem Mittelalter lebt der gehobene Bürgerstand hier im Überfluss. Dank des Salzes.«

Eine Glocke ertönte zum wiederholten Mal, und Friedrich sah sich um.

»Das bedeutet, dass das Wasserrad eine volle Umdrehung abgeschlossen hat«, erklärte von Feil. Solange die Glocke in regelmäßigem Abstand erklingt, läuft die Förderung der Sole reibungslos. Wenn sie einmal verstummt, haben wir ein Problem.«

»Mir ist kalt«, warf Katharina ein und rieb sich die Arme.

»Du hast doch gewusst, dass es hier drinnen immer frisch ist«, sagte ihr Vater tadelnd und setzte, an Friedrich gewandt, ungerührt hinzu: »Die Wasserräder treiben die Pumpen unten im Hauptschacht an. Möchten Sie hinuntersteigen und sich mein unterirdisches Reich ansehen?«

Katharina konnte nur mit Mühe ein Schnauben unterdrücken. Für wen hielt sich ihr Vater? Für Hades persönlich? Was dachte er sich dabei, das nasskalte Stollensystem derart hochtrabend zu bezeichnen? Wie anmaßend!

»Ein andermal gerne«, hörte sie Friedrich zu ihrer großen Erleichterung sagen. »Doch nun, schlage ich vor, treten wir wieder hinaus in den warmen Sonnenschein, bevor sich Katharina noch verkühlt.«

»Wie Sie meinen. Dann lassen Sie uns gehen. Auf dem Weg hinüber in den Beamtenstock können wir uns aufwärmen.«

Wollte er dem armen Friedrich tatsächlich auch noch die langweiligen Büros in dem riesigen Klotz zumuten, den alle »Beamtenstock« nannten? Ein Ausdruck, den Katharina lächerlich fand. Konnte man es nicht einfach als Verwaltungsgebäude bezeichnen? Es befanden nicht nur Büros darin, sondern auch Wohnungen für privilegierte Beamte, aber Beamtenstock erinnerte sie an Bienenstock. Und damit verband sie eine gewisse Emsigkeit, nicht das papierrascheltrockene Spießertum, das den Angestellten zu eigen war. Was sollte Friedrich sich ansehen? Bleistiftschwingende graue Mäuse? Ein paar Schreibmaschinen? Hemdsärmelhalter und Paragrafenreiter?

Bei jedem Schritt fiel Katharina ein neues Schmähwort für das Beamtenkorps der Saline ein, und als sie schließlich die Straße überquert hatten, lag ein spöttisches Lächeln auf ihren Lippen.

Sie wusste, weshalb sie auf die bedauernswerten Männer so

schlecht zu sprechen war. Sie hatten ihr den Vater gestohlen. Unzählige Male, während des Abendessens, sonntags oder überhaupt während der kostbaren Zeit, die Konrad von Feil zu Hause verbrachte, war einer der Bürohengste aufgetaucht und hatte ihn weggeholt. Wegen irgendwelcher Dringlichkeiten. Dinge, die wichtiger waren als Katharina.

Als eine der ersten Familien in Bad Reichenhall hatten die von Feils einen Telefonapparat installieren lassen. Damit war ihr Vater noch schneller erreichbar geworden und für seine Tochter in noch weitere Ferne gerückt.

»So sieht eine typische Verwaltungseinheit aus«, drang seine Stimme an ihr Ohr. Mittlerweile standen sie in einem nüchternen Büroraum. »Hier arbeitet Herr Achleitner, der Abteilungsleiter. Herr Achleitner, meine Tochter kennen Sie ja, und das ist ihr Verlobter, Herr Bahlow aus München.«

Der etwas langweilig wirkende, aber nicht unansehnliche Achleitner grüßte so zackig, dass es Katharina nicht verwundert hätte, wenn er auch noch die Hacken zusammengeschlagen und salutiert hätte. Sie unterdrückte ein Gähnen und sah sich im Raum um, bis ihr Blick an einem sehr jungen Burschen hängenblieb, der konzentriert auf ein Blatt Papier starrte und den Besuch nicht zu bemerken schien. Nie hätte sie erwartet, dass es auch solch gut aussehende Mitarbeiter im Beamtenstock gab, selbst wenn es sich dabei um eine einfache Schreibkraft handelte.

Anscheinend blieb Friedrich Katharinas Interesse nicht verborgen, denn er bemerkte spitz: »Mit den Manieren ist es bei Ihren Schreiberlingen wohl nicht weit her, oder wieso kann der Mann nicht grüßen?« Er zeigte mit dem Finger auf den Schönen, der noch immer wie gebannt auf den Zettel starrte und stumm die Lippen bewegte.

Auf Achleitners Gesicht breitete sich eine verlegene Röte aus, er trat neben seinen Untergebenen und legte ihm die

Hand auf die Schulter, woraufhin der erschrocken zusammenzuckte.

»Verflixt, jetzt muss ich wieder von vorn anfangen!«, entfuhr es ihm. Erst dann schien ihm aufzufallen, dass der Salzmeier persönlich anwesend war. Er sprang auf. »Entschuldigen Sie bitte. Es ist nur, ich hatte die Summe fast aufaddiert … und nun ist mir die Zahl entfallen.«

»Herr Schwarzenberg ist unsere wandelnde Rechenmaschine. Schneller als die Brunsviga«, erklärte Achleitner. »Beim Rechnen vergisst er vor lauter Konzentration alles um sich herum, deshalb hat er die Herrschaften nicht bemerkt.«

Friedrich Bahlow lächelte süffisant. »Nun ja, mit ein paar Zahlen ist ein schlichtes Gemüt wahrscheinlich rasch überfordert. Da sei ihm sein Mangel an Höflichkeit ausnahmsweise verziehen.« Damit wandte er sich an Konrad von Feil. »War das dann alles? Können wir uns in eine etwas unterhaltsamere Umgebung begeben? Wie wäre es mit dem Café Flora? Ich fürchte, wenn wir noch länger hierbleiben, langweilt sich Ihre Tochter zu Tode.«

Katharina schnappte nach Luft. Wie arrogant, so mit ihrem Vater zu sprechen. Doch der nickte nur knapp und deutete zur Tür.

Das bestimmende Verhalten von Friedrich beeindruckte sie. Hatte man ihr beigebracht, sich möglichst immer dezent im Hintergrund zu halten, fiel Katharina auf, dass man anscheinend schneller bekam, was man wollte, wenn man es forderte. Von ihrem zukünftigen Ehemann würde sie viel lernen können. Mit einem letzten Blick auf den hübschen Schreiber, der ihnen unverhohlen wütend nachstarrte, verließ sie hinter ihrem Vater und ihrem Verlobten das Büro.

*

Nachdem die vornehmen Herrschaften ihren unangemeldeten

Besuch beendet hatten und verschwunden waren, machten sich die Herren Huber, Lang und Sattelbauer umgehend wieder an die Arbeit, und emsiges Schreibmaschinengeklapper erfüllte die Luft. Michael hingegen blieb stehen, als wäre er zur Salzsäule erstarrt. Nur sein Brustkorb, der sich rasch hob und senkte, verriet, wie es in ihm aussah. Erneut legte ihm Leonhard Achleitner eine Hand auf die Schulter und ließ sie dort liegen, bis sich Michaels Atmung beruhigt hatte und er die zu Fäusten geballten Finger entspannte.

»Kommen Sie mit in mein Büro, und schließen Sie die Tür«, sagte Achleitner.

»Ich muss mit Ihnen über Ihre Zukunft hier sprechen, Herr Schwarzenberg«, fuhr er fort, als er hinter seinem Schreibtisch Platz genommen hatte.

»Es tut mir leid, dass ich Herrn von Feil und seine Familie nicht bemerkt habe. Es war gewiss keine Absicht, sie nicht zu grüßen.«

»Das weiß ich.«

»Aber ich bin nicht schlichten Gemüts.« Michaels Stimme klang wie ein dunkles Grollen. Am liebsten hätte er gebrüllt, doch er beherrschte sich. Wenn Achleitner ihn wegen des Vorfalls entlassen sollte, wollte er wenigstens mit Würde gehen.

»Auch das ist mir durchaus bewusst. Deswegen will ich ja mit Ihnen reden. In der Logistik ist ein Posten frei geworden. Herr Wilmshofer, der den Material- und Güterfluss organisiert, hat nach einem Assistenten verlangt, der ihm von der Geschäftsleitung bewilligt wurde. Ich habe Sie vorgeschlagen.«

Überrascht riss Michael die Augen auf. »Mich? Wieso?«

»Weil Sie in meiner Abteilung ganz klar unterfordert sind. Sie erledigen Ihre Arbeit schneller und besser als die altgedienten Kollegen. Das bringt Unfrieden mit sich. Ich lege Wert auf Harmonie im Büro.«

Michael klappte den Mund auf und wieder zu. Hatte Achleitner ihn eben gelobt und gleichzeitig gerügt? War so etwas überhaupt in einem Atemzug möglich?

»Jedenfalls ist Herr Wilmshofer dazu bereit, es mit Ihnen zu versuchen. Er räumt Ihnen eine Probezeit ein. Wenn Sie Ihre Sache gut machen, bekommen Sie eine Festanstellung, natürlich mit wesentlich besserer Vergütung als eine Schreibkraft. Falls Sie sich allerdings als unfähig erweisen und er sie hinauswirft, brauchen Sie bei mir nicht wieder vorstellig zu werden. Was sagen Sie?«

Hatte Michael seinen Vorgesetzten falsch eingeschätzt? Leonhard Achleitner schien ein ausgefuchster Bursche zu sein. Er fand also, dass Michael nicht in seine Abteilung passte. Und wenn er ihn weglobte, konnte er sich seiner auf elegante Art entledigen und ihm gleichzeitig einen eventuellen Rückweg verwehren. Das war dann wohl ein Alles-oder-nichts-Angebot.

Ein kleines Lächeln breitete sich auf Michaels Gesicht aus. »Ich danke Ihnen herzlich, dass Sie mich empfohlen haben, Herr Achleitner, und nehme den Stellenwechsel gerne an.«

9

Anna hatte den Tisch liebevoll gedeckt, mit der schneeweißen Leinendecke ihrer Mutter und einem Strauß bunter Wiesenblumen in einer hübschen Vase. Die Sonne fiel in goldenen Lichtstreifen herein, die aussahen wie der Strahlenkranz um die Madonna in der Kapelle am Flussufer. Sie hatte Kaffee aufgebrüht und einen Gugelhupf gebacken, beides etwas ganz Besonderes im Hause Gmeiner.

»Gibt's was zu feiern?«, fragte ihr Vater prompt, als er in die Stube trat. Er blickte zwischen Anna und Michael hin und her und schnupperte. Der köstliche, jedoch selten zu genießende Duft nach gemahlenen Kaffeebohnen und Kuchen musste auch seiner Nase schmeicheln, Anna fand ihn herrlich. Schon oft hatte sie sich geschworen, jeden Tag Kaffee zu kochen, wenn sie einmal ihren eigenen Haushalt hätte. Vorausgesetzt, sie könnte sich die Bohnen leisten.

Davon, dass Annas Traum von einem gemütlichen Heim vielleicht bald in Erfüllung gehen würde, zeugte Michaels nervöses Lächeln und seine beinahe scheue Antwort.

»Das hoffe ich sehr, Herr Gmeiner. Ich bin hier, weil ich Sie um die Hand ihrer Tochter bitten möchte. Anna und ich lieben uns und wollen heiraten. Dafür erbitten wir Ihren Segen.«

Ihr Vater musste gewusst haben, dass der Tag irgendwann kommen würde, doch an seinem Mienenspiel sah sie, dass er um Fassung rang.

»Ach«, stieß er schließlich hervor. »Ihr liebt euch, das ist ja schön. Aber wie willst du eine Familie ernähren, Bub? Das letzte Mal, als ich dich gesehen hab, warst du ein Salzsieder.«

»Das bin ich nicht mehr, Herr Gmeiner. Ich arbeite jetzt drüben im Beamtenstock und bin der Assistent von Herrn Wilmshofer. Ich werde genug verdienen, um Frau und Kinder unterhalten zu können.«

Annas Herz tat einen Sprung. Vor ihrem inneren Auge sah sie plötzlich vor sich, wie sie, mit einem Säugling im Arm Michael am Morgen küsste und er zur Arbeit aufbrach, während sie sich in ihren eigenen vier Wänden um den Haushalt kümmerte.

»Warum sagst du, du *wirst* genug verdienen? Dann ist das noch nicht so?«, fragte Johann Gmeiner.

Michaels Atem beschleunigte sich. Er ist bestimmt nervös, dachte sie. »Doch … doch«, stotterte er. »Ich bin nur noch ein paar Monate in der Probezeit, bevor ich eine Festanstellung bekomme, aber das ist kein Problem.«

»Kein Problem?«, wiederholte Annas Vater nachdenklich. Dann wies er auf den Kaffeetisch. »Setzen wir uns erst mal. Lassen wir uns die guten Sachen schmecken, die Anna vorbereitet hat.«

Ihre erwartungsvolle Spannung wich einem dumpfen Gefühl. Weshalb stimmte er nicht einfach zu? Hatte er nicht immer behauptet, dass sie es schwer haben würde, überhaupt jemanden zu finden, der sie nehmen würde? Und nun wollte ein ehrgeiziger, aufstrebender junger Mann sie heiraten, und ihr Vater stellte sich an, als hätte er wer weiß was zu bieten.

Sie goss allen ein und legte jedem ein Stück Kuchen auf den Teller.

»Wie gesagt, ich freue mich, dass ihr euch lieb habt, und werde euch meinen Segen gerne geben. Aber, Michael, du musst verstehen, dass ich mir für meine Tochter Sicherheit wünsche. Anna ist das Einzige, was mir noch geblieben ist. Deswegen bin ich mit einer Heirat einverstanden, allerdings erst, wenn du eine feste Anstellung hast.«

Anna schluckte. Der Kuchen in ihrem Mund erschien ihr

mit einem Mal trocken, sodass sie ihn mit Kaffee hinunterspülen musste, um sprechen zu können. »Aber Vater, das ist eine reine Formsache.«

»Ich bestehe darauf.«

»Wieso ...«

»Das ist in Ordnung«, unterbrach Michael sie. Er streckte Johann Gmeiner die Hand hin. »Meine Probezeit läuft bis Oktober. Ich werde das Aufgebot bestellen, und wir heiraten, sobald ich meinen Anstellungsvertrag erhalten habe. Bis dahin sind wir offiziell verlobt, damit ich Anna sehen und mich mit ihr treffen kann. Einverstanden?« Er hatte sehr schnell gesprochen. Seine Finger zitterten ein wenig, während er auf Johann Gmeiners Reaktion wartete.

Der schlug ein und schüttelte Michaels Hand kräftig. »Einverstanden.«

Erleichtert atmete Anna auf. Bis Oktober würde ihr die Zeit unendlich lang werden, das wusste sie jetzt schon. Aber sie wollte die Monate genießen, in der Gewissheit, dass sie und Michael einander nun versprochen waren und ihr Leben teilen würden.

Als er später aufbrach, begleitete sie ihn noch ein Stück in Richtung Stadt. Beim Verabschieden zog er sie fest in seine Arme und küsste sie.

»Dann wird aus dem Fräulein Anna Gmeiner bald Frau Anna Schwarzenberg«, flüsterte er ihr ins Ohr. »Du kannst dir nicht vorstellen, mit wie viel Stolz mich das erfüllt und wie ich den Tag herbeisehne, an dem ich dich meine Frau nennen darf.«

Sie verschränkte ihre Hände in Michaels Nacken und legte den Kopf an seine Brust. Unter dem Hemd hörte sie sein Herz schlagen.

»Wer hätte das gedacht, als du auf dem Markt auf mich zugeschlendert kamst und ein Ei kaufen wolltest. Dass wir beide ein Paar werden.«

»Ich. Deswegen hab ich dich so lange beobachtet. Weil ich wusste, wenn ich dich einmal angesprochen habe, dann gibt's kein Zurück mehr.«

10

Obwohl Anna den Sommer liebte, sehnte sie in diesem Jahr den Herbst herbei. Als sich die Blätter endlich sanft verfärbten und Ocker und Orange das Grün ablösten, spürte sie in sich eine tiefe Freude.

Das Erntedankfest am 1. Oktober feierte sie gemeinsam mit ihrem Vater und Michael bei einem Gottesdienst im Münster St. Zeno. Sämtliche Honoratioren der Stadt hatten sich in der prächtig geschmückten Kirche versammelt. Anna sah Bürgermeister Söllner mit seiner Familie, Doktor von Heinleth mit Frau und Töchterchen, die in ihrem Benz Automobil knatternd bis direkt vor die Klostermauer gefahren waren, Kurdirektor Fischer und zahlreiche andere bekannte Gesichter.

»Das ist Herr von Feil«, flüsterte ihr Michael zu und wies unauffällig auf einen stattlichen Mann mit Glatze und Bart.

»Ich weiß«, wisperte sie zurück. »Den Salzmeier kennt jeder. Ebenso wie seine elegante Gattin und das Fräulein Katharina.«

»Die ist kein Fräulein mehr. Kürzlich hat sie einen Münchner Geschäftsmann geheiratet, habe ich im Büro gehört. Deshalb ist sie heute nicht hier, sie wohnt jetzt in München. Und der da drüben«, er deutete auf einen jungen Mann mit dunkelblondem Haar und Grübchen am Kinn, »ist Herr Achleitner. Mein ehemaliger Vorgesetzter. Ihm haben wir genau genommen meine Beförderung zu verdanken.«

Leonhard Achleitner spürte anscheinend die Blicke der beiden, denn er wandte unvermittelt den Kopf und sah zu ihnen hin. Michael nickte ihm zu, und nachdem er sowohl ihn wie auch Anna kurz gemustert hatte, grüßte Achleitner zurück.

»Der lächelt nicht oft, was?«, mutmaßte Anna. Dabei würde es ihm sicher gut zu Gesicht stehen, fand sie, er war recht hübsch.

Beim Verlassen der Kirche verwöhnte die Herbstsonne die Gemeinde mit ein paar letzten warmen Strahlen, bevor sich wenig später dicke Wolken davor drängten und es düster und frisch wurde. Tropfen platschten auf Annas Hut, sie musste ihn festhalten, damit der aufkommende Wind ihn ihr nicht vom Kopf blies.

Hinter sich vernahm sie das blecherne Tröten von Doktor von Heinleths Hupe. Sie zog ihren Vater und Michael beiseite, um das Automobil passieren zu lassen. Familie Heinleth würde es noch halbwegs trocken in die Stadt hinein schaffen, sie ganz bestimmt nicht. Zur Feier des Tages wollten sie zum Mittagessen ins Bürgerbräu gehen, immerhin würde Michael morgen seine Festanstellung erhalten, das musste gefeiert werden. Doch als sie es erreichten, waren sie durchgefroren und nass. Es hatte den Anschein, als wolle sich der goldene Herbst mit einem Schlag verabschieden. Wie zur Bestätigung erschütterte ein gewaltiges Donnerkrachen die Luft, ähnlich laut wie die Böllerschüsse zu Neujahr, und Anna zuckte zusammen.

»Setz dich auf die Bank, Kind, da ist es am wärmsten«, sagte Johann und nahm selbst auf einem Stuhl an dem Wirtshaustisch Platz. Michael rutschte neben Anna und drückte kurz ihre Hand, er wusste, dass sie Gewitter nicht mochte.

Ihr Vater bestellte drei Krüge Bier und Schweinebraten mit Knödeln und Kraut. Es geschah nicht oft, dass die Gmeiners auswärts aßen, Anna konnte sich überhaupt nur an wenige Gelegenheiten erinnern. Mutters Leichenschmaus zum Beispiel oder der von Christoph, keine fröhlichen Anlässe. Heute war das anders. Sie strahlte Michael an, dann ihren Vater und griff nach dem Bierkrug.

»Lasst uns anstoßen«, sagte Johann feierlich. »Darauf, dass unsere Familie endlich wieder wächst.«

Sie ließen sich das Essen schmecken, und Michael und Johann bestellten noch mehr Bier. Anna merkte, dass der eine Krug genug für sie war, ihre Wangen fühlten sich heiß an, und wahrscheinlich waren sie rot.

In dem vollen Wirtshaus – nach dem Erntedankfest war das Bürgerbräu gut besucht – hatte Anna nicht bemerkt, dass jemand zu ihnen an den Tisch getreten war. »Ja, wen haben wir denn da?« Eine schwielige Hand hieb auf die Schulter ihres Vaters, und eine alkoholgeschwängerte Stimme lallte: »Den Gmeiner mit seiner feschen Tochter. Kein Geld für eine dritte Sau haben, aber Schweinsbraten im Gasthaus essen. Das könnt ihr euch dann schon leisten, was?«

Anna fuhr zusammen. Sie sah, wie ihr Vater tief durchatmete, bevor er antwortete. »Grüß Gott, Talhofer. Ich wüsste nicht, was dich das angeht.«

Die Hand des Schweinehändlers zuckte von Johann Gmeiners Schulter, als hätte er sich verbrannt, und er machte einen Schritt zurück.

»Oha!«, rief er laut. »So ist das also. Bist dir wohl zu fein für mich. Ferkel darf ich dir frei Haus liefern, aber reden magst du nicht mit mir.«

»Das stimmt nicht. Wir können uns gerne vernünftig unterhalten. Vielleicht ein andermal, wenn du nicht so viel getrunken hast.«

»Willst du behaupten, ich wäre besoffen?«

Wegen Talhofers dröhnender Stimme reckten einige Leute die Hälse und sahen neugierig zu ihnen herüber. Anna fühlte sich mit einem Mal sehr unbehaglich. Falls das öfter so zugeht in Wirtshäusern, dachte sie, bin ich froh, ein seltener Gast zu sein.

»Das hat Herr Gmeiner nicht gesagt«, warf Michael ein.

»Wer ist das denn?« Der Schweinehändler stand schwankend vor dem Tisch und beäugte Michael abschätzig. »Was mischt er sich überhaupt ein?«

Johann Gmeiner hatte die Hände um den Bierkrug gelegt, der vor ihm auf dem Tisch stand. Er sah Talhofer nicht an. »Das ist der Verlobte meiner Tochter, wenn du es unbedingt wissen musst. Und wir wollen hier in Ruhe sitzen. Also schleich dich, bevor ich den Wirt rufe.«

Talhofers Kopf schnellte nach vorn wie der einer Schlange vor dem Zubeißen. »Du wirst für deinen Hochmut auch noch irgendwann bezahlen, Gmeiner. Brauchst einen Zugereisten, um deine Tochter an den Mann zu bringen, was? Von den Einheimischen will sie ja keiner. Ich tät sie schon nehmen, allerdings nicht zur Ehefrau, aber zum Einreiten würde sie wohl taugen, stolz wie sie ist.«

Er hatte nicht ganz zu Ende gesprochen, da war Michael schon aufgesprungen. Er machte einen Satz nach vorn und schlug dem Schweinehändler mit der Faust ins Gesicht, dass dessen Nase knackte und die Lippe aufplatzte. Johann Gmeiner konnte nicht so schnell reagieren, wie der weitaus jüngere und vor Wut schäumende Michael. Er versuchte, seinen Schwiegersohn in spe davon abzuhalten, sich auf den am Boden liegenden Talhofer zu stürzen, hielt ihn an den Schultern fest und rief: »Lass ihn, er ist es nicht wert!«

Talhofer wiederum sah mit einem kalten Grinsen zu Michael auf, während er sich das Blut von der Lippe wischte. »Grober Fehler«, raunte er.

Der Wirt kam eiligen Schrittes gelaufen. »Was ist hier los?«, brüllte er über die Tische hinweg.

»Dieser junge Kerl hat mir Gewalt angetan«, jammerte Talhofer nun mit Leidensmiene. »Ich hatte was mit dem Gmeiner zu bereden, da prügelt der einfach los. Schau dir an, wie er mich zugerichtet hat«, rief er und zeigte auf seinen blutenden Mund.

Im entstehenden Tumult wurde Michael vom Wirt aus dem Bürgerbräu hinausgeworfen, Johann und Anna liefen hinterher, drängten sich an der Musikkapelle vorbei, die gerade Aufstellung nehmen wollte, um den Gästen ein Ständchen zu bringen.

Anna sah, wie Talhofer ihr zuzwinkerte, bevor er sich erneut theatralisch an den Kopf fasste. Die ganze Zeit über war sie wie versteinert gewesen, unfähig das Unheil abzuwenden. Diese Geste, mit welcher der Sauhändler sich über sie mokierte, brachte Anna in Rage. Sie wollte zurücklaufen und ihn ebenfalls schlagen, aber der eiserne Griff des Vaters um ihren Oberarm ließ das nicht zu. Er zog sie aus dem Wirtshaus hinaus auf die Straße, wo ein schwer atmender Michael stand, die Hände in die Seiten gestützt.

»Tut mir leid, ich konnte nicht anders. Niemand beleidigt meine Anna.«

»Er hat dich provoziert, Bub, und du bist drauf reingefallen.« Johann Gmeiner klopfte ihm väterlich auf die Schulter. »Du kennst den Talhofer nicht, das ist ein verschlagener Kerl, der nichts als Unfrieden stiften will. Was ihm wieder mal gelungen ist.«

»Lasst uns gehen«, schlug Anna leise vor. Ihr waren die Menschen unangenehm, die sich neugierig im Bürgerbräu an die Scheiben drückten und zu ihnen herausblickten. Glücklicherweise setzte die Kapelle in diesem Moment ein und beanspruchte die Aufmerksamkeit der Gäste. Kurz darauf ertönten fröhliche Töne, und niemand beachtete sie mehr.

»Ich hab ein komisches Gefühl«, sagte Anna zu Michael.

»Ach was«, versuchte er, sie zu beruhigen. »In Wirtshäusern wird oft gerauft, das ist nichts Besonderes.«

Wie sich am folgenden Montag herausstellte, hatte er mit dieser Einschätzung vollkommen falschgelegen. Es war vereinbart gewesen, dass Michael nach Feierabend hinaus zu den Gmeiners gehen würde, um den heiß ersehnten Vertrag vorzuzeigen.

Annas Vater hatte am Nachmittag einen Fisch hereingebracht, eine Rußnase, die groß genug für drei war. Anna briet sie. Dazu bereitete sie ein schmackhaftes Rübengemüse und den letzten Salat aus dem Garten. Dann warteten sie auf Michael. Es war bereits dunkel, als er endlich kam.

»Was ist passiert?«, fragte sie mit banger Vorahnung, als sie seinen bedrückten Gesichtsausdruck sah.

»Es wird keinen Arbeitsvertrag geben«, stieß er hervor. Er stand mitten in der Stube, hielt den Hut so fest umklammert, dass die Knöchel seiner Finger weiß hervortraten.

»Was? Wie meinst du das?« Anna hatte das Gefühl, eine unsichtbare Hand würde ihr die Kehle zudrücken.

Johann Gmeiner erhob sich von seinem Platz auf der Eckbank und trat auf Michael zu. »Der Talhofer, stimmt's?«

»Ja. Er ist in den Beamtenstock gekommen und hat behauptet, ich hätte ihm die Nase gebrochen. Das ist nicht wahr – aber er sah übel zugerichtet aus, und es waren Leute anwesend, die gesehen haben, wie ich ihm im Bürgerbräu einen Schlag verpasst hab. Er hat sich aufgeführt, als hätte ich ihn halb umgebracht, und verlangt, meinen Vorgesetzten zu sprechen.«

»Und das Ende vom Lied ist, dass du deine Stelle verloren hast?«

Michael nickte. »Herr Wilmshofer sagte, unter den Verwaltungsbeamten gäbe es keinen Platz für Schläger. Ordentliches Betragen wäre eine Grundvoraussetzung. Und dass er bei mir gleich ein schlechtes Gefühl gehabt habe, weil ich überhaupt nichts Akademisches ausstrahlen würde.«

Anna schwindelte. Sie stützte sich mit einer Hand auf der Tischplatte ab und sank auf einen Schemel.

»Was ist mit diesem Herrn Achleitner?«, flüsterte sie. »Kann der dir nicht weiterhelfen?«

Traurig schüttelte Michael den Kopf. »Der ist auch nur ein Erbsenzähler. Meinte, er hätte mir gleich gesagt, ich solle bei ihm nicht wieder vorstellig werden, falls ich scheitere. Die Salinenverwaltung braucht, wie sagte er noch gleich, aufrechte Männer, die sich als Teil eines Ganzen sehen, und keine Rebellen, die am Sonntag wehrlose Bürger attackieren.«

»Dann ist alles verloren?«

»Was meine berufliche Zukunft in der Saline Bad Reichenhall betrifft, ja. Da brauch ich nicht mal mehr bei den Salzsiedern vorzusprechen, das hat man mir schon klargemacht.«

»Ach, Michael!« Schluchzend stürzte sich Anna in seine Arme.

Ihr Vater, der alles schweigend mitangehört hatte, runzelte die Stirn. »Das war Absicht. Ich wette, der Talhofer ist nur an unseren Tisch gekommen, um eine Schlägerei anzuzetteln.«

»Wieso?«, fragte Anna.

»Glaub nicht, ich hätte nicht bemerkt, wie er dich immer angesehen hat, wenn er auf den Hof gekommen ist. Beim letzten Mal ist er sogar zudringlich geworden. Du wolltest nichts sagen, bist ins Haus gegangen, aber ich hab ihn mir vorgeknöpft und ihn gewarnt, dass er es bereuen wird, wenn er sich dir noch mal ungebührlich nähert. Er ist ein widerlicher Tunichtgut, Anna, und er hat den Vorfall nicht vergessen. Er wollte uns einfach schaden.«

»Und nun ist alles aus!«

»Na, na, das stimmt nicht.« Beruhigend fuhr Michael mit der Hand über Annas Haar, als wäre sie ein kleines Mädchen. Er schien die Situation wesentlich gefasster aufzunehmen als sie, doch die Tränen zurückhalten konnte sie deswegen nicht.

»Was soll denn nun werden?«, stieß sie verzweifelt hervor.

»Ich muss das tun, was ich von Anfang an vorhatte. Ins Ausland gehen und mein Glück machen. Und dann komme ich wieder, und wir heiraten. Falls … falls du auf mich warten willst.«

»Das ist deine Lösung? Du gehst einfach? Und ich sitze hier, und alle lachen mich aus, weil mein Verlobter sich davonmacht und mich allein lässt?« Ihre Stimme war immer lauter geworden. Sie schlug mit der flachen Hand auf den Tisch und stürmte wütend aus dem Raum, ohne einen der beiden Männer zu Wort kommen zu lassen.

Kurz rannte sie auf den Hof hinaus, wo ihr eisiger Regen ins Gesicht prasselte und sie in der Dunkelheit keine zwei Meter weit sehen konnte. Schwer atmend ging sie hinüber in den Stall, dort war es wenigstens warm. Sie zündete eine Lampe an und setzte sich auf den Rand des steinernen Schweinetrogs. Das gleichmäßige Wiederkäuen der Kühe und das Rascheln des Strohs beruhigten sie ein wenig. Eines der Schweine stupste Anna mit der Schnauze an, nicht so, als wäre es hungrig, sondern als wolle es sie fragen, was passiert sei. Eine Flut von Tränen stieg in Anna auf und bahnte sich als steter Fluss einen Weg über ihre Wangen. Haltlos schluchzend schlug sie die Hände vors Gesicht. Die ganze Zeit über blieb das Schwein an ihrer Seite, warm und tröstlich.

Als sie sich ein wenig beruhigt hatte, ging sie zurück in die Stube, wo Johann und Michael nebeneinander auf der Bank saßen und stumm vor sich hinstarrten. Das Essen hatten sie nicht angerührt.

»Ich will ihn heiraten, bevor er geht«, erklärte Anna. »Wenn ich schon warten muss, dann wenigstens als seine Frau.«

Ihr Vater presste die Lippen zusammen und schüttelte den Kopf.

»Ihr Männer macht mich krank«, stieß sie hervor. »Ist es denn gerecht, dass wir Frauen zeitlebens eurer Willkür ausgesetzt sind? Haben wir nichts zu sagen? Erst der Vater, dann der Ehemann, als ob wir es nicht fertig brächten, für uns allein zu denken.«

Damit machte sie auf dem Absatz kehrt und rannte nach oben in ihre Kammer. Sie schlug die Tür zu, warf sich aufs Bett und hätte am liebsten laut geschrien.

Der Oktober des Jahres 1905 ging so kühl und nass zu Ende, als hätte der Winter den Sommer abgelöst, ohne den Herbst zu seinem Recht kommen zu lassen. Auf den Bergen fiel Schnee. Anna wusste, dass Michael keine Anstellung in der Stadt finden würde und seine Abreise nicht mehr allzu lange aufschieben durfte. Er konnte nicht von irgendwelchen Ersparnissen zehren, sondern musste zusehen, wie er über die Runden kam.

Die Welt war dunkel, kalt und unwirtlich, kein Sonnenstrahl der Hoffnung erreichte Anna, um sie zu wärmen.

11

»Es ist mir egal, ob deine Hauswirtin nach Hause kommt«, verkündete Anna trotzig und setzte sich auf den einzigen Stuhl in Michaels Zimmer. Seit jenem schrecklichen 2. Oktober, an dem Michael seine Stellung in der Saline verloren hatte, waren drei Wochen vergangen, in denen Bad Reichenhall von einem frühen Wintereinbruch mit Schnee und Eis heimgesucht worden war. Es war bitterkalt in dem kleinen Dachzimmer hinter dem Florianiplatz, Eisblumen blühten auf der Fensterscheibe, sodass Anna ihren Mantel anbehielt.

»Das wird sie nicht. Frau Rasch ist bei ihrer Schwester in Innsbruck und kommt erst in drei Tagen zurück. Trotzdem sollte es dir nicht einerlei sein. Was, wenn dein Vater herausfindet, dass du hier bist?«

Sie schüttelte den Kopf. »Der Metzger ist heute da. Sie schlachten eines der beiden Schweine, da will ich nicht dabei sein, und das weiß Vater auch. Er hat mich selber weggeschickt. Ich habe ihm gesagt, ich besuche meine Freundin Hertha, die ist Küchenhilfe im Café Flora.«

»Ihr schlachtet jetzt schon? Es ist nicht mal November.«

»Normalerweise machen wir das vor Weihnachten, aber wir brauchen das Geld. Vater will den Großteil des Fleisches verkaufen und nur wenig behalten. Und dann haben wir noch die zweite Sau.« Anna verstummte. Sie dachte daran, wie das Schwein sie getröstet hatte und dass sie auf keinen Fall wollte, dass es getötet wurde. »Jedenfalls«, fuhr sie schließlich fort, »bin ich gekommen, weil ich endlich genau wissen will, wann du weggehst und wohin.«

In den letzten Wochen hatte sich Michael sehr um sie bemüht. Er war ihrem Vater bei Arbeiten zur Hand gegangen und hatte alles getan, damit Anna merkte, wie stark er sich als Teil ihrer Familie sah. Seine ehrlichen Absichten bezweifelte sie nicht, ebenso wenig seine offensichtliche Verliebtheit. Natürlich würde auch er nichts lieber wollen, als bei ihr zu bleiben.

»Ich mache dir keinen Vorwurf, dass du gehst, Michael«, sagte sie leise. »Wir wissen beide, dass es die einzige Möglichkeit ist, wenn wir jemals eine gemeinsame Zukunft haben möchten. Es ist nur … ich fühle mich so … so machtlos. Es gibt nichts, was ich tun kann, und das macht mich wütend.«

Er nahm ihre Hände in die seinen und zog sie vom Stuhl hoch. »Anna, meine Anna.« In seinem Blick lag so viel Zuneigung, dass sie schlucken musste. »Du bist stärker, als du glaubst. Du musst Vertrauen in dich fassen, dann wird alles gut. Wir beide werden zusammen sein, das verspreche ich dir, und daran darfst du niemals zweifeln.« Er sah sie eindringlich an, bis sie nickte. Erst dann fuhr er fort: »Ich werde am Tag nach Allerheiligen aufbrechen.«

»Wohin? Richtung Osten kannst du auf keinen Fall, nicht nach Russland, dort herrschen Mord und Totschlag.«

»Ich gehe nach Amerika.«

Sie riss entsetzt die Augen auf. »So weit weg?«

»Es muss sein. Ich habe einen Onkel in Chicago, der hat Arbeit für mich.«

»Was für Arbeit?«

»Gut bezahlte. Gib mir ein Jahr, dann komme ich als gemachter Mann zurück, und wir werden heiraten.«

Sie wollte ihm so gerne glauben. Das Funkeln in seinen Augen, die Zuversicht, die aus ihm sprach, ließen auch sie hoffen. Zumindest in diesem Moment. Anna wusste, sobald sie allein war, daheim in ihrer Kammer, würde die Angst, ihn zu verlieren, zurückkehren. Aber jetzt gerade spürte sie sein

Gottvertrauen in die Zukunft so deutlich, als wäre es ihr eigenes.

»Also schön. Ich bleibe bei Vater und warte auf dich. Ein Jahr lang.«

Er zog sie in seine Arme. »Und du wirst nur an mich denken und an keinen anderen?«

»Genauso wenig wie du an eine andere Frau denken wirst.«

Er verschloss ihren Mund mit einem Kuss. Anna schob ihn ein kleines Stück zurück, bis er mit den Beinen am Bettkasten anstieß, und gab ihm einen Schubs, sodass er auf die Matratze fiel. Lächelnd blickte sie auf ihn herab und knöpfte ihren Mantel auf.

»Was machst du da?«, fragte er, sie nicht aus den Augen lassend.

»Ich ziehe mich aus.«

»Es ist kalt hier drin.«

»Dann sollten wir unter deine Decke schlüpfen und uns gegenseitig wärmen.«

Sein Atem beschleunigte sich, während sie auch noch ihr Kleid abstreifte. »Bist du sicher?«

Sie nickte. »Wenn wir ein Jahr lang aufeinander warten, brauchen wir eine gute Erinnerung, von der wir zehren können.«

Schnell rutschte er nach hinten, um Platz für sie zu machen, und schlug die Bettdecke zur Seite.

Anna legte sich neben ihn, merkte, dass sie zitterte.

Mit sanften Fingern streichelte Michael die nackte Haut ihres Armes hinauf bis zur Schulter. Er beugte sich über sie und küsste ihren Hals, atmete den Duft ihres Haars ein und verharrte mit seinen Lippen an ihrem Ohr.

»Ich liebe dich«, flüsterte er. Auch er zitterte, und wie bei Anna lag es nicht an der Kälte.

Am Nachmittag besuchte Anna tatsächlich ihre Freundin, weil sie den Vater nicht belügen wollte. Nur wenige Kutschen fuhren auf der breiten Bahnhofsstraße, wo sich das Café Flora befand, und noch weniger Automobile. Diese kamen auf der vereisten Straße schlechter voran als die Pferdefuhrwerke.

Wo im Sommer vornehme Kurgäste dicht gedrängt an Tischen im Grünen saßen und bei Kaffee und Kuchen die Zeit genossen, lag nun karg und vereinsamt der Gastgarten vor dem halbrunden Erker des Hauses. Oben auf dem Vorbau befand sich eine Terrasse mit Balustrade und darauf wiederum ein weiterer Erker mit drei offenen Bogengängen und einem verzierten Giebel, der mit seinen Schnörkeln aussah wie das Werk eines Zuckerbäckers. Überhaupt ähnelte das weiß getünchte Gebäude mehr einer mehrstöckigen Sahnetorte als einer Pension mit angeschlossenem Café, fand Anna.

Nur zu gerne hätte auch sie hier gearbeitet. Sie beneidete die Freundin um ihre Stelle. Wenn Hertha die Nase aus der Küche steckte, erhaschte Anna einen Blick auf mondäne Damen und elegante Herren. Ganz zu schweigen von den Köstlichkeiten, die in der Kuchentheke auslagen und dem duftenden Kaffee, von dem Anna mit Vergnügen einmal ein Tässchen gekostet hätte. Sicher schmeckte er himmlisch.

Therese Bauer, die Küchenchefin und Zuckerbäckerin im Café Flora, verdrehte die Augen, als Anna durch den Hintereingang in die Küche huschte und dabei einen Schwall kalter Luft mitbrachte.

»Da hast du aber Glück, dass ich gerade kein Soufflé mache, Anna. Das wäre mir sonst sauber zusammengefallen.« Gutmütig lächelnd wischte sie sich die Hände an der Schürze ab, die sie um ihre ausladende Körpermitte gebunden hatte, und nickte zur Spüle hin. »Hertha muss noch das Kaffeegeschirr machen, dann kann sie in die Pause gehen.«

»Dürfen wir hier drin bleiben, Frau Theres?«, fragte Hertha. Obwohl nicht verwandt, sah sie aus, wie eine jüngere Version ihrer Chefin, ebenfalls wohlgenährt, mit rosigem Teint und wachen Knopfaugen, die frohgemut in die Welt blickten. Es war der Küchenchefin und dem tüchtigen Personal des Café Flora zu verdanken, dass der Laden gut besucht und mittlerweile weit über die Grenzen Bad Reichenhalls hinaus bekannt war. Der liebevolle Service, das geschmackvolle Interieur und nicht zuletzt die Speisekarte mit häufig wechselnden Delikatessen, waren legendär.

»Draußen ist es euch wohl zu frostig, was? Ihr könnt euch gerne an den Tisch neben der Speisekammer setzen. Falls euch das privat genug ist. Anna sieht aus, als hätte sie dringend was zu erzählen.«

Anna spürte, wie ihr das Blut in die Wangen schoss. Hitze breitete sich auf ihrem Gesicht aus. Kurz überlegte sie, ob man es ihr anmerkte, dass sie und Michael sich geliebt hatten. Auf keinen Fall würde sie Hertha etwas davon sagen. Nur, dass ihr Verlobter Bad Reichenhall verlassen musste, das wollte sie sich von der Seele reden.

»Wie schrecklich, Anna«, sagte Hertha mit Betroffenheit in der Stimme, nachdem sie geendet hatte.

Und Frau Theres, die natürlich zugehört hatte, schob Anna wortlos ein tröstliches Stück Apfelstrudel hin, das vom Vortag übrig geblieben war.

»Nicht gut, Kind, gar nicht gut«, murmelte sie vor sich hin. »Die Leute werden so lange reden, bis er wieder hier ist. Immerhin haben sie mitbekommen, dass ihr verlobt seid.«

»Das ist mir egal. Ich werd ihn ein ganzes Jahr lang nicht sehen, weil er so furchtbar weit weg ist, und das macht mich unendlich traurig.«

»Das versteh ich gut«, entgegnete Frau Theres. »Trotzdem werde ich die Ohren aufhalten, was getratscht wird.«

»Warum sollte sich überhaupt jemand für mich oder das, was ich mache, interessieren?«, schniefte Anna. »Immerhin versäumen die Leute nie, mir unter die Nase zu reiben, dass ich ein Niemand bin und nichts habe.«

»Oh, aber das stimmt nicht«, widersprach die Küchenchefin. »Schau mal in den Spiegel. Du bist ein hübsches junges Fräulein, blitzgescheit dazu, und meistens nicht sittsam still, sondern du tust deine Meinung kund. Ein gefundenes Fressen also für alle Klatschtanten. Gerade, wenn's dir mal schlecht geht.«

»Widerlich ist das!«, stieß Hertha hervor.

Therese Bauer zuckte unbekümmert mit den Schultern. »Aber eben der Lauf der Dinge hier. Merkt euch eins, sobald aus Backfischen Frauen werden, sind sie besonders interessant. Erst wenn sie unter der Haube sind, werden sie wieder langweilig.«

»Frau Theres, was Sie immer sagen.« Hertha prustete und aß die Hälfte des Apfelstrudels, den Anna ihr hinschob.

»Glaub einer alten Schachtel, Kind.« Sie nickte mit dem Kopf in Richtung Café. »Seht euch nur das vormalige Fräulein von Feil an. Bildhübsch, aus gutem Hause und ein wenig in die Jahre gekommen, war sie immer für Klatsch und Tratsch gut. Aber jetzt, wo sie diesen Herrn Bahlow aus München geheiratet hat, wird sie vielleicht noch mal interessant, wenn sie schwanger ist, und das war's dann. Dabei ist sie noch genau so hübsch und aus gutem Hause wie vor ihrer Verehelichung. Schaut selber.«

Gerade kam die Bedienung mit einem Tablett voller Geschirr zurück und drückte die Tür weit auf, sodass die jungen Mädchen einen Blick in den Gastraum werfen konnten.

Das prächtige, zu einer extravaganten Frisur aufgetürmte Haar von Katharina von Feil leuchtete im Schein der elektrischen Glühlampen feuerrot. Ihr Kleid sah für Anna aus, als stamme es direkt aus einem dieser Pariser Modesalons, über die die feinen Damen öfter sprachen. Bei dem Herrn am Tisch handelte es sich zweifellos um ihren Ehemann. Mit einer geschmeidigen Geste hob er gerade eine Mokkatasse an die Lippen und trank einen Schluck. Gut sah er aus, mit seinem dichten Haar und den entschlossen wirkenden Gesichtszügen. Wie jemand, der sich seiner Position in der Welt wohl bewusst ist. Er schien im selben Alter zu sein wie seine Angetraute.

»Wie heißt er denn, der Münchner?«, fragte sie Frau Theres im Flüsterton.

»Friedrich Bahlow«, kam die prompte Antwort. Sogar noch mit einer Zusatzinformation. »Angeblich hat er geerbt und das Geld gut angelegt. Jetzt hat er vor, sich der Politik zu widmen. Erzählt man sich zumindest. Eine famose Partie.«

Die beiden waren in der Tat ein schönes Paar. Auch wenn Herr Bahlow seine Frau nicht mit demselben Feuer im Blick betrachtete, mit der Michael Anna ansah, das fiel ihr sofort auf. Stattdessen schien er sämtliche der anwesenden Damen zu taxieren, ungeniert und eindringlich, sogar, während seine Gattin mit ihm sprach.

Anna zuckte mit den Schultern. Sie würde ihn nicht haben wollen, den reichen Herrn. Nicht einmal, wenn er ihr alle schönen Kleider und den besten Kaffee der Welt kaufen würde. Sie stellte sich das Leben an der Seite eines Mannes, der andere Frauen mit mehr Interesse als die eigene betrachtete, verdrießlich vor. Gottlob würde ihr ein derartiges Schicksal erspart bleiben.

Eine Welle heftiger Gefühle für Michael brach über Anna herein, und während sie zurück in die Küche ging und nach ihrem Mantel griff, umspielte ein Lächeln ihre Mundwinkel.

»Ich gehe besser nach Hause«, sagte sie zu Herta. »Es ist schon dunkel, und der Vater macht sich sonst Sorgen, wenn ich zu lange wegbleibe.«

»Wie meinst du das? Du bist doch eben erst gekommen?«

Erneut spürte Anna, wie Hitze in ihre Wangen stieg. Sie murmelte eine unverständliche Erklärung und trat durch die

Hintertür hinaus in den kalten Wind. Der Heimweg würde eisig werden.

12

Das Leben in München gestaltete sich nicht so, wie Katharina es sich vorgestellt hatte. Die Beletage, die sie zusammen mit ihrem Gatten und zwei Hausangestellten in Schwabing bewohnte, war deutlich bescheidener als nach Friedrichs Erzählungen. Wenigstens konnte sie zu Fuß den Englischen Garten erreichen, wo sie täglich flanierte. Denn zumeist war Katharina auf sich allein gestellt, weil ihr Ehemann ohnehin nicht daheim war. Was genau er tat, wusste sie nicht, und auf Nachfragen antwortete er nur vage. Die glamourösen Abendveranstaltungen, von denen er geschwärmt hatte, fanden viel seltener statt als behauptet und entpuppten sich als ermüdende Essen mit Herrschaften, die Katharina nicht kannte.

Der harte Schlag der Ernüchterung hatte sie bereits kurz nach den Hochzeitsfeierlichkeiten getroffen. Friedrich lebte sein Leben, erwartete, dass sie sich ihm anpasste, und legte ein gleichgültiges, herablassendes Benehmen an den Tag. Wenn schon keine Liebe, hätte sie sich wenigstens etwas Leidenschaft erhofft. Das Begehren, das er vor der Hochzeit unverblümt bekundet hatte, war nach ein paar Nächten verpufft. Friedrich schien nicht einmal übermäßig an der Zeugung eines Erben interessiert zu sein, so selten suchte er Katharinas Bett auf. Nachdem er sie einige Male beglückt hatte, erprobte er seine Manneskraft an neuen Eroberungen, wie sie vermutete. Anders konnte sie sich seine überaus häufige Abwesenheit von Haus und Herd nicht erklären.

Ihren Eltern durfte Katharina damit freilich nicht kommen. Sie hätten mit Verständnislosigkeit reagiert. Immerhin war es ihre, Katharinas, Aufgabe, sich heiraten zu lassen, für Nachkommen zu sorgen und ansonsten möglichst wenige Unannehmlichkeiten zu verursachen. Ob sie dabei glücklich war oder nicht, spielte eine untergeordnete Rolle.

Als es vor Weihnachten zurück ins verschneite Bad Reichenhall ging, freute sich Katharina über die Maßen. Friedrich würde gottlob erst später nachreisen. So hatte sie mehrere Wochen für sich, konnte Bekannte und Verwandte besuchen und so tun, als wäre alles in bester Ordnung. Das hatte sie gelernt.

»Wie? Du bist schon guter Hoffnung?« Sobald die Worte ihren Mund verlassen hatten, schämte sich Katharina für ihre mangelnde Begeisterung. Das hatte Gertrud nicht verdient, sie war stets eine loyale Freundin gewesen. Seit ihrer Hochzeit mit dem Justiziar der Saline hieß sie nun Frau Neumann, und wenn man der Behauptung von Katharinas Mutter Glauben schenken durfte, hatte sie es innerhalb kürzester Zeit geschafft, sich einen Platz unter den angesehenen Damen der Stadt zu erobern. In ihrem dunkelgrünen Wollkostüm mit schokoladenbraunen Samtmanschetten und ebensolchem Kragen, dem hellen Blondhaar sowie dem glücklichen Strahlen in den Augen sah sie aus wie eine Winterprinzessin. Katharina, die stets die Auffälligere der beiden gewesen war, kam sich daneben unscheinbar vor. Sie erreichten soeben das Königliche Kurhaus, nachdem sie einen Spaziergang durch den winterlichen Park gemacht hatten. Viel mehr Möglichkeiten, sich draußen zu beschäftigen, standen Damen ab einer gewissen gesellschaftlichen Stellung nicht zu Gebote.

»Ja, stell dir vor. Ist das nicht himmlisch?« Gertrud schien der Neid in Katharinas Stimme entgangen zu sein. »Die Morgenübelkeit ist auch schon vorbei, jetzt bin ich ständig hungrig. Wollen wir uns ein paar heiße Maronen holen?«

Sie deutete auf einen zerlumpt aussehenden älteren Mann,

der auf einem qualmenden Öfchen Esskastanien röstete. Er trug eine dünne Jacke mit Mottenlöchern und eine fleckige Schiebermütze. Kein appetitlicher Anblick. Wie kam Gertrud nur auf die Idee, Essen von diesem Kerl zu erstehen?

Katharina schüttelte angewidert den Kopf, aber da war ihre Freundin bereits losmarschiert und verlangte eine große Portion der winterlichen Leckerei.

Sie bezahlte, gab dem Mann auch noch ein Trinkgeld und bedankte sich herzlich, als er ihr die Spitztüte aus braunem Papier überreichte.

»Ach, wie schön, da kann ich mir die Hände wärmen. Hier, Katharina, nimm dir gerne.«

»Nein, danke. Ich bin nicht hungrig.«

»Sieh nur, da kommt Thomas!« Der freudige Ausruf ließ Katharina zusammenzucken. Sie hatte Gertruds Bruder seit deren Hochzeit nicht mehr gesehen. Als er nun auf sie zuschritt, wusste sie nicht, was sie stärker schockierte. Sein unverschämt gutes Aussehen? Die Abzeichen an seiner Uniform, die bekundeten, dass der ehemalige Leutnant es mittlerweile zum Rittmeister gebracht hatte? Oder die zierliche junge Dame an seinem Arm, die ihn mit wasserblauen Augen anhimmelte.

»Frau Bahlow, was für eine Freude, dass wir uns wiedersehen«, begrüßte er sie. »Darf ich Ihnen meine Verlobte Fräulein Westenried vorstellen?«

Diese nickte grüßend, während Katharina um Fassung rang. Falls August Westenried, der bekannte Grundbesitzer, ihr Vater war, wäre sie eine hervorragende Partie.

Gertrud bestätigte Katharinas Verdacht. »Thomas und Augustine werden im Frühling heiraten. Stell dir vor, die beiden haben sich bei der Hochzeit gemeinsamer Freunde kennengelernt, und es war Liebe auf den ersten Blick.«

»Bei mir war es das auf jeden Fall«, sagte Thomas augenzwinkernd, »Tine musste ich erst überzeugen.«

»Ich bitte dich, du hast mich im Sturm erobert. Wer könnte dir schon widerstehen?« Der kokette Unterton in der Stimme seiner Begleiterin zeugte von Selbstbewusstsein und war absolut unangebracht. Niemals würde Katharina etwas Derartiges in der Öffentlichkeit von sich geben. Sie musterte die junge Frau genauer. Augustine hatte dickes, dunkelbraunes Haar, perfekte Haut und dominante Brauen über eigentümlich hellen Augen. Wie hatte Thomas Fischer es geschafft, August Westenrieds einziges Kind und Alleinerbin für sich zu gewinnen?

»Ja, dann gratuliere ich herzlich«, sagte Katharina lahm.

»Vielen Dank, Frau Bahlow. Wie ist das Leben in München? Ich habe gehört, Ihr Gatte ist fester Bestandteil der Schwabinger Gesellschaft.«

»Sehr angenehm, Herr Fischer. Wir fühlen uns wohl in der Stadt. Mein Mann wird über die Feiertage natürlich hierherkommen. Vermutlich sieht man sich in der Christmette?«

Mit ein paar weiteren Floskeln schaffte es Katharina, sich von den dreien zu verabschieden.

»Ich habe heute Thomas Fischer getroffen«, bemerkte sie später beim Abendessen mit ihren Eltern. »Warum hat mir niemand gesagt, dass er mit August Westenrieds Tochter verlobt ist?«

Hedwig von Feil blickte nicht einmal von ihrem Teller auf. »Weil das vollkommen unerheblich ist.«

»Unerheblich? Dass er euch nicht gut genug war, aber dem reichsten Mann der Gegend schon?«

»Wenn es Herrn Westenried nichts ausmacht, als gesellschaftliches Sprungbrett für den Schwiegersohn herzuhalten, ist das seine Sache. Außerdem ist er doch auch nur ein neureicher Bauer. Für jemanden wie dich wäre Herr Fischer nie infrage gekommen.«

»Da stimme ich deiner Mutter uneingeschränkt zu«, bekräftigte Konrad von Feil. »Dennoch komme ich nicht umhin, Kurdirektor Fischer Respekt zu zollen. Er hat für beide seiner Kinder eine hervorragende Partie gemacht. Im Rahmen ihrer Möglichkeiten, meine ich. Wann kommt eigentlich Friedrich? Was hält ihn vor den Feiertagen so lange in München auf?« Er legte das Besteck weg und schnippte, ohne auf eine Antwort zu warten, mit den Fingern.

Adele kam herbeigeeilt. »Ja, gnädiger Herr?«

»Ist es zu viel verlangt, ein ordentlich gebratenes Stück Fleisch mit mehr als einer Beilage zum Abendessen zu wünschen?«

»Nein, gnädiger Herr. Aber die Köchin ist krank, deswegen musste die Küchenhilfe heute das Essen zubereiten, und das überstieg wohl ihre Fähigkeiten.«

Konrad von Feil runzelte die Stirn. »Seit wann ist diese Küchenhilfe bei uns?«

»Seit zwei Jahren, gnädiger Herr.«

»Und alles, was sie in der Zeit gelernt hat, ist eine Schuhsohle zu brutzeln und Bohnen zu Matsch zu verkochen?«

Adele klappte den Mund auf und zu und schlug die Augen nieder. Statt einer Antwort, knickste sie nur.

»Ab wann dürfen wir wieder mit Brunhilde rechnen?«, fragte von Feil spitz. Er sah von Adele hinüber zu seiner Frau, die enerviert die Augen verdrehte.

»Soviel ich weiß, kommt sie morgen wieder.«

»Gut. Dann werden wir uns überlegen, ob wir die Dienste der Küchenhilfe weiter benötigen.«

Katharina sah, wie Adele blass wurde. Sicher würde sie sofort in die Küche laufen und alles haarklein weitertratschen, und dann würde unter den Domestiken Hysterie ausbrechen, weil es ja nichts Schlimmeres gab, als wenn einer von ihnen hinausgeworfen wurde.

»Findest du wirklich, das sollte noch vor Weihnachten entschieden werden, Papa?«, fragte Katharina.

»Möglicherweise nicht. Aber gleich nach den Feiertagen.«

Katharina lächelte in sich hinein. Sie hatte der bedauernswerten Küchenkraft ein wenig Schonzeit verschafft. Sie war mit sich zufrieden. Es fühlte sich angenehm an, Gutes zu tun.

Am Vorabend des Weihnachtsfestes traf Friedrich endlich auf Burg Schönegg ein. Bester Laune machte er der Hausherrin Komplimente. »Schwiegermama, du bist eine Erscheinung. Wie schafft der gute Konrad es nur, dich hier in der Provinz zu verstecken? Du gehörst nach Paris oder London, nicht in dieses Salzdorf.«

»Dieses Salzdorf, wie du es so abwertend nennst, mein Lieber, bietet uns die Mittel, damit deine Schwiegermutter sich pflegen und kleiden und so gut aussehen kann, wie sie es tut«, entgegnete Konrad von Feil ungewohnt direkt. Er hatte dem Champagner reichlich zugesprochen, der zur Feier von Friedrichs Ankunft geöffnet worden war, und Wangen wie Glatze erstrahlten in sattem Rosa.

Nach dem Essen verabschiedete sich Friedrich.

»Wohin gehst du?«, fragte Katharina verwundert. »Du bist doch eben erst angekommen.«

Er tätschelte ihre Hand und hauchte einen Kuss darauf. Dann griff er nach seiner Zigarre, die er kurz im Aschenbecher abgelegt hatte, und steckte sie sich wieder in den Mund. »Ich treffe mich mit einem Freund aus München zum Kartenspielen. Er ist in der Villa Bristol abgestiegen und bleibt über die Feiertage in Bad Reichenhall. Da wird es mir wenigstens nicht langweilig. Warte nicht auf mich, es kann spät werden.«

Damit ließ er sich von Adele Hut und Mantel bringen und rauschte hinaus.

Die drei von Feils blieben stumm zurück. Katharina atmete hörbar ein und wollte ihrem Unmut Luft machen, aber ihre Mutter hob warnend die Hand.

»Ich mag nichts hören, Kind. Akzeptiere die Dinge, wie sie

sind.« Damit ging auch sie aus dem Raum, und Katharina hörte, wie sie die Treppe zu ihren Räumlichkeiten hinaufstieg.

Auf ihren flehenden Blick hin wiederholte ihr Vater mit alkoholschwerer Zunge, was er bereits kundgetan hatte. »Deine Mutter hat wie immer recht. Gute Nacht, Katharina, du solltest dich ebenfalls zurückziehen.«

In Katharinas Augen brannten Tränen der Enttäuschung, als sie wenig später im Bett lag. Obwohl sie eine Ewigkeit brauchte, um einschlafen zu können, hörte sie nicht, wann ihr Mann nach Hause kam. Es hätte Mitternacht sein können, genauso gut aber fünf Uhr morgens.

Bad Reichenhall,
Königlich Bayerisches Staatsbad
1906

13

Die Schlachtung der zweiten Sau hatte Anna sehr zugesetzt. Nie hätte sie erwartet, dass der Tod eines Tieres ihr derart nahegehen würde, aber es war unausweichlich gewesen. Nach dem eisigen Oktober war der Winter früh übers Land gezogen und hatte Wald, Stadt und Felder mit einer dicken Schneeschicht bedeckt. Den reichen Leuten war das gleich, die konnten sich immer zu Essen kaufen. Die ärmere Bevölkerung und die Häuslerleute litten darunter, wenn der Herbst praktisch ausfiel. Für sie waren die Möglichkeiten zur Selbstversorgung rasch erschöpft. Sobald der Boden durchgefroren war, warf der Garten nichts mehr ab. Und das eingelagerte Obst und Gemüse reichte nicht, wenn der Winter länger dauerte als sonst. Ohne Fleisch würden Anna und Johann die kalte Jahreszeit nicht überstehen. Deshalb war kurz vor Weihnachten der Schlachter noch einmal zu den Gmeiners gekommen und hatte das arme Tier abgestochen. Bisher hatte Anna die Tatsache, dass sie Schweine aufzogen, um sie hinterher zu töten, keine schlaflosen Nächte bereitet. So war das eben, wenn man Fleisch essen oder es verkaufen wollte. Als Kind war sie sogar beim Schlachten dabei gewesen.

»Du musst das Schwanzerl festhalten, Annalein«, hatte ihre Großmutter immer gesagt, sobald der Schlachter sich am Kopf der Sau positioniert hatte. Auf diese Weise hatte das Mädchen ein wenig abseits gestanden und nicht gesehen, was vorn passierte. Später dann, als sie verstand, was geschah, hatte sie nicht mehr dabei sein wollen. Ihr Vater und ihre Mutter hatten das akzeptiert. Beim Verarbeiten freilich wurde jede Hand gebraucht, da gab es keine Ausnahmen. Meterlange

Därme mussten ausgewaschen werden, um sie zur Wurstherstellung verwenden zu können. Das aufgefangene Blut musste zügig gerührt, die Innereien, die nicht lange frisch blieben, zerteilt werden. Viele Kilogramm Fleisch wurden gepökelt und geräuchert, Knochen und Kopf in Töpfen ausgekocht, Sülze zubereitet. Es gab unzählige Arbeitsschritte, bis ein großes Tier wie eine Sau vollständig zerkleinert und in möglichst lange haltbare Nahrungsmittel verwandelt worden war. Alle mussten helfen, früher waren das neben Annas Eltern und Großeltern auch sie und ihr Bruder gewesen. Und niemand durfte dabei zart besaitet sein.

In diesem Jahr hatte sich Anna nicht nur mit der Tatsache abzufinden, dass ihr Lieblingsschwein geschlachtet wurde, sondern auch damit, dass sie sein Fleisch essen musste, um bei Kräften zu bleiben. Die Gmeiners gehörten nicht zu denjenigen, die sich in der Stadt einfach Nachschub an Lebensmitteln kaufen konnten. Ihr Vorrat an Lagerrüben und Zwiebeln war seit November aufgebraucht. Das karge Winteressen bestand aus Sauerkraut, Brot und Milch – damit konnte niemand über die Runden kommen. Ein paar Stücke Räucherfleisch hatten sie behalten, sie hingen in der Selchkammer zum späteren Verzehr.

Weil Johann keine Geschäfte mehr mit Herrn Talhofer machen wollte, kaufte er auf dem Markt ein Ferkel, nachdem sie einen Großteil des Fleisches verkauft hatten. Für ein zweites fehlte das Geld. Fortan teilten sie die Kartoffeln mit dem Tier, und Anna nahm sich fest vor, es nicht in ihr Herz zu schließen.

In der Dreikönigsnacht, der Nacht vom fünften auf den sechsten Januar, gingen Anna und ihr Vater nach altem Brauch durch Haus und Stall, um für Glück im kommenden Jahr zu bitten. Johann Gmeiner trug ein paar glühende Kohlen auf der Ofenschaufel vor sich her, auf die er etwas Weihrauchharz gegeben hatte. Der beißende, weiße Rauch, der davon aufstieg, rief gemischte Gefühle in Anna hervor. Sie dachte an endloses Stehen in der Kirche, während die Messdiener die Weihrauchkessel schwangen, und sie glaubte, einer Ohnmacht nahe zu sein. Aber auch feierliche Momente während der Weihnachtszeit kamen ihr in den Sinn.

Diese Nacht galt als die Nacht der Segen und Wunder, und Anna wünschte sich ganz fest, dass Michael bald zurückkehren möge. Jeden Abend vor dem Einschlafen sah sie wieder den schmerzlichen Abschied auf dem Bahnhof von Bad Reichenhall vor sich. Die Endgültigkeit, mit der die Eisenbahntür ins Schloss gefallen war, hatte ihr das Herz zerrissen. Durch das offene Zugfenster hatte sie Michaels Hand noch gehalten, bis die Lokomotive angefahren war, sich erst so schwerfällig in Bewegung gesetzt hatte, dass Anna meinte, mitlaufen zu können. Doch dann war sie schneller und schneller geworden, hatte Michael mit sich fortgenommen in eine unsichere Zukunft und sie zurückgelassen mit der Gewissheit, dass nichts mehr sein würde wie zuvor.

Michael hatte kein Geld gehabt, um ihr ein Abschiedsgeschenk zu kaufen. Er konnte sich keinen Ring oder keine Halskette für Anna leisten. Deshalb gab er ihr das einzige Stück von Wert, das er besaß, ein Silbermedaillon mit dem Abbild des Heiligen Christophorus, das er von seiner Mutter bekommen hatte und das ihn schon zeitlebens begleitete.

»Du musst es mitnehmen«, hatte Anna protestiert. »Sankt Christophorus ist der Schutzheilige der Reisenden.«

»Ich will, dass du ihn für mich aufhebst, bis ich wiederkomme. Und dir dafür im Tausch einen Ring an den Finger stecken kann.«

Mit diesem Gedanken weinte sich Anna jede Nacht in den Schlaf und trug das Medaillon stets bei sich versteckt am Körper.

»Sie suchen Holzknechte«, sagte Annas Vater am Freitag nach Heiligdreikönig.

Sie stand am Herd und war dabei, Ausgezogene zu backen. Vorsichtig ließ sie eine kleine Menge Teig ins heiße Fett gleiten, bevor sie sich zu ihrem Vater umwandte. »Ich weiß. Hertha hat es mir erzählt, ich hab sie gestern in der Stadt getroffen.«

»Der Kreinig braucht noch Leute.«

Erwin Kreinig war Holzmeister für das königliche Forstamt. Christoph hatte für ihn gearbeitet, war unter seiner Leitung gestorben. Mit zitternden Fingern griff Anna nach einem Holzlöffel und drehte die im Fett schwimmenden Küchlein um. Sie würde nicht nachfragen und wollte es nicht hören. Aber es war unausweichlich.

»Ich hab ihm zugesagt, Anna, ich geh mit ins Holz.«

»Bitte nicht, Vater.«

Bedauernd wiegte er den Kopf hin und her. »Es muss sein. Das Geld, das wir von der Sau haben, wird uns nicht über den Winter bringen. Es ist erst Januar.«

»Kannst du nicht …?« Sie brach ab.

»Es gibt keine andere Arbeit, nicht für mich. Wenn ein junger Mann wie Michael keine vernünftige Stelle findet, was glaubst du dann, wie es einem alten Kerl wie mir geht? Es ist eine gute Gelegenheit, wenn mich der Kreinig noch nimmt.«

»Und wo gehst du hin?«

»Rüber ins Salzburgische. Wir bleiben in den Holzknechthütten, bis alle Stämme geschlagen sind. In ein paar Wochen bin ich wieder da. Ich werde genug verdienen, dass es bis zum Frühling reicht. Vielleicht muss ich nach der Schneeschmelze nicht mal beim Triften helfen, wenn wir gut haushalten.«

Wortlos fischte Anna die fertigen Ausgezogenen aus der Pfanne und stellte sie zum Abtropfen auf ein Brett, ordentlich nebeneinander, wie Zinnsoldaten. Er konnte die Sache nicht schönreden. Das Schlagen des Holzes war ebenso gefährlich wie der spätere Transport zur Saline. Es konnte immer etwas passieren. Wenn die Bäume fielen. Wenn man beim Entasten mit der Axt nicht achtgab. Wenn die Stämme in die Klause gerollt wurden. Oder wenn sie mit Schlitten zum Lagerort gebracht wurden. Doch Anna wusste, dass ihr Vater recht hatte – sie brauchten Geld.

Sie reichte ihm ein warmes Schmalzküchlein, in das er hungrig hineinbiss. Frisch schmeckten sie am besten. Morgen würden sie auch noch gut sein. Im Laufe der Woche würden sie dann immer trockener, und meist legte sich die Begeisterung am Schmalzgebackenen schnell. Die Ausgezogenen waren viele Tage haltbar, nahrhaft und mit wenigen Zutaten herzustellen, deshalb buk Anna immer zahlreiche auf Vorrat.

Im letzten Jahr war ihr Vater fünfzig geworden. Als Kind hatte Anna geglaubt, niemand auf der Welt hätte breitere Schultern als er. Dann waren zuerst seine Eltern gestorben, danach ihre Mutter, schließlich Christoph, und nun gab es nur noch sie beide, und seine Schultern schienen sich unter der Last von Gram und Verantwortung zu beugen. Müde sah er aus.

Sanft legte Anna ihm eine Hand auf den Rücken, während er am Tisch saß. »Ist gut. Ich werde mich hier daheim um alles kümmern, solange du weg bist, du musst dir um nichts Sorgen machen. Und wenn du durch die Holzarbeit später nicht beim Triften zu helfen brauchst, wäre ich sehr erleichtert.«

Der Abschied nahte schneller, als Anna erwartet hatte. Sie blickte ihrem Vater nach, wie er sich von ihrem kleinen Häuschen entfernte. Ein dunkler Fleck in der weißen Landschaft. Mühsam stapfte er durch den Schnee, auf dem Rücken sein Bündel, in dem sich die letzten Schmalzküchlein befanden, und in der Hand einen Wanderstock.

Nun war sie allein. Von Michael hatte sie erst zwei Briefe

erhalten. Einen kurz nach seiner Ankunft in Amerika, in dem er ihr mitgeteilt hatte, dass sein Onkel im Sterben liege und ihm nicht weiterhelfen könne. Und einen zweiten aus Kalifornien, wohin er von Chicago aus gereist war. Seitdem nichts mehr. Sie vermisste ihn schrecklich, dachte Tag und Nacht an ihn. Es fühlte sich an, als wäre er schon Jahre weg und nicht erst ein paar Monate. Wie sollte sie die Zeit ohne ihn nur überstehen?

Um auf andere Gedanken zu kommen, ging Anna in den Stall und versorgte ausgiebig die Tiere. Sie streute neu ein, fütterte sie und molk die Kühe. Das kleine Schwein sah sie mit wissenden Augen an, aber sie gestand ihm ihre Sorgen nicht, sondern ging zurück ins Haus. Sicher fühlte sich das Ferkel ebenso einsam wie sie, jung wie es war und ohne Artgenossen. Den Hühnern unter der Eckbank erging es da besser, sie hatten es schön warm und befanden sich in Gesellschaft. Als sie allen Ernstes überlegte, das Schweinchen in die Stube zu holen, schüttelte Anna den Kopf über ihre Gedanken. Ihr Vater würde glauben, sie wäre verrückt geworden, wenn er zurückkehrte.

Doch dazu kam es nicht. Acht Tage nach Johanns Aufbruch klopfte Erwin Kreinig an Annas Tür.

»Du wirst dir denken können, warum ich hier bin, Anna«, begann er ohne Umschweife. Ein altbekanntes Gefühl breitete sich in ihr aus. Dunkel und eiskalt kroch es von der Brust hinunter in die Beine, hinein in die Arme und schließlich hinauf in den Kopf, wo es sich hinter ihrer Stirn festsetzte. Anna wagte weder zu blinzeln noch zu sprechen, nickte nur, ohne den Blick von Erwin Kreinig zu wenden. Rasch, mit einer fahrigen Geste, nahm er den Filzhut ab. Er war ein Bär von einem Mann in den frühen Vierzigern, mit imposantem Rauschebart und Schaffellweste. Sie trat beiseite, hielt die Tür auf und ließ ihn in die Stube. Sie deutete auf die Bank, aber er schüttelte den Kopf. Für das, was er zu sagen hatte, musste er wohl stehen.

»Was ist geschehen?«, flüsterte sie. Erwin Kreinig war so groß, dass sie zu ihm aufsehen musste. Das war gut, denn auf diese Weise liefen die Tränen nicht so schnell aus den Augen.

»Wir wollten Stämme mit dem Pferdeschlitten zum Lager transportieren. Weil der Johann so gut mit den Norikern umgehen kann, hat er die erste Ladung gefahren, damit das Pferd sich sicher fühlt. Es war ein schrecklicher Unfall, Anna. An einer steilen Stelle ist die Bremse des Schlittens gebrochen. Dein Vater und das Tier hatten keine Chance, es ging alles schnell. Er hat nicht leiden müssen.«

»Warum ist die Bremse gebrochen?«, hauchte Anna. Bevor sie sich in den Schmerz ergeben würde, wollte sie wenigstens versuchen zu verstehen.

Erwin Kreinig zuckte die Schultern. Dass Anna so gefasst war, schien ihn beinahe zu überfordern. »Vielleicht war der Schlitten überladen. Oder der Hang war zu steil, sodass die Kraft zu stark wurde. Oder die Bremse war nicht mehr in Ordnung. Da gibt's viele Gründe.« Er zuckte die Schultern.

»Die ihn alle nicht wieder lebendig machen.«

»Das nicht ...« Kreinig zog einen Beutel aus der Tasche. »Hier. Dein Vater hat nicht lange genug gearbeitet, um Anspruch auf Lohn zu haben. Aber die Burschen haben gesammelt, und ich hab noch was draufgelegt, damit du wenigstens am Anfang über die Runden kommst.«

»Danke.« Anna nahm das Geld und steckte es so würdevoll wie möglich ein. Am liebsten hätte sie es ihm vor die Füße geworfen, wäre auf ihn losgegangen und hätte ihn angebrüllt, wie es sein konnte, dass erfahrenen Holzarbeitern so etwas zustieß. Aber auch das hätte ihren Vater nicht wieder lebendig gemacht.

»Wo ist er?«, fragte sie tonlos.

»Sie bringen ihn direkt in die Aussegnungshalle.«

»Ich will ihn daheim haben.«

»Das geht nicht.« Die Augen starr auf den Hut in seinen Händen gerichtet, fügte Erwin Kreinig leise hinzu: »Du solltest ihn so nicht sehen. Weißt du, die Stämme wiegen schwer und haben ihn unter sich begraben.«

Anna schluckte hart. Sie nickte und schaute zur Tür.

»Dann geh ich besser wieder. Mein aufrichtiges Beileid.« Erwin Kreinig beeilte sich, das kleine Haus zu verlassen. Durch das Küchenfenster sah Anna ihm nach, wie er den schmalen freigeschaufelten Weg durch den hohen Schnee hindurch in Richtung Stadt verschwand. In einer Stunde würde er im Bürgerbräu sitzen und allen, die es hören wollten, haarklein erzählen, wie Johann Gmeiner und ein Pferd von Baumstämmen zerquetscht worden waren. Sicher würde er die grausigen Einzelheiten auspacken, die er ihr erspart hatte. Dann war es nur noch eine Frage der Zeit, bis sie anfangen würden, über Anna zu kreisen wie Geier über einer toten Gämse, die guten Leute von Bad Reichenhall.

Das kalte schwarze Grauen erfüllte Anna mittlerweile vollkommen. Sie hatte das Gefühl, nicht mehr atmen zu können, und rannte aus dem Haus in den Schnee. Dicke Flocken fielen vom aschgrauen Himmel. Sie legte den Kopf in den Nacken und sah nach oben. Dann schloss sie die Augen. Langsam ließ der Druck in ihrer Brust nach, und sie fühlte, wie heiße Tränen über ihr Gesicht liefen und sich mit eisigen Schneeflocken vermischten. Als sie anfing zu zittern, ging sie in den Stall. Sie hob das Ferkel aus seinem Verschlag und trug es hinüber in die Stube. Es hielt ganz still, zappelte nicht mit den Füßchen, nicht einmal, als sie sich mit ihm auf die Eckbank setzte und begann, es zu streicheln. Als würde es verstehen, dass Anna Wärme brauchte, schmiegte es sich an sie und atmete ruhig.

»Weißt du, jetzt bin ich ganz allein auf der Welt. Alle in meiner Familie sind tot, und Michael ist in Amerika. Wenn ich einfach hier sitzen bleibe, so lange, bis ich sterbe, würde das niemanden interessieren.«

Doch so leicht durfte sie es sich nicht machen. Ihr Vater hätte erwartet, dass sie sich zusammenriss und um seine Beerdigung kümmerte. Als sie alle Kosten beglichen hatte, war von dem Geld der Holzknechte nichts mehr übrig. Bald darauf gingen ihre Essensvorräte zur Neige. Sie hatte nicht einmal mehr genügend Kartoffeln für sich und das Schwein. Anna wusste, dass etwas geschehen musste. Es war Zeit zu handeln, niemand sonst würde für sie sorgen. Entweder, sie half sich selbst, oder sie gab auf. Nach wie vor erreichte sie weder ein Lebenszeichen von Michael, noch kannte sie eine Adresse, an die sie ihm hätte schreiben und ihn um Rat fragen können.

An einem Montag Anfang Februar klopfte sie an die Hintertür des Café Flora.

»Anna! Kind! Du bist ja nur noch Haut und Knochen. Komm herein.« Theres stand das Entsetzen ins Gesicht geschrieben. Sie griff nach Annas Hand, zog sie durch die Küche zum Tisch neben der Speisekammer und drückte sie sanft auf einen Stuhl.

»Jetzt isst du erst einmal eine heiße Rindssuppe, die hab ich heute zu Mittag gekocht. Keine Widerrede.«

Hertha kam gelaufen, auch in ihren Augen lag Sorge. »Wie geht es dir? Warst du die ganze Zeit über daheim? Letzte Woche habe ich dich besuchen wollen, aber es war alles abgeschlossen.«

»Nun lass sie erst mal in Ruhe, bis sie aufgegessen hat«, ging ihre Chefin dazwischen. »Hier, die Herrschaften an Tisch vier möchten zwei Stück Muskazin-Torte und zwei Kännchen Kaffee. Bereite alles vor, und der Peppi soll es servieren.« An Anna gewandt fuhr sie fort: »Eine Tragödie ist das, Kind, dein

Vater war ein guter Mann. Viel zu früh musste er sterben, viel zu früh! Er hätte nicht ins Holz gehen dürfen.«

»Vielleicht hätte der Kreinig Vaters Schlitten nicht überladen dürfen«, stieß Anna hervor. »Dann wäre das Unglück nicht geschehen, und er würde noch leben.«

»Still, so was darfst du nicht laut sagen. Dafür gibt es keine Beweise, und wenn die falschen Leute das hören, bekommst du am Ende Schwierigkeiten, das ist das Letzte, was du jetzt brauchst.«

»Was ich jetzt brauche …«, wiederholte Anna, »genau deswegen bin ich hier. Ich brauche Arbeit. Gibt es hier im Café irgendeine Möglichkeit für mich?«

Hertha drückte das Tablett mit Kaffee und Kuchen dem jungen Ober in die Hand und schob ihn aus der Küche, dann gesellte sie sich zu den beiden. »Kann sie nicht in der Küche anfangen?«, fragte sie.

Therese Bauer schüttelte jedoch bedauernd den Kopf. »Wenn Saison wäre, vielleicht, aber nicht im Winter. Ich weiß kaum, wie ich dich beschäftigen soll, und wenn der Chef das erfährt, wäre das schlecht. Es sieht nicht gut aus im Moment, aber ich hör mich um. Gib mir ein paar Tage Zeit.«

Anna nickte. »Danke, Frau Theres. Ich wusste nicht, wen ich sonst fragen könnte.«

»Ich schick die Hertha am Freitag hinaus zu dir, damit sie dir Bescheid sagt. Bis dahin heißt es, Daumen drücken. Mir schwebt schon was vor, ich kenne jemanden … lass mich nur machen.«

Zum ersten Mal seit dem Tod ihres Vaters empfand Anna etwas anderes als Verzweiflung. Dankbarkeit erfüllte sie, und beinahe hätte sie geweint. Die Küchenchefin schien es ihr anzumerken, denn sie drückte sie kurz an ihren mütterlichen Busen. »Wird schon wieder, Kind«, sagte sie leise. »Nur nicht den Mut verlieren.«

14

Sie hatte nach Adele geklingelt, doch sie kam nicht. Dumpfe Kopfschmerzen breiteten sich hinter Katharinas Stirn aus. Sie brauchte schleunigst ein Schmerzpulver, wenn sie keinen Migräneanfall riskieren wollte. Wo steckte dieses Hausmädchen nur? Den ganzen Tag in der Küche herumsitzen und die Köchin von der Arbeit abhalten, das konnte sie. Als ob Brunhilde nicht ohnehin genug zu tun hätte, ohne Küchenhilfe. Adeles Platz war im Haus, nicht am Herd, und wenn sich ihre Aufenthalte in der Küche häuften, würde Katharina ein Wort mit ihrer Mutter reden müssen, so ging das jedenfalls nicht.

Ungehalten riss sie die Tür ihres Zimmers auf und trat hinaus auf den Flur, der still und verlassen im dämmrigen Nachmittagslicht lag. Es war eine öde Zeit auf Burg Schönegg, und doch angenehmer als in Schwabing. Obwohl auch Friedrich hier war. Weiß Gott, weshalb er sich eingebildet hatte, schon wieder mit nach Bad Reichenhall zu kommen. An Katharinas Gesellschaft konnte es nicht liegen, denn er beachtete sie hier ebenso wenig wie in München.

Der Temperaturunterschied von ihrem beheizten Zimmer zum eiskalten Gang ließ sie frösteln. Rasch drehte sie noch einmal um und holte sich eine gehäkelte Stola, dann machte sie sich auf den Weg nach unten, um sich das Schmerzpulver zu holen.

Leises Geflüster hinter Friedrichs nur angelehnter Tür ließ sie innehalten. Vorsichtig, damit die Bodendielen nicht durch ein Knarzen ihre Anwesenheit verrieten, schlich sie näher und spähte durch den Spalt. Zuerst sah sie lediglich das Fußende des Betts, über das ihr Mann nachlässig seinen Morgenmantel geworfen hatte. Doch dann trat Adele in Katharinas Blickfeld und gleich darauf Friedrich. Er hatte sein Jackett abgelegt, trug ein weißes Oberhemd, die Ärmel hochgekrempelt und drei Knöpfe am Kragen geöffnet. Er griff nach Adele, die, wie es aussah, vor ihm flüchten wollte, und zog sie an sich, sodass sie mit dem Rücken gegen seine Brust gedrückt stand. Von hinten umfasste er ihren Busen und flüsterte ihr etwas ins Ohr.

Katharina sah, wie Adele den Kopf schüttelte. Als sie den gequälten Ausdruck in den Augen des Hausmädchens bemerkte, wurde ihr klar, dass Adele keinesfalls mit Friedrich kokettierte, sondern dass er ihr nachstellte und Gefälligkeiten von ihr verlangte, die sie ihm nicht gewähren wollte.

Katharina ging ein paar Schritte zurück in Richtung ihrer eigenen Räume und rief dann laut den Flur hinunter: »Adele! Adele, wo bist du? Ich brauche dich!«

Nur Augenblicke später schlüpfte das Mädchen aus Friedrichs Tür und strich sich Frisur und Kleid glatt. Eine tiefe Röte überzog ihr Gesicht, als sie sah, dass Katharina auf dem Gang stand und wusste, wo sie herkam.

Adeles Augen füllten sich mit Tränen, und sie setzte zu einer Erklärung an. »Ich … ich …«

Katharina wollte keine weinerlichen Entschuldigungen hören und schnitt ihr das Wort ab. »Hol mir ein Pulver gegen meine Kopfschmerzen.«

»Aber …«

Abwehrend hob Katharina die Hand. »Es interessiert mich nicht, Adele. Tu was ich sage, und bring mir augenblicklich das Pulver.«

Nun trat auch Friedrich aus seiner Tür. Er bedachte seine Frau mit einem Grinsen, in dem keinerlei Reue lag, während er in seine Jacke schlüpfte.

»Wohin gehst du?«, fragte Katharina.

»Aus.« Ohne sie eines weiteren Blickes zu würdigen, stieg er die Treppe hinunter.

Nun schossen Katharina Tränen in die Augen, aber gottlob sah das niemand.

Es dauerte nicht lange, bis das Pulver wirkte. Sobald die Kopfschmerzen verschwunden waren, rief sie erneut Adele zu sich.

»Bring mir den dunkelbraunen Mantel mit dem Pelzkragen und den passenden Hut, ich fahre hinunter in die Stadt.«

»Jawohl, gnädiges Fräulein.« Die gnädige Frau war sie nur in ihrer Wohnung in Schwabing. Auf Schönegg würde ihre Mutter immer die Hausherrin sein und Katharina für das Personal das gnädige Fräulein bleiben. Adele trug den Gesichtsausdruck eines geprügelten Hundes zur Schau. Für diese demonstrative Darstellung von Unbehagen hatte Katharina kein Verständnis.

Während das Hausmädchen ihr die Haare hochsteckte, damit sie den Hut darüber setzen konnte, bemerkte sie spitz: »Jeder von uns hat sein Los zu tragen, Adele, vergiss das nicht.«

»Nein, gnädiges Fräulein.« Nun erlaubte sie sich doch tatsächlich, zu schniefen. Verärgert riss ihr Katharina den Perlmuttkamm aus der Hand, den sie eben in die roten Locken stecken wollte und machte es selbst.

»Bist du mit irgendetwas unzufrieden?«

»Nein, gnädiges Fräulein.«

»Gibt es Beschwerden?«

»Nein, gnädiges Fräulein.«

»Gut so. Weißt du, es gibt unzählige junge Dinger, die eine Anstellung suchen und dich jederzeit ersetzen könnten.«

Adele schwieg, aber Katharina wusste, dass sie die junge Frau mit dieser Äußerung in Angst versetzt hatte. Warum auch nicht? Sie selbst fühlte sich schrecklich wegen der Szene, die sie eben beobachtet hatte, da war es nur gerecht, wenn Adele ebenfalls litt.

Mit einer grazilen Bewegung setzte Katharina sich den Hut auf, steckte eine hübsche Hutnadel hindurch und ließ sich in den Mantel helfen. Sie schloss die Knöpfe und griff nach ihren Handschuhen.

»Das ist alles, Adele. Ich werde dich erst vor dem Abendessen wieder brauchen. Ach, übrigens – Männer sind bisweilen wie brünstige Hirsche. Sie sind so lange unerbittlich, bis sie ihr Ziel erreicht haben, doch haben sie ihr Pulver verschossen, verlieren sie rasch das Interesse.«

Über Adeles schreckgeweitete Augen und den verständnislosen Blick, den sie ihr zuwarf, amüsierte sich Katharina noch immer, als sie hinter dem Kutscher im Schlitten saß und den Burgberg hinunter in Richtung St. Zeno fuhr.

Seit dem Neujahrstag gehörte der vormals eigenständige Ort St. Zeno offiziell zum Königlichen Staatsbad. Bad Reichenhall hatte ihn sich einverleibt, inklusive der in den letzten Jahren aus dem Boden geschossenen prachtvollen Häuser, die den neuen Ortsteil zu einem repräsentativen Villenviertel machten. Die Stadt wuchs unaufhaltsam, und obwohl sie derzeit im Winterschlaf lag, konnte Katharina sicher sein, im Sommer auf Schritt und Tritt Prominenz, Adel und Politikern zu begegnen. Wie angenehm, selbst zu den wichtigsten Bürgern zu gehören.

Auf der Zenostraße, die an den flach daliegenden Klosterfeldern entlangführte, pfiff ein strammer Wind, der den Schlitten ins Schwanken brachte.

Obwohl es erst fünf Uhr nachmittags war, dämmerte es schon. Wann würden die Tage endlich wieder länger werden? Müsste es nicht schon merkbar heller bleiben? Wie lautete die alte Regel? Am Dreikönigstag wurde der Tag um einen Hirschensprung länger, an Lichtmess um eine ganze Stunde? Katharina war sich nicht sicher und schüttelte den Kopf.

Vor der Klosterkirche hieß sie den Kutscher anhalten und stieg aus dem Schlitten. Dann trat sie ins Innere von St. Zeno, wo sie von der vertrauten Duftmischung aus Weihrauch und Kerzenwachs empfangen wurde. Augenblicklich fühlte sie sich besser. Vor fast vierzig Jahren war das ehemals barock ausgestattete Münster einer Reromanisierung unterzogen worden. Seitdem strahlte das lang gezogene Kirchenschiff eine schnörkellose Kahlheit aus, die von vielen alten Reichenhallern noch immer bei jedem Gottesdienst bemängelt wurde. Katharina wusste nicht, wie es früher ausgesehen hatte, aber sie schätzte das stuckfreie Interieur, nichts lenkte das Auge vom Wesentlichen ab, von der inneren Einkehr. Sie würde eine Weile hierbleiben, beten und für sich allein sein. Weit weg von ihrem grässlichen Ehemann, der ihr nicht einmal in den vier Wänden ihres Elternhauses Frieden gönnte.

Katharina tauchte den Finger ins Weihwasserbecken und bekreuzigte sich, dann ging sie bis in die Mitte des Kirchenschiffs und setzte sich auf eine der Bänke. Niemand außer ihr war hier. Im schummrigen Licht konnte sie nicht im Gebetbuch lesen, deshalb nahm sie den Rosenkranz aus der Tasche und bewegte stumm die Lippen. Es würde eine Weile dauern, bis ihre Gedanken zur Ruhe kämen, doch ein paar Ave Maria halfen immer.

Aus dem Augenwinkel bemerkte Katharina, wie die Tür zur Sakristei geöffnet wurde und zwei Männer heraustraten. Einer davon war der Pfarrer, der sich per Handschlag von dem anderen verabschiedete und wieder in der Sakristei verschwand. Beim Anblick des zweiten Mannes musste Katharina schlucken. Mit Thomas Fischer hatte sie hier nicht gerechnet und ihn in Zivil auch fast nicht erkannt. In seinem Tagesanzug wirkte er jünger als in Uniform, jedoch ebenso breitschultrig und attraktiv.

Als sich Thomas zum Gehen wandte, trafen sich ihre Blicke. Überrascht hielt er inne. Einen Moment lang schien er zu zögern, dann kam er auf Katharina zu.

»Grüß Gott, Frau Bahlow«, sagte er ohne den Anflug eines Lächelns.

Bei dieser unpersönlichen Begrüßung schnürte es Katharina die Kehle zu. Es hatte Zeiten gegeben, da hatte er sie beim Vornamen genannt, wenn sie allein waren, ihr tief in die Augen gesehen und mit einem gefühlvollen Handkuss vermuten lassen, was von ihm an Zärtlichkeiten zu erwarten wäre, so sie ihn denn ließe.

Doch sie hatte ihre Wahl getroffen. Er ebenso.

»Ich hatte etwas mit dem Pfarrer zu besprechen, wegen der Hochzeit«, erklärte er.

»Jetzt schon? Ist die nicht erst im Frühling?« Hörte sich ihre Stimme so bitter an, wie sie es empfand?

»Ja, aber es gibt viel zu organisieren, und die Zeit wird schnell vergehen. Tine, also Fräulein Westenried, will eine große Feier, bei der alles perfekt ist, und ich tue natürlich mein Möglichstes, um ihr diesen Wunsch zu erfüllen.«

»Das ist sehr aufmerksam von Ihnen.«

»Ich betrachte es als Selbstverständlichkeit. Wenn man liebt, gibt man gerne.«

»Gewiss.«

Katharina rutschte zur Seite, damit er sich neben sie setzen konnte. Dabei fiel sein Blick auf ihren Bauch, er musterte ihn prüfend, dann sah er ihr zum ersten Mal richtig ins Gesicht. »Wie geht es Ihnen?«, fragte er.

Wollte er wissen, ob sie endlich schwanger war? So wie alle anderen auch, die ständig auf ihre Körpermitte starrten?

»Gut«, log sie. Zum zweiten Mal an diesem Tag schossen ihr Tränen in die Augen.

Er nahm neben ihr Platz. Wahrscheinlich wirkte sie derangiert, ein peinlicher Umstand, besonders vor ihm.

»Thomas«, flüsterte sie. »Wenn ich geahnt hätte, dass …«

»Bitte, Frau Bahlow«, unterbrach er sie schnell, »sprechen Sie nicht weiter.«

»Doch, ich muss Ihnen erklären, weshalb … ich meine, warum wir beide nicht …«

»Das ist mir vollkommen klar. Sie dachten, Herr Bahlow wäre eine bessere Partie.«

Wie konnte er wagen, es auszusprechen! Es tat weh, die Worte aus seinem Mund zu hören, vor allem, weil ihnen jegliche Bitterkeit fehlte. Stattdessen lag etwas Demütigendes darin, Mitleid, das noch schlimmer wurde, als er weiter redete. »Wir alle treffen Entscheidungen, die nicht umkehrbar sind und mit denen wir leben müssen. Ich danke Ihnen, dass Sie das für uns erledigt haben, denn sonst hätte ich Tine nie kennengelernt und wäre nun nicht in der glücklichen Lage, die Liebe meines Lebens heiraten zu dürfen. Ich bedaure, dass die Sache für Sie nicht so gut ausgegangen ist.«

»Was erlauben Sie sich?«

»Einige meiner Freunde aus dem Regiment pflegen einen, nennen wir es vergnüglichen Lebensstil. Von ihnen erfahre ich so dies und das. Unter anderem, dass ihr werter Gatte nicht nur große Summen am Spieltisch verliert, sondern noch größere Geldbeträge in die Dienste gewisser Damen investiert.«

Die Kopfschmerzen kehrten mit voller Wucht zurück, so heftig, dass Katharina kurz die Augen schließen musste. Oder lag es daran, dass sie Thomas Fischer nicht weiter ansehen konnte?

»Ich bin nicht der Einzige hier, der davon weiß«, fuhr er ungerührt fort. »Bad Reichenhall ist ein Dorf. Dinge sprechen sich schnell herum. Sie tun mir sehr leid, Frau Bahlow.« Damit stand er auf, verbeugte sich knapp und ließ sie allein in dem leeren Kirchenschiff zurück. Weil niemand sie hören konnte, versuchte Katharina nicht, ihr Aufschluchzen zu unterdrücken.

Wie hatte sie sich nur derart in Friedrich täuschen können? Aber nun war sie mit ihm geschlagen, trug seinen Namen und musste sehen, wie sie zurechtkam.

Was diese Bauerntrampel in ihren Wirtshäusern tratschten, interessierte eine von Feil nicht. Wahrscheinlich waren die ohnehin nur neidisch, dass Friedrich die Mittel hatte, um sich seine Amüsements zu leisten. Es galt, den Schein zu wahren, nach außen hin würdevoll aufzutreten. Und darin war er recht gut. Bei sämtlichen Kirchgängen, Einladungen, Diners und Hochzeiten, die sie gemeinsam besucht hatten, war Friedrichs Benehmen vorbildlich gewesen. Und das war es, was zählte.

Katharina atmete tief durch und verließ die Kirche. Draußen stieg sie in den wartenden Schlitten und wies den Kutscher an, langsam durch das Ortszentrum zu fahren. Sie wollte gesehen werden, wie sie sich würdevoll in der Öffentlichkeit zeigte und die Blicke der Leute nicht scheute. Über all der zur Schau getragenen Contenance hätte sie beinahe übersehen, wie ihr Vater die Straße vor der Saline überquerte und im hell erleuchteten Beamtenstock verschwand. Die fleißigen Arbeitsbienen saßen offenbar allesamt noch hinter ihren Schreibmaschinen. Was ihr Vater wohl noch zu tun hatte, bevor er nach Hause kam? Mit wem sprach er? Was gab es zu bereden, zu organisieren? Was beschäftigte ihn so stark, dass er sich abends am Tisch einsilbig gab und keine Unterhaltung wünschte? Wie unterschiedlich ihre beiden Leben verliefen. Wenn Konrad von Feil eine Saline mit vielen hundert Mitarbeitern leiten konnte, dann würde seine Tochter es doch wohl schaffen, eine skandalfreie Ehe zu führen. Das war sie ihrem Vater schuldig. Und solange sie Thomas Fischer nicht wiedersehen musste, würde ihr das gelingen.

Wie gewünscht stand Adele in Katharinas Räumen bereit, um

ihr beim Umkleiden fürs Abendessen zu helfen. Das Hausmädchen hielt den Kopf gesenkt.

»Was ist los mit dir?«, verlangte Katharina zu wissen, während Adele fahrig an den Knöpfen nestelte, um Katharinas Kleid zu schließen. »Deine Finger sind eiskalt und zittern.«

»Es tut mir leid, gnädiges Fräulein.«

»Irgendetwas stimmt nicht, lass sehen.«

Katharina griff nach dem Handgelenk des Dienstmädchens, woraufhin dieses einen Schmerzenslaut ausstieß.

»Was ist das? Blutergüsse? An beiden Handgelenken, als ob man dich gegen deinen Willen fest …« Schnell biss sich Katharina auf die Zunge, um nicht weiterzusprechen. Prüfend studierte sie Adeles Gesicht. Deren Wange war geschwollen. Das Mädchen wirkte vollkommen verstört.

»Das ist alles, Adele. Ich entkleide mich später selbst und brauche dich heute nicht mehr. Du kannst dich zurückziehen.«

»Vielen Dank, gnädiges Fräulein.«

Langsam, mit unsicheren Schritten ging Adele in Richtung Tür.

»Wird das ein Problem für dich sein?«, rief Katharina ihr nach und deutete mit einer allumfassenden Geste auf Adeles offensichtlich geschundenen Körper.

Die Hausangestellte zögerte einen Moment. »Nein, wird es nicht«, flüsterte sie dann kaum hörbar.

»Gut. Ich würde es bedauern, auf deine Dienste verzichten zu müssen. Und wie ich bereits sagte, wenn der Hirsch sich die Hörner einmal abgestoßen hat, ist er ganz zahm. Sein Interesse erlischt ebenso schnell, wie sein Feuer aufgelodert ist.«

15

Der erste Geier, der über dem Kadaver von Anna in ihrer einsamen Existenz kreiste, war der Schweinehändler Veit Talhofer.

Am Freitag, als sie mit Herthas Besuch rechnete, klopfte es forsch an der Tür.

»Komm rein!«, rief Anna, die am Herd stand und eine wässrige Krautsuppe umrührte, die gut ein wenig Speck hätte vertragen können, »ich bin in der Stube.«

»Na, das ist aber ein herzlicher Empfang.«

Erschrocken fuhr sie herum, als sie eine männliche Stimme dicht hinter sich vernahm.

»Herr Talhofer! Was wollen Sie denn hier?«

»Hast wohl mit jemand anderem gerechnet, was? Von deinem gewalttätigen Verlobten ist weit und breit nichts mehr zu sehen, also wen hast du dir auf die Schnelle angelacht, hm?« Er grinste anzüglich und leckte sich über die Lippen. Es sah so abstoßend aus, dass Anna schauderte.

»Ich frage Sie noch einmal, was wollen Sie hier?« Den Kochlöffel in der Hand trat sie an ihm vorbei, um etwas Abstand zwischen sich und ihn zu bringen.

»Willst du mir nicht erst mal Platz anbieten?«

»Nein.«

Mit ausgreifenden Schritten marschierte er auf und ab. »Ist nicht gerade geräumig hier. Ziemlich armselig. Aber wenn man das Haus verkauft, wird es ein kleines Sümmchen bringen, wegen des Grundstücks am Fluss.«

»Ich werde nicht verkaufen.«

Erneut grinste er, dieses Mal so breit, dass Anna die von

Nikotin gelb verfärbten Zähne sah. In seinen eng zusammenstehenden Augen lag ein kaltes Glitzern. »Das wirst du müssen. Denn so, wie es aussieht, nagst du am Hungertuch, und ohne den lieben Herrn Papa gibt es kein Einkommen mehr.« Er bemerkte das Ferkel, das unter dem Tisch saß. »Bist du am Ende übergeschnappt vor lauter Trauer und Einsamkeit, Anna? Schweine in der Stube, so was hab ich noch nicht erlebt! Ich könnte dir weiterhelfen, würde dir ein größeres Dach über dem Kopf bieten, und gegen die Einsamkeit hätt ich auch was.« Er griff sich in den Schritt, um seinen Worten Nachdruck zu verleihen, als ob sie seine Anzüglichkeit nicht längst verstanden hätte. »Und damit du es nicht umsonst machen musst, würde ich dich sogar heiraten.«

Anna biss sich auf die Zähne, um in ihrer Wut nichts Unbedachtes zu sagen, aber dann spürte sie, wie sie ganz ruhig wurde und sich die Empörung über Talhofers anmaßenden Vorschlag in Luft auflöste. Für wen hielt er sich? Niemand konnte sie zwingen, eine Verbindung einzugehen, die sie nicht wollte, sie war ein freier Mensch.

»Bevor ich dich nehme, würde ich lieber in der Gosse verhungern«, sagte sie mit fester Stimme. »Und jetzt sieh zu, dass du dich fortscherst, Talhofer.«

»Du stolzes Mensch! Dir werd ich's zeigen.« Wütend stürzte der Schweinehändler auf Anna zu und riss sie an sich. Grob drückte er sie an die Wand, schob mit einer Hand ihren Rock hoch und drängte sich gegen sie.

Sie riss das Knie nach oben und traf ihn zwischen die Beine. Mit einem Aufschrei stolperte er zurück.

»Was ist denn hier los?«, rief plötzlich Hertha von der Tür her. Hinter ihr stürmte Frau Theres ins Zimmer.

»Der Talhofer!«, schrie Letztere. »Nicht nur Sauhändler, sondern selber ein Dreckschwein! Verschwinde auf der Stelle.«

Verächtlich spuckte Veit Talhofer vor ihr auf den Boden.

»Du hast mir gar nichts zu sagen, du alte Schachtel!« Geschwind bückte er sich unter den Tisch und zog das quiekende Ferkel an einem Fuß hervor. Ohne dass es eine der Frauen verhindern konnte, schnappte er es und klemmte es sich unter den Arm.

»Das darfst du nicht!«, rief Anna und stellte sich ihm in den Weg, doch er stieß sie weg.

»Dein Vater hatte Schulden bei mir, damit sind wir quitt.«

»Mein Vater schuldete niemandem einen Pfennig, das ist eine Lüge!«

»Beweise es.«

»Gib mir das Schwein zurück!«

Ohne innezuhalten, stürmte Veit Talhofer hinaus. Anna wollte ihm nach, aber Frau Theres hielt sie am Arm fest. »Lass ihn, dagegen bist du machtlos.«

Das Ferkel stieß einen durchdringenden Laut aus, der Anna an das Schreien eines Kindes erinnerte und ihr einen Stich versetzte. Dieser schreckliche Schweinehändler war dafür verantwortlich, dass Michael seine Stelle verloren hatte, dass er weggegangen war, dass Vater ins Holz musste, wo er den Tod fand, und nun nahm er ihr auch noch das einzige Wesen weg, das ihre Einsamkeit erträglich gemacht hatte.

Schluchzend warf sich Anna in die Arme von Frau Theres und weinte hemmungslos.

Diese wartete geduldig ab, bis der Ausbruch vorüber war, und führte sie dann an den Tisch.

»Setz dich hin, Kind. Da, putz dir die Nase.« Sie zog ein Taschentuch aus der Rocktasche und drückte es Anna in die Hand. »Und jetzt reißt du dich zusammen und schaust nach vorne. Was anderes bleibt Leuten wie uns nicht übrig, wenn wir in dieser Welt überleben wollen.«

Nachdem Anna sich geschnäuzt hatte, wischte sie sich mit dem Handrücken die Tränen vom Gesicht und straffte die Schultern.

»So ist es besser«, lobte Frau Theres. »Es gibt gute Neuigkeiten, deswegen bin ich mit Hertha gekommen, um sie dir persönlich zu erzählen. Ich habe eine Anstellung für dich gefunden.«

»Wirklich?«

»Meine Freundin Bruni ist Köchin bei den von Feils. Die haben zu Lichtmess ihre Küchenhilfe entlassen, und jetzt brauchen sie eine neue.«

»Der Salzmeier auf der Burg sucht Personal? Da ist es doch viel zu vornehm für mich, das kann ich nicht!«

»Sag so was nicht. Seit Jahren kochst du für deine Familie, da wirst du der Bruni besser zur Hand gehen als irgendein junges Ding, das keine Ahnung hat. Zudem bist du hübsch und freundlich und nicht auf den Mund gefallen. Wenn du es geschickt anstellst, könntest du es weit bringen, die Stelle bei den von Feils ist ein gutes Sprungbrett.«

»Meinen Sie wirklich?«

»Natürlich. Nur Mut, Kind. Es liegt jetzt in deiner Hand, was aus dir wird. Nutze die Chance.«

Talhofers Rache für Annas Zurückweisung folgte auf dem Fuß. Hertha erzählte ihr am nächsten Tag, dass der Sauhändler am Stammtisch im Bürgerbräu behauptet hatte, Anna Gmeiner hätte den Verstand verloren, würde in Dreck und Elend mit einem Schwein zusammenhausen. Am besten wäre es, die Behörden zu informieren, weil sie noch nicht volljährig wäre. Einweisen solle man sie, enteignen und wegsperren.

Glücklicherweise schenkten die Leute seinen Worten keinen Glauben, denn Veit Talhofer war als Aufschneider und Lügner bekannt, dazu bei den meisten Männern in Bad Reichenhall äußerst unbeliebt. Und dass die Gmeiners zwar arme Häusler waren, aber anständig und rechtschaffen, wusste auch ein jeder. Deshalb würden sie Anna in Ruhe lassen, hatte Hertha berichtet. Der allgemeine Tenor war, dass die Gmeiner-

Tochter mit einem schweren Schicksal geschlagen wäre und viel Kraft brauche, um es zu meistern.

Diese Großmütigkeit hätte sich Anna damals gewünscht, als der Talhofer die Schlägerei mit Michael angezettelt hatte, nicht jetzt, wo ohnehin alles gleich war. Darüber hinaus wusste sie nur zu gut, dass von jedem dummen Gerede, so abstrus es auch sein mochte, stets etwas in den Köpfen der Menschen hängen blieb.

Wie Frau Theres es ihr aufgetragen hatte, ging Anna am Montag den steilen Weg zur Burg Schönegg hinauf, der anfangs noch von Häusern und Gehöften gesäumt war. Weiter oben gab es nur tief verschneites Weideland, bevor die Mauern der Anlage begannen. Schönegg bestand aus verschiedenen Gebäudetrakten, die eine Art schiefen Kreis bildeten. Diese Form der Anordnung ergab sich aus der Grundfläche des kleinen Felsplateaus, auf dem die Burg stand. Es gab einen Turm und ein Pförtnerhäuschen, und die restlichen lang gezogenen Gebäude waren alle ungefähr gleich hoch. Die Anlage wirkte unsymmetrisch und kompakt.

Vor dem Tor zum Innenhof drehte sich Anna um und sah zurück auf die Stadt, um einen Moment zu verschnaufen. Der Ausblick war herrlich, direkt unter ihr lag die prachtvoll schöne Saline. Deutlich sah sie das lang gestreckte Hauptbrunnenhaus mit dem Spitzgiebel der Kapelle in der Mitte. Anna wusste, dass die bunt glasierten Dachziegel des kleinen Gotteshauses ein hübsches Muster bildeten, das momentan freilich von einer dicken Schneeschicht bedeckt war. Die Kupferdächer der Sudhäuser hingegen leuchteten grün in der weißen Landschaft, weil der Schnee auf ihrer Oberfläche durch die Hitze der Siedebecken geschmolzen war. Weiter hinten erkannte Anna den Kirchturm von Sankt Nikolaus. Und schließlich ließ sie ihre Augen auf der Saalach verweilen, die sich gräulich-grünlich wie eine endlose Ringelnatter durch

Stadt und Land schob. Bad Reichenhall war ihr Zuhause. Die Worte von Frau Theres kamen Anna in den Sinn. Sie konnte selbst bestimmen, was aus ihr wurde. Wer sagte, dass sie für immer ein armes Mädchen bleiben musste? Solange Michael weg war, würde sie sich anstrengen, die Position der Küchenhilfe im Hause von Feil bestmöglich zu erfüllen. Und sobald er zurückkehrte, würden sie sich gemeinsam ein Leben als respektable Bürger der Stadt aufbauen. Beschwingt von diesem Gedanken klopfte Anna ans Tor.

Ein älterer Hausangestellter brachte sie durch den Burghof zum Seiteneingang der Küche, einer dunkelgrün gestrichenen, massiven Holztür in einer Reihe von vielen links neben dem Hauptportal. Mit einem ungeduldigen Winken, als würde er eine Fliege verscheuchen, und ohne ein Wort zu sagen, bedeutete er Anna, hineinzugehen, bevor er flugs wieder verschwand.

»Tür zu, sonst kommt kalte Luft rein!«, rief eine weibliche Stimme von drinnen.

Anna betrat eine Art Vorraum, in dem an Wandhaken Jacken, Mäntel und Schürzen hingen. In einer Ecke stand ein Blecheimer mit einem Schrubber darin, in der anderen ein Besen mit Kehrschaufel, und auf dem Boden lagen eine Fußmatte und dahinter ein Lappen. Anscheinend mochte es hier jemand sauber. Gewissenhaft trat sich Anna die Schuhe ab, bevor sie in die eigentliche Küche ging.

In der Mitte des Raumes stand ein so großer Holztisch, wie ihn Anna noch nie gesehen hatte. Darauf lagen Karotten, Kartoffeln, Zwiebeln, eine Knolle Sellerie, Lauch und ein Bund Petersilie. Auf dem Herd stand ein hoher Kupfertopf, an der Wand daneben hingen allerlei Suppenkellen, Pfannenwender und Kochlöffel. In einem Schüsselkorb waren Kuchenformen, Rührschüsseln und diverse andere Gefäße ordentlich verstaut. An der Schmalseite des Raums befand sich ein weiß lackiertes Buffet, zweifellos die Heimat weiterer Küchenutensilien. Eine

Tür stand offen und führte hinaus ins Treppenhaus, eine zweite war nur angelehnt. Dahinter drang nun die forsche Frauenstimme erneut hervor.

»Ich komme gleich. Kocht das Wasser schon?«

Anna warf einen Blick in den Kopf. »Nein. Aber es wird nicht mehr lange brauchen.«

Endlich wurde die Tür mit dem Fuß aufgeschoben, und Anna sah, dass dahinter eine Speisekammer lag. Die Frau, die herauskam, balancierte auf ihren Armen eine Schüssel mit einem großen Stück Fleisch darin, dazu zahlreiche Äpfel, die sie vermutlich bei den nächsten Schritten verlieren würde. Anna sprang ihr zur Seite und nahm ihr das Obst ab.

»Danke.« Es klang überrascht. »Du bist wohl die neue Küchenhilfe?«

»Ja. Anna Gmeiner heiß ich.« Nachdem sie die Äpfel auf den Tisch gelegt hatte, machte sie einen Knicks.

»Vor mir brauchst du nicht zu knicksen, spar dir das für die Herrschaft auf. Ich bin Brunhilde Weberbauer.«

»Ist recht, Frau Weberbauer.«

Die Köchin schüttelte den Kopf. »Nenn mich Frau Bruni. Wenn du jedes Mal Frau Weberbauer sagst, dauert das zu lang. Also, was kannst du?«

In knappen Worten schilderte Anna, welche Küchenarbeiten sie bisher verrichtet und was sie zu Hause gekocht hatte.

Frau Bruni hörte sich alles mit verschränkten Armen an. Dann zeigte sie Anna die Küche und erklärte ihrerseits einiges.

Sie war eine zierliche, fast magere Frau mit blondem Haar, durch das sich erste graue Strähnen zogen. Es war zu einem strengen Dutt nach hinten gekämmt. Die Schürze über dem dunklen Kleid ebenso wie das Häubchen hatten einen zarten Spitzenrand, was den gehobenen Angestelltenstatus der Köchin zeigte. Annas Schürze hingegen, die ihr Frau Bruni soeben reichte, war zwar blitzsauber, aber ohne schmückendes

Beiwerk. Dennoch kam ihr der makellos weiße Stoff unglaublich vornehm vor. Bestimmt würde er bei der Arbeit rasch Flecken bekommen, was jammerschade war.

»Es gibt Tafelspitz«, riss Frau Bruni Anna aus ihren Gedanken. »Mit Kartoffeln und Apfelkren. Du kannst schon mal das Suppengemüse putzen und klein schneiden. Die gnädige Frau möchte die Karotten in gleichgroße Würfel geschnitten haben, also gib dir Mühe.«

Sie deutete auf das Schneidbrett, und Anna machte sich ans Werk. Nachdem sie mit dem Gemüse fertig war, schälte sie die Äpfel. Frau Bruni schien erfreut zu sein, wie gut Anna die Arbeit von der Hand ging und wie flink sie war.

»Ist das die Neue?« Eine unbekannte Stimme ließ Anna überrascht innehalten. Ohne das sie es gehört hatte, war Hedwig von Feil in die Küche getreten. Aus der Nähe sah sie sehr vornehm aus, noch eleganter als aus der Ferne in der Kirche. Ihre weiße Haut war von Fältchen durchzogen, trotzdem war offensichtlich, dass sie in jungen Jahren eine Schönheit gewesen sein musste. Der strenge Zug um ihre Lippen ließ Rückschlüsse auf ihr Wesen zu.

»Jawohl, gnädige Frau«, antwortete die Köchin zackig. »Das Mädchen heißt Anna Gmeiner und stellt sich recht geschickt an.«

»Und das konnten Sie bereits feststellen?«

Frau Bruni nickte. »Ja, gnädige Frau.«

»Nun, schlechter als ihre Vorgängerin kann sie kaum sein. Wir erwarten Herrn Bahlow zum Essen, bitte berücksichtigen Sie das.«

»Wird Herr Bahlow länger bleiben?«

Die Hausherrin, die sich bereits wieder zum Gehen gewandt hatte, zuckte mit den Schultern. »Das weiß man bei meinem Schwiegersohn nie. Planen Sie ihn einfach mit ein.«

Damit verwand sie, ohne Anna eines weiteren Blickes zu würdigen. Das Geräusch ihrer Absätze auf dem Holzboden des Flurs verklang, und die beiden Hausangestellten waren wieder allein. Anna atmete hörbar aus und merkte, dass sie die ganze Zeit über die Schultern angespannt hochgezogen hatte, weil Hedwig von Feil sie nervös gemacht hatte.

Frau Bruni sah ihr das wohl an, denn sie sagte: »Wenn du vorhast zu bleiben, verscherze es dir niemals mit der gnädigen Frau. So, und jetzt weiter mit der Arbeit. Sobald die Suppe fertig ist, seihen wir eine Portion ab, weil, das gnädige Fräulein möchte kein Gemüse in der Brühe haben.«

»Das gnädige Fräulein?«, wiederholte Anna fragend. »Sie ist doch verheiratet.«

»Trotzdem sprechen wir sie weiterhin so an, merk dir das. Falls du sie überhaupt zu Gesicht bekommst, denn die meiste Zeit wirst du hier in der Küche verbringen. Also mach dir nicht allzu große Hoffnungen, dass du dich in den Herrschaftsräumen herumdrücken darfst, das ist dem Hauspersonal vorbehalten. Wir sind das Küchenpersonal, und unsere Welt spielt sich hier ab.«

16

»Die meiste Zeit wirst du hier in der Küche verbringen«, hatte Frau Bruni gesagt, und Anna lernte schnell, was damit gemeint war. Tatsächlich kannte sie auch Wochen nach ihrem Dienstantritt lediglich Küche, Speisekammer und Keller der Burg und hatte die anderen Räumlichkeiten noch nie betreten. Was ihr nicht unrecht war. Das begrenzte Wirkungsfeld schenkte ihr Routine. Früh am Morgen kümmerte sie sich daheim um die wenigen verbleibenden Tiere, dann marschierte sie den Berg hinauf zu ihrer Arbeitsstelle, wo sie den Tag hauptsächlich in Frau Brunis Gesellschaft verbrachte. Und am Abend ging sie wieder hinunter an die Saalach und versorgte noch einmal die Kühe und Hühner. Den von Feils wäre es lieber gewesen, Anna hätte eine der Dienstbotenkammern auf Schönegg bezogen, um ständig zur Verfügung zu stehen, aber weil sie gute Arbeit leistete und stets pünktlich erschien, sahen sie über den leidigen Umstand hinweg, dass die Küchenhilfe auch ein Leben außerhalb ihres Dienstverhältnisses führte.

Die gnädige Frau führte einen straffen Haushalt, das wurde Anna rasch klar. Hedwig von Feil verlangte viel, legte Wert auf ihre Routine und interessierte sich nicht für ihre neue Angestellte, solange es keine Probleme gab. Der Hausherr schien das ebenso zu halten. Erst einmal war er in der Küche erschienen.

»Ich möchte heute Abend eine Wärmflasche«, hatte er zu Anna gesagt, ohne sie direkt anzusehen.

»Jawohl, gnädiger Herr«, hatte sie geantwortet, so wie sie es von Frau Bruni gelernt hatte.

Anscheinend hatte ihn die fremde Stimme irritiert, denn

er hatte sie daraufhin angeschaut und gesagt: »Ach, du bist ja die Neue. Wie ist dein Name?«

»Anna Gmeiner.«

»So, so.«

Damit hatte er sie stehen lassen.

Nach und nach lernte Anna die restlichen Dienstboten kennen. Der mittelalte Mann, der sie in Empfang genommen hatte, war Gernot, seines Zeichens Torwächter, Gärtner, Kutscher und Hausmeister. Dann gab es Adele, das Zimmermädchen, das ein wenig älter war als Anna und schon seit Jahren bei der Familie. Und Albrecht, Herrn von Feils persönlichen Diener.

Nur mit Frau Bruni, die in der Küche ein hartes, aber gerechtes Regime führte, hatte Anna ein engeres Verhältnis, die anderen gaben sich nicht weiter mit der Küchenhilfe ab.

An einem sonnigen, klirrend kalten Wintermorgen erschien Anna heiter gestimmt auf Burg Schönegg. Sie schlüpfte in ihre Schürze, wünschte Frau Bruni einen guten Tag und fragte sie nach den anstehenden Aufgaben.

»Geh in den Erdkeller und hol eine Schüssel voll Rüben und Kartoffeln«, lautete der erste Auftrag. Das machte Anna gerne, denn dort fühlte sie sich wie im Schlaraffenland. Besagter Keller war Teil des großen unterirdischen Komplexes unter der Burg. Sorgfältig geordnet lagen darin die Äpfel aus dem Garten der von Feils in eigens angefertigten Apfelschubladen, einer neben dem anderen, alle mit dem Stiel nach oben. Die Kartoffeln lagerten schichtweise und gut abgedeckt in Kisten, damit möglichst kein Licht an sie gelangte. Und das Wurzelgemüse hatte Gernot nach der Ernte wieder in feuchtem Sand vergraben. Auf diese Weise würden sich die Nahrungsmittel monatelang frisch halten und die Burgbewohner durch den Winter bringen. Einer der großen Vorteile ihrer Anstellung war, dass Anna auf Schönegg ausreichend zu essen bekam. Jedenfalls, wenn Zeit für eine Pause blieb und genügend vom Tisch der Herrschaft übrig war, aber dafür sorgte Frau Bruni schon.

Gerade als Anna mit dem Gemüse über den Burghof zum Kücheneingang huschte, öffnete Gernot das Tor, und Friedrich Bahlow kam von einem morgendlichen Ausritt zurück. Das schweißnasse Fell seines Rappens dampfte in der kalten Luft. Herr Bahlow saß ab und drückte Gernot die Zügel in die Hand, damit er das Pferd in den Stall brachte. Anna hoffte inständig, dass er es rasch abreiben und gut versorgen würde, denn es war bitterkalt, und der Reiter hatte das Tier offensichtlich zu strammem Galopp angetrieben, um es derartig ins Schwitzen zu bringen.

Sie selbst trat sich die Schuhe ab, bevor sie wieder hineinging. Dieses Geräusch machte Friedrich Bahlow auf sie aufmerksam.

»Moment mal!«, rief er und marschierte schnurstracks auf sie zu, wobei er Anna einer eingehenden Musterung unterzog. »Wer bist du, hübsches Kind?«, fragte er mit sonorer Stimme, blieb unmittelbar vor ihr stehen, schob den Griff der Reitgerte unter ihr Kinn und zwang sie auf diese Weise, ihn anzusehen, bevor er sich die Antwort selbst gab. »Die talentierte kleine Küchenhilfe, die der guten Brunhilde so erstklassig zur Hand geht, dass es keinerlei Beanstandungen wegen des Essens mehr gibt.«

Ohne Scheu erwiderte Anna seinen Blick, sagte jedoch nichts.

»Ich frage mich, was du sonst noch alles kannst«, fuhr Bahlow ein wenig anzüglich fort. Hinter seinem gut geschnittenen Gesicht lauerte eine arrogante Kälte, die Anna schon öfter an einflussreichen Herrschaften bemerkt hatte, vornehmlich an Männern, doch auch an manch einer Dame, zum Beispiel an der Hausherrin. In diesem Moment trat Katharina Bahlow aus der Tür. Bisher hatte Anna sie lediglich von Weitem gesehen. Aus der Nähe war sie noch schöner, mit ihren auffällig frisierten Haaren und der elfenbeinfarbenen Haut. Wie eine teure Porzellanpuppe sah sie aus.

»Bist du wieder zurück?«, begrüßte sie ihren Ehemann.

»Wie du siehst.«

»Wer ist das?«

»Das?« Bahlow deutete mit dem Finger auf Anna wie auf eine Blume am Wegesrand. »Die neue Küchenangestellte. Ihren Namen hat sie mir noch nicht verraten.«

»Anna«, sagte seine Frau zu Annas großer Überraschung. »Sie heißt Anna. Und du gehst besser hinein, damit du dich nicht erkältest, Friedrich. Der Ausritt hat dich sicher erhitzt.«

Nach einem letzten langen Blick auf Anna trollte er sich folgsam. Als auch Anna in die Küche zurückgehen wollte, packte das gnädige Fräulein sie am Arm. »Ich rate dir, meinem Gatten keine schönen Augen zu machen«, zischte sie ihr zu. »Das würde sich für dich nicht auszahlen.«

Die Küchentür wurde von innen aufgerissen, und Frau Bruni streckte den Kopf heraus. »Wo bleibst du, Mädchen?«, fragte sie streng. »Jetzt aber schnell herein mit dir, ich warte schon auf dich.« Sie zog Anna ins Warme, nickte Katharina Bahlow höflich zu und schloss die Tür wieder.

»Um die junge Herrschaft täte ich an deiner Stelle einen weiten Bogen machen«, flüsterte sie Anna zu. »Der Bahlow ist ein arger Grapscher. Adele kann ein Lied davon singen. Sobald keiner hinsieht, hat der seine Hände überall.«

Also hatte sich Anna nicht getäuscht. Bereits als sie ihn im Café Flora gesehen hatte, mit wanderndem Blick und einem süffisanten Grinsen, war er ihr zuwider gewesen. Angst hatte sie nicht vor ihm – schlimmer als der Talhofer konnte er auch nicht sein. Aber sie nahm sich fest vor, Friedrich Bahlow aus dem Weg zu gehen.

Der Schwiegersohn schien seinen Aufenthalt im Hause der

von Feils dieses Mal ausdehnen zu wollen. Zumindest konnte Anna eine dahingehende Äußerung hören, als sie ausnahmsweise beim Servieren des Abendessens helfen durfte. Eine Ehre, die ihrer Vorgängerin niemals zuteilgeworden war. Frau Bruni und Adele gaben Anna in aller Eile nervöse Anweisungen, wie sie sich in den Herrschaftsräumen zu verhalten habe, was sie tun und was unterlassen solle. Dabei musste sie lediglich mit einem Tablett hinter Adele herlaufen, mehr nicht. Eine anspruchslose Kleinigkeit, die jedoch zu einer Wichtigkeit aufgeblasen wurde, wie so manch anderes in diesem piekfeinen Haushalt. Neugierig besah sich Anna im Vorbeigehen die Herrschaftsräume. Vom Salon erhaschte sie nur einen kurzen Blick, er war sehr elegant möbliert. Die Eingangshalle war traditioneller ausgestattet, mit Ahnenbildern im Treppenaufgang. Sogar eine alte Ritterrüstung stand in einer Ecke. Das Speisezimmer bot dank einer Reihe schmaler hoher Fenster einen weiten Ausblick auf die Alpen. Neben einem langen Tisch und Stühlen beherbergte es lediglich Anrichten auf beiden Schmalseiten. An den Wänden hingen riesige Gobelins, die Waldszenen zeigten.

Die von Feils hatten Gäste geladen, ein Ehepaar Uhlig aus Dresden, das sich derzeit zur Kur in Bad Reichenhall aufhielt. Während Adele die Suppe servierte, stand Anna mit der Terrine hinter ihr und kam nicht umhin, aufzuschnappen, wie Friedrich Bahlow bemerkte, dass er ein paar Tage länger hierbleiben wolle, weil das Winterwetter doch gar zu herrlich sei. Anna sah, wie Adeles Hände zitterten, als sie die Suppe mit der Kelle in die Teller füllte.

Beim Auftragen des Desserts später drehte sich die Unterhaltung um die Uraufführung seiner Oper *Salome*, die im Dezember in Dresden stattgefunden hatte. Der Name des Komponisten Richard Strauss sagte Anna etwas, von dieser Oper hatte sie hingegen noch nie gehört.

»Ich sage Ihnen, Hedwig«, hörte Anna Frau Uhlig in ihrem eigentümlich kehligen Dialekt erzählen, »das Hoftheater war voll besetzt bis auf den letzten Platz. Die Leute haben sich regelrecht hineingezwängt, um herauszufinden, ob die Gerüchte stimmten. Wir hatten natürlich Karten ganz vorne, wie immer.«

»Und?« Die Stimme der gnädigen Frau klang nicht übermäßig interessiert.

»Skandalös, absolut skandalös! Aber etwas anderes war auch nicht zu erwarten, weil dieser verderbte Engländer Oscar Wilde die Vorlage für das Stück geliefert hat. Es war durch und durch widerwärtig.« Die schlaffen Hängebäckchen der älteren Dame zitterten vor Empörung.

Ihr Gatte fügte hinzu: »Mir völlig unverständlich, was Herrn Strauss zu dieser Abartigkeit bewogen hat. Das wird seiner Karriere gehörig schaden. Derselben Ansicht ist auch seine Majestät Kaiser Wilhelm.« Bei der Erwähnung des Kaisers nickte er zackig mit dem Kopf. Im Stehen hätte er wahrscheinlich vor Ehrerbietung die Hacken zusammengeknallt, mutmaßte Anna. Was die anderen Anwesenden darauf erwiderten, hörte sie nicht mehr, denn sie musste Adele zurück in die Küche folgen. Im Gehen schnappte sie den amüsierten Blick Friedrich Bahlows auf, der sich wie sie selbst eher schlecht als recht ein Grinsen verkniff.

Um solche Banalitäten also drehten sich die Gespräche der reichen Herrschaften? War es nicht völlig unerheblich, ob sich irgendein Musikus in der Auswahl seines Librettos vergriff?

»Worüber wird geredet?«, wollte Frau Bruni in der Küche wissen.

»Über den Komponisten Strauss und eine Oper, in der es um Mord und Totschlag geht.«

Frau Bruni runzelte die Stirn. »Wie der Fisch geschmeckt hat, sagt niemand?«

»Nein. Aber ich bin mir sicher, er war vorzüglich. Immerhin haben wir ihn mit den getrockneten Kräutern gefüllt, die

Sie im Sommer gesammelt haben. So was kann nicht anders als allerbestens schmecken.«

»Anna, du bist ja eine richtige Schmeichlerin. Recht so.« Versonnen lächelnd beäugte Frau Bruni die leere Fischplatte, auf der nur noch ein paar Gräten lagen.

»Ich sage ja nur, wie es ist. Aber wenn Sie mich hätten kosten lassen, wüsste ich es ganz genau.«

Nun breitete sich auf dem Gesicht der Köchin ein amüsiertes Grinsen aus. »Aha, daher weht der Wind. Dann setz dich mal an den Tisch. Ich habe nämlich fürs Personal aus den Fischresten eine Suppe gekocht, die wird dir schon schmecken. Und dich für den Heimweg wärmen.«

Es war ein langer Weg hinunter von der Burg bis zum kleinen Häuschen der Gmeiners. Und Anna hatte den ganzen Tag noch nichts gegessen, weil die Vorbereitungen für das Diner allzu zeitaufwendig gewesen waren. Dankbar löffelte sie nun die heiße Suppe, aß ein Stück Brot dazu und half dann Frau Bruni beim Aufräumen der Küche. Es war viel später geworden als sonst, als sie endlich damit fertig waren, doch der nächste Arbeitstag würde wieder früh beginnen.

»Bist du sicher, dass du heute nicht hier schlafen willst?«, fragte Frau Bruni. »Bei mir in der Kammer wäre Platz.«

Anna schüttelte bedauernd den Kopf. »Ich muss die Tiere versorgen und die Kühe melken. Ich kann nicht erst morgen Abend heimkommen, das geht nicht, so lang halten die nicht aus. Aber danke trotzdem, wenn ich könnte, würde ich gerne bleiben.«

Sie schlüpfte in den Mantel und band sich das wollene Kopftuch um, dann verabschiedete sie sich und trat nach draußen.

Der Burghof lag einsam in der Nacht, Gernot war sicher bereits zu Bett gegangen, aber Anna wusste, wie man das Tor entriegelte. Mit klammen Fingern schob sie es gerade so weit auf, dass sie hindurchschlüpfen konnte, da glaubte sie, ein Geräusch zu hören.

Kurz verharrte sie. In der Burg waren alle Fenster dunkel, nirgends brannte mehr Licht. Sie sah zum Himmel hinauf. Es war eine klare Nacht, Neumond, nur ein paar Sterne funkelten auf sie herab. Wahrscheinlich hatte sie sich geirrt, niemand war um diese Zeit noch wach.

Auf halbem Weg den Berg hinunter, kam ihr eine Gestalt entgegen. Als sie aufeinander zugingen, erkannte sie Friedrich Bahlow. Im Abendanzug, mit offenem Mantel, einen weißen Schal nur locker um den Hals gelegt und den Hut aus der Stirn geschoben schlenderte er auf sie zu.

»Ah! Die hübsche Küchenmaid.« Übertrieben ritterlich zog er den Hut und machte eine Verbeugung, dabei schwankte er leicht. Sicher hatte er getrunken. »Wohin des Wegs?«

»Nach Hause.« Anna trat einen Schritt beiseite, um ihn vorbeizulassen, doch er blieb neben ihr stehen.

»Ich ebenfalls. Wenn man den zugigen alten Kasten so nennen kann. Aber was bleibt mir anderes übrig? Nachdem mich die Uhligs mit hinunter zum Kartenspielen genommen haben, muss ich nun den ganzen Weg wieder nach oben laufen, weil sie zu spießig sind, um ihren Fahrer noch mal zu bemühen. In der Stadt ist auch nichts mehr los. Da werde ich wohl das Bett meiner Gattin aufsuchen müssen. Oder willst du mich wärmen?« Er breitete die Arme aus und griff nach Anna.

Rasch duckte sie sich weg. »Nein!«

»Ich bestehe aber darauf.«

Im tiefen Schnee neben dem Weg hatten Annas Schuhe keinen Halt, sie konnte nicht so schnell weglaufen, wie sie wollte. Bahlow bekam ihren Arm zu fassen und riss sie grob an sich. Sein Atem stank nach Alkohol, als er versuchte, sie zu küssen. Angewidert drehte sie den Kopf weg. Mit eisernem Griff umfasste er ihr Kinn und zwang sie, ihn anzusehen.

»Du bist eine kleine Wildkatze. Wie schön, das mag ich.«

Er küsste sie, drückte ihre Lippen mit den seinen auseinander und schob seine Zunge in ihren Mund.

Wut stieg in Anna auf, weil sie sich erneut in einer derartigen Situation befand. Sie wollte ihn weder schmecken noch riechen noch von ihm angefasst werden. Sie biss zu. Mit einem Aufschrei stieß Bahlow sie so heftig von sich, dass sie hintenüber fiel. Sofort stürzte er sich auf sie und hieb ihr mit der Faust ins Gesicht. Durch die Wucht des Schlages krachten Annas Zahnreihen aufeinander. Der Schmerz war wie eine Explosion in ihrem Kopf und machte sie für einen Moment benommen. Dann spürte sie, wie Bahlow ihren Mantel aufriss, das Kleid hochschob und brutal in sie eindrang. Anna schrie laut auf, strampelte mit den Beinen, versuchte, ihn zu treten, wegzudrücken und sich zu befreien. Aber er war viel zu schwer für sie. Kurz bekam sie ihre Arme frei, kratzte ihn übers Gesicht und bohrte ihren Daumen in sein Auge, bevor ein erneuter Faustschlag ihr das Bewusstsein raubte.

Als Anna wieder zu sich kam, bestand sie nur aus Schmerz. Um sie herum herrschte noch immer dunkle Nacht. Sie lag in einem Gestrüpp. Bahlow hatte sie anscheinend die Wegböschung hinuntergeschoben. Sie war ein Stück weit den Hang hinabgeschlittert und hatte sich dann in einem Strauch verfangen.

Vorsichtig bewegte sie Arme und Beine, um zu sehen, ob irgendetwas gebrochen war. Sie spürte ihre Finger wegen der Kälte nicht. Aber der Schmerz wütete in ihrem Inneren wie Feuer. Ihr wurde übel, als sie sich aufsetzte, und sie schmeckte Blut in ihrem Mund.

Stöhnend spuckte sie ein Stück Zahn in den Schnee. Was hatte Bahlow ihr angetan? Rechnete er damit, dass sie erfrieren würde? Hatte er sie für tot gehalten?

Unter höchster Anstrengung schaffte sie es aufzustehen. Es

wäre einfacher gewesen, liegen zu bleiben. Die Kälte würde sie müde machen, einschlafen lassen, für immer. Wollte sie überhaupt weiterleben?

Während ihr Hirn keine Ruhe gab, sondern weiter und weiter Gedanken ausspuckte, setzte Anna schließlich einen zittrigen Fuß vor den anderen. Dann noch einmal und noch einmal.

17

»Wo warst du?«

Wenn Friedrich geglaubt hatte, einfach unbemerkt in sein Zimmer verschwinden zu können, hatte er sich dieses Mal getäuscht. Katharina war nicht gewillt, sein Benehmen weiterhin zu tolerieren. Er würde ihr Rede und Antwort stehen müssen.

»Geh wieder ins Bett«, sagte er barsch.

»Nein. Du erklärst mir jetzt, wo du gewesen bist, oder ich wecke das ganze Haus auf!«

»Das würde ich an deiner Stelle nicht tun. Außer, du willst, dass die Dienstboten tratschen. Was für deine Familie so ziemlich das Schlimmste auf der Welt ist, wie ich mittlerweile herausgefunden habe.« Damit drehte er sich langsam zu ihr um.

»Um Himmels willen!« Sie schlug die Hände vor den Mund, um den entsetzten Aufschrei zu dämpfen, schob Friedrich in sein Zimmer, trat ebenfalls ein und schloss die Tür. Es war spät nachts, alles schlief, aber das konnte sich rasch ändern, wenn sie weiterhin so laut sprachen. Über Friedrichs linke Gesichtshälfte zogen sich drei tiefe Kratzer, und sein Auge blutete. »Was hast du getan?«

Er stieß ein kaltes Lachen aus. »Das denkt also meine liebende Frau über mich. Ich komme verletzt nach Hause, und sie will wissen, was ich angestellt habe. Vielleicht wurde ich angegriffen?«

»Konntest du deine Hosen mal wieder nicht anbehalten? Musstest du dir mit Gewalt nehmen, was nicht dein war?«

Erneut lachte er. »Ich hatte einfach nur ein bisschen Spaß.« Er nahm ein Taschentuch und tupfte damit das Blut weg, das ihm in den Hemdkragen lief. »Das ist eben der Preis, den man zahlt, wenn man eine Wildkatze zähmen will.«

»Wer ist es gewesen?«

»Irgendein Bauernmädchen.«

»Lüg mich nicht an, Friedrich! Wer war sie? Wenn du so aussiehst, mag ich mir nicht vorstellen, wie es dem bedauernswerten Geschöpf geht.«

»Die neue Küchenhilfe. Aber von der kommen sicher keine Beschwerden. Vermutlich hören wir überhaupt nichts mehr von ihr.«

Übelkeit stieg in Katharina auf. Sie hatte ein Ungeheuer geheiratet. Wahrscheinlich konnte sie sich glücklich schätzen, dass er ihr Bett nicht mehr aufsuchte. Seine sexuellen Vorlieben schienen immer abartiger zu werden.

»Das muss aufhören, Friedrich, hörst du?«

»Du hast mir überhaupt nichts zu sagen, Frau. Und jetzt versorge meine Verletzung. Ich nehme morgen früh den ersten Zug nach München und gehe zum Arzt. Keine Angst, niemand hier in deinem kostbaren Bad Reichenhall wird mich so zu Gesicht bekommen. Gott bewahre, dass über die von Feils getratscht wird.«

All die Dinge, die Katharina ihrem Ehemann sagen wollte, blieben unausgesprochen. Sie kämpfte ihre Abneigung gegen ihn hinunter, holte eine Schüssel Wasser und Verbandszeug und tat, was er verlangte. Als sie damit fertig war, ging sie zurück in ihr eigenes Schlafzimmer, wo sie zu ihrer Überraschung Hedwig von Feil vorfand.

»Mama. Ich dachte, du schläfst.«

»Offensichtlich nicht. Was ist mit Friedrich? Warum kommt er so spät nach Hause, und was hast du unten in der Küche geholt?«

Erschöpft setzte sich Katharina in ihren Frisierstuhl. Sie war müde, fühlte sich ausgelaugt und leer.

»Friedrich führt ein Doppelleben. Er hat Spielschulden und andere Frauen.«

Ungerührt zuckte Hedwig von Feil mit den Schultern. »Na und? Das ist nichts Neues. Dachtest du, ein Mann wie Friedrich würde sich nur mit dir zufriedengeben? Jemand wie er braucht Unterhaltung und Zerstreuung.«

»So nennst du es also, wenn er deine Angestellten vergewaltigt?«

»Wie bitte?« Verunsicherung schlich sich auf das strenge Gesicht ihrer Mutter, wie Katharina mit grimmiger Genugtuung feststellte. So allwissend, wie sie tat, war sie dann doch nicht, die Hausherrin.

»Zuerst Adele und heute die neue Küchenhilfe. Allerdings kam es mit der zu einem Kampf, bei der Friedrich am Auge verletzt wurde. Und ob das Mädchen noch am Leben ist, steht in den Sternen.«

»Dieser Kretin!« Wütend lief Hedwig von Feil auf dem dicken Teppich auf und ab, der gottlob ihre ausgreifenden Schritte dämpfte.

»Wir müssen das der Polizei melden, Mama.«

»Bist du von Sinnen? Das kommt überhaupt nicht infrage!«

»Aber was ist, wenn da draußen im Schnee irgendwo ein verletztes Mädchen liegt? Anna, so heißt sie doch, nicht wahr? Anna könnte erfrieren.«

»Unsinn. Die hat sich bestimmt mittlerweile wieder erholt. Diese Landmädchen sind robust, die stecken so etwas schnell weg.«

Katharina traute ihren Ohren nicht. »Du bist abscheulich!«

»Sprich nicht so mit mir. Hättest du deine ehelichen Pflichten erfüllt, wärst du längst schwanger und in München mit anderen Dingen beschäftigt, als dich ständig hier nach Schönegg zurückzuziehen.«

»Ach, bin ich jetzt schuld, dass mein Mann deinem Personal Gewalt antut? Wäre es dir lieber, er würde sich an seinen eigenen Angestellten in München vergehen, damit du keine Unannehmlichkeiten hast?«

Mit zusammengekniffenen Lippen zog Hedwig von Feil die Augenbrauen hoch. Dann setzte sie sich auf den Rand von Katharinas Bett. »Unsinn. Du weißt schon, wie ich das meine.«

»Nein, ehrlich gesagt nicht.«

Stille senkte sich über den Raum, lediglich unterbrochen von Katharinas heftigem Atmen. Sie konnte sich nur schwer beruhigen.

»Friedrich muss zurück nach München«, sagte ihre Mutter nach einer Weile.

»Er nimmt den ersten Zug morgen früh.«

»Gut. Und falls diese Anna mit ihrer Geschichte zur Polizei geht, müssen wir ihr etwas entgegensetzen.«

Gequält schloss Katharina die Augen. Nicht nur dass ihr Mann dem armen Mädchen Gewalt angetan hatte, nun würde ihre Mutter auch noch verhindern, dass ihr Gerechtigkeit widerfuhr, so sie denn überhaupt überleben würde. Was waren sie nur für verabscheuungswürdige Menschen! Am liebsten wäre Katharina schreiend aus der Burg gelaufen und nie wieder zurückgekehrt. Doch wohin sollte sie gehen? Wovon leben? Wer sein? Nur hier in Bad Reichenhall galt sie etwas, als Tochter des angesehenen Salzmeiers.

»Was ist mit Papa?«, fragte sie leise.

»Dein Vater schläft tief und fest. Ich sehe keinen Grund, ihn zu wecken. Sollte es Probleme geben, werden wir sie lösen, und je weniger Papa davon mitbekommt, desto besser. Er hat genug zu tun in seinem Beruf, da wollen wir private Ärgerlichkeiten von ihm fernhalten, meinst du nicht auch?«

Hedwig von Feil stand auf und ging zu Katharina. Sie nahm die Bürste vom Frisiertisch und strich damit durch die Haare ihrer Tochter. Die gleichmäßigen Berührungen beruhigten Katharina, wie schon früher als Kind. Ihre Mutter wusste stets, was zu tun war. Es war am besten, sich auf sie zu verlassen.

*

Jeder einzelne Schritt tat weh, und dennoch ging sie den unendlich langen Weg in der einsamen Winternacht. Kurz vor Tagesanbruch erreichte sie ihr kleines Haus. In der Stube war es eiskalt. Sie nahm sich eine Decke, Vaters alten Mantel und ging hinüber in den Stall. Dort würde sie nicht allein sein, sondern in der Gegenwart anderer Lebewesen. Anna rollte sich auf einem Haufen Stroh zusammen. Sobald sie die Augen schloss, sah sie Bahlows Gesicht über sich. Dennoch schlief sie irgendwann ein, fiel in einen unruhigen Schlaf gequält von Albträumen, aus dem das Scharren und Muhen der Kühe sie Stunden später wieder weckte.

Durst brannte in Annas Kehle. Ihre Zunge fühlte sich geschwollen an, sie hatte sie an dem abgebrochenen Backenzahn verletzt. Mühsam schleppte sie sich hinaus in den Hof zum Brunnen. Das eisige Wasser schmerzte in ihrem Mund, aber sie trank es trotzdem. Dann brachte sie den Kühen ebenfalls etwas und fütterte sie. Die Tiere hatten viele Stunden nichts bekommen, mussten gemolken werden, doch dazu war Anna in diesem Moment nicht in der Lage. Sie ging in die Stube und feuerte den Kamin an. Danach verriegelte sie sämtliche Fenster und Türen und zog sich an den wärmsten Platz im Haus zurück, auf die Ofenbank, wo früher ihr Großvater immer gesessen hatte. Stundenlang starrte sie vor sich ins Leere, bis es sich nicht länger aufschieben ließ.

Auf dem Herd erwärmte Anna Wasser, schüttete es in einen Zuber und kleidete sich mit zitternden Fingern aus. Sie holte den Spiegel, der im Flur hing und blickte hinein. Ein fremdes Gesicht sah ihr entgegen. Die Lippen waren blutverkrustet, ihr rechtes Auge war fast zugeschwollen. Am Hals hatte sie Würgemale, die Abdrücke von Bahlows Händen waren deutlich zu erkennen. Sie sah nach unten. Zwischen ihren Beinen klebte getrocknetes Blut. Es war bis zu den Knien gelaufen, viel.

Mit einem Aufschluchzen schloss sie die Augen. Dann griff sie nach einem Lappen und begann sich zu säubern. Erst widerstrebte es ihr, sich anzufassen, sie wollte ihre Haut nicht berühren. Doch nach und nach bekam sie das Gefühl, dass das Blut sich nicht einfach abwaschen ließ. Sie schrubbte jeden Zentimeter ihres Körpers, bis alles brannte und feuerrot, aber rein war.

Der Tag war mittlerweile vergangen. Anna schlüpfte in frische Kleidung, löschte das Licht und rollte sich wieder auf der Ofenbank zusammen wie eine Katze.

18

Ein Klopfen an der Tür ließ Anna zusammenzucken. Sie blieb ganz still, bewegte sich nicht, gab keinen Laut von sich. Wer immer es war, würde wieder weggehen.

»Anna! Mach auf! Ich bin's, Frau Theres, ich weiß, dass du daheim bist. Bruni schickt mich, weil du nicht zur Arbeit erschienen bist. Sie macht sich Sorgen, du könntest krank sein, daher wollte ich nach dir sehen.«

In der Stube herrschte Halbdunkel, doch durch die geschlossenen Fensterläden fielen Lichtstreifen herein. Wie spät war es? Erneut wurde an die Tür gehämmert.

Schlurfenden Schrittes begab sich Anna in den Flur. Sie würde Frau Theres sagen, dass sie wieder gehen solle, aber aus ihrer Kehle drang nur ein Krächzen. Sie schloss die Tür auf, öffnete sie aber nur einen Spalt weit. Das hereinfallende Licht schmerzte in ihren Augen.

»Heilige Mutter Gottes!«, entfuhr es der Besucherin.

Anna verzog das Gesicht. Maria hatte ihr nicht geholfen, als dieses Ungeheuer über sie hergefallen war, also würde es auch nun nichts bringen, sie anzurufen. Auf himmlischen Beistand zu warten, war sinnlos. Mit einem resignierten Seufzer drehte sie sich um und ging zurück in die Stube. Frau Theres trat ein und folgte ihr. Sie rümpfte die Nase wegen der abgestandenen Luft, öffnete die Fensterläden und eines der Fenster. Dann wandte sie sich Anna zu, die sich wieder auf der Ofenbank niedergelassen hatte und auf den Boden starrte.

»Was ist passiert?«

Es bereitete Anna Mühe, den Blick zu fokussieren und ihr

Gegenüber anzusehen. »Was glauben Sie denn, was mir zugestoßen ist? Wonach sieht es aus?«

Sämtliche Farbe wich aus Frau Theres' Gesicht. »War es der Talhofer?«

»Nein. Der vornehme Herr Bahlow hat mich so zugerichtet.«

Die sonst gutmütig dreinblickenden Augen starrten Anna voller Entsetzen an. »Der Schwiegersohn der von Feils? Jesus, Maria und Josef! Du musst ihn anzeigen.«

Spöttisch stieß Anna die Luft aus. »Natürlich, mache ich gleich. Was ist heute für ein Tag?«

»Mittwoch.«

»Dann ist es jetzt drei Tage her. Ich kann kaum laufen. Bestimmt wird der Wachtmeister umgehend hoch zur Burg rennen und Herrn Bahlow festnehmen, wenn er meine Geschichte hört.«

Frau Theres zog einen Stuhl vom Tisch heran und setzte sich vor Anna, die noch immer unbewegt auf der Bank lag, und verschränkte die Arme vor der Brust. »Es ist nicht der Zeitpunkt, um Scherze zu machen.«

»Scherze? Anders kann ich Ihren Vorschlag aber nicht auffassen. Es interessiert die Polizei nicht, wenn ein hochwohlgeborener reicher Herr einer armen Häuslertochter Gewalt antut.«

»Das kannst du nicht wissen. Was dieser Kerl getan hat, ist abscheulich und gegen das Gesetz. Du musst ihn anzeigen, so darf er nicht davonkommen.«

Gequält schloss Anna die Augen. »Selbst wenn ich wollte, wie sollte ich in die Stadt kommen?«

»Das lass meine Sorge sein.« Frau Theres erhob sich und ging fort. Für Anna war die Sache damit erledigt, doch ein paar Stunden später klopfte es erneut an ihrer Tür.

Anna fragte nicht, wer Frau Theres den Pferdeschlitten geliehen hatte, oder weshalb sie darauf drängte, die Straftat anzuzeigen. »Ist gut, ich komme mit. Aber versprechen Sie mir, Hertha nicht zu sagen, was mir zugestoßen ist. Und auch sonst niemandem.«

Frau Theres nickte, half Anna auf den Sitz und legte ein Schaffell über ihre Beine, damit sie auf der Fahrt nicht fror.

Auf dem Polizeipräsidium musste Anna erzählen, was geschehen war. Sie hatte nicht erwartet, darüber sprechen zu können, aber sobald sie einmal angefangen hatte, gab sie alles zu Protokoll, woran sie sich erinnern konnte. Dabei stellte sie sich vor, über eine fremde Person zu reden und nicht über sich selbst. Der Beamte, ein Wachtmeister Schütz, schrieb so lange gewissenhaft mit, bis Anna den Namen ihres Peinigers nannte. Als er hörte, dass der Schwiegersohn des Salzmeiers der Vergewaltigung bezichtigt wurde, legte er den Stift weg und entschuldigte sich. Er ließ sie lange warten, und als er zurückkam, wirkte er verändert, weniger mitfühlend.

»Ich habe mit meinem Vorgesetzten gesprochen. Der meint, es wäre gegen das Gesetz, jemanden ungerechtfertigt eines Verbrechens zu beschuldigen. Daher fahren wir am besten gemeinsam hinauf nach Schönegg und fragen Herrn Bahlow direkt, was er dazu sagt.«

Er sah Anna herausfordernd an. Offensichtlich rechnete er damit, dass sie ihre Anschuldigung zurücknehmen würde. Glaubte er vielleicht, sie hätte sich selbst verprügelt? Ihre eigene Lippe blutig geschlagen?

Sie nickte, bestand allerdings darauf, dass Frau Theres sie begleitete.

Der frisch gefallene Schnee hatte alle Spuren des Überfalls überdeckt. Zu gerne hätte Anna den Wachtmeister gebeten, an der Stelle anzuhalten, an der Bahlow sie geschändet und dann einfach weggeworfen hatte, aber eine Fülle an zarten Flocken hatte den Hang in eine jungfräuliche Zauberlandschaft verwandelt. Kaum vorstellbar war, dass hier etwas Grausames geschehen sein sollte.

Gernot riss die Augen auf, als er Annas zerschlagenes Gesicht sah und lief sofort los, um der Herrschaft Bescheid zu sagen.

Konrad von Feil hatte seine Mimik deutlich besser unter Kontrolle. Er zuckte nicht mit der Wimper, als Anna vor ihn trat, und hörte sich ruhig an, was der Wachtmeister vorbrachte. Sie standen in der Eingangshalle, wurden nicht weiter hereingebeten. Anna kam sich vor wie eine Bittstellerin.

»Ich bedauere, Ihnen mitteilen zu müssen, dass mein Schwiegersohn bereits seit Tagen wieder in München weilt. Er kann unmöglich getan haben, wessen diese Person ihn bezichtigt. Weil er in der Nacht nach dem Diner mit Familie Uhlig noch abreiste, nicht wahr, Katharina?«

Das gnädige Fräulein und die gnädige Frau kamen gesetzten Schrittes die große Treppe herunter.

»Das stimmt, Papa. Gleich nach dem Kaffee hat sich Friedrich verabschiedet, wollte nicht einmal mehr einen Cognac trinken, um auf der Fahrt nach München nicht einzuschlafen.«

Übelkeit stieg in Anna auf. Was waren das für abscheuliche Menschen! Sie logen den Wachtmeister schamlos an, ohne rot zu werden. Doch es kam noch schlimmer.

»Herr Wachtmeister«, setzte nun Hedwig von Feil an, »ich weiß, Sie empfinden es gewiss als geschmacklos, einen unbescholtenen Herrn einer Straftat zu beschuldigen, die er nicht begangen hat. Aber wenn ich Ihnen erkläre, dass wir das Fräulein Gmeiner hier an besagtem Abend aus dem Dienstverhältnis entlassen mussten, weil ihre Arbeitsleistung inakzeptabel war, erklärt das womöglich ihre Beweggründe für diese Lügengeschichte.«

»Das ist nicht wahr!«, rief Anna. »Ich wurde nicht entlassen, und die Herrschaft war zufrieden mit mir. Frau Bruni hat mich sogar dafür gelobt, weil ich viel besser war als meine Vorgängerin in der Küche.«

»Wer ist Frau Bruni?«, fragte Wachtmeister Schütz.

»Unsere Köchin, seit vielen Jahren. Eine grundehrliche Person. Wir können sie gerne fragen.« Die gnädige Frau nickte Adele zu, die im Hintergrund stand und alles mit blassem Gesicht beobachtete. Kurz darauf erschien die Köchin.

»Brunhilde, warum war es notwendig, das Dienstverhältnis von Anna Gmeiner am vergangenen Sonntag zu beenden?«, fragte Hedwig von Feil mit strenger Stimme.

Frau Bruni antwortete nicht gleich, weil sie erschrocken zwischen Anna und ihrer Freundin hin und her sah und dann mit ihrem Blick an Annas Blutergüssen und dem zugeschwollenen Auge hängenblieb. Ein ums andere Mal wischte sie mit den Händen über ihre makellose Schürze und atmete schwer.

»Nun sagen Sie schon, Brunhilde«, verlangte Hedwig von Feil ungeduldig und stellte sich so vor Anna, dass Frau Bruni sie nicht mehr ansehen konnte.

»Sie hat viele Fehler gemacht und war keine Hilfe bei der Arbeit, sondern eher eine Belastung«, hauchte die Köchin kaum hörbar.

Frau Theres schnappte nach Luft, die Empörung war ihr anzumerken. Rasch griff Anna nach ihrer Hand und drückte sie fest. »Das stimmt nicht.«

Wachtmeister Schütz zückte seinen Notizblock und schrieb etwas auf. »Dann bezichtigen Sie die Köchin der Lüge?«

»Frau Bruni, Herrn von Feil, seine Gattin und das Fräulein Tochter.«

»Was erlaubt sich diese Person!«, rief Hedwig von Feil empört. »Machen Sie, dass Sie hinauskommen. Beweise für ihre hanebüchenen Anschuldigungen haben sie ja wohl keine, und die Aussage meiner Köchin dürfte die Sache geklärt haben. Herr Wachtmeister, ich erwarte, dass Sie dieses saubere Fräulein Gmeiner darüber aufklären, was es für Konsequenzen hat, wenn ich mich dazu entschließe, sie wegen Falschaussage anzuzeigen.«

Damit machte sie auf dem Absatz kehrt, scheuchte Frau Bruni zurück in die Küche und bedeutete dem gnädigen Fräulein, ihr die Treppe hinauf zu folgen.

Wachtmeister Schütz legte Anna die Hand auf den Rücken und wollte sie in Richtung Tür schieben, aber sie schüttelte ihn ab und wandte sich noch einmal Konrad von Feil zu, der unschlüssig seiner Gattin nachsah und dann wieder Anna beäugte.

»Wie sah er denn aus, der Herr Bahlow, als er abreiste?«, fragte diese unter Aufbietung all ihren Mutes.

»Was meinen Sie damit?«

»Wenn er jemandem Gewalt angetan hätte, dann hätte diejenige sich gewehrt und hätte versucht, ihm ein Auge auszukratzen, das linke, um genau zu sein.«

Mit Genugtuung bemerkte sie, wie von Feils Adamsapfel nervös auf und ab hüpfte, als er mehrfach schluckte.

»Jetzt reicht es aber, Fräulein Gmeiner«, ging Wachtmeister Schütz dazwischen und schob Anna endgültig hinaus. Sie drehte sich noch einmal um und prägte sich von Feils Gesicht ein. Ein Schweißfilm überzog seine Stirn, er atmete schwer, und ein Muskel in der Wange zuckte. Mochte seine Frau eiskalt sein – er wirkte überrascht und äußerst entsetzt.

Unten am Burgberg trennten sich die Wege der beiden Frauen und Wachtmeister Schütz. Nach einer letzten, demütigenden Belehrung begab sich dieser zurück zum Präsidium, und Frau Theres lenkte den Schlitten in Richtung Saalach. Der knirschende Schnee unter den Kufen war das einzige Geräusch, die Frauen schwiegen und fuhren einen einsamen Auweg entlang, um Annas geschundenes Gesicht nicht den Blicken der Bad Reichenhaller auszusetzen.

»Es tut mir leid«, sagte Frau Theres nach einer Weile. »Ich dachte wirklich, es wäre richtig, ihn anzuzeigen.«

Anna entgegnete nichts. Sie fühlte sich ausgelaugt und gedemütigt. Eine bleierne Schwere hatte von ihr Besitz ergriffen. Am liebsten hätte sie geweint, aber sie nahm sich zusammen.

»Die Bruni lügt wie gedruckt. Erst gestern hat sie mir erzählt, wie gut du arbeitest und wie gern sie dich hat. Warum hätte sie mich sonst geschickt, nach dir zu sehen? Ich weiß, dass sie dich nicht entlassen haben, Kind.«

»Und wenn Sie das vorhin gesagt hätten, wäre Frau Bruni ebenfalls in Schwierigkeiten geraten. Wem würde das helfen? Sie will ihre Stelle nicht verlieren. Falls sie nicht tut, was die gnädige Frau wünscht, fliegt sie raus. Frau Bruni hat mich vor dem Bahlow gewarnt, sagte, er wäre ein arger Grapscher, und die arme Adele könnte ein Lied davon singen. Aber anscheinend lassen sich alle lieber antatschen, demütigen und zum Lügen überreden, als gegen Unrecht einzustehen. Das werde ich mir merken.«

»Die Bruni werde ich mir kaufen, darauf kannst du dich verlassen.«

Erneut griff Anna nach Frau Theres‘ Hand, die die Zügel hielt und drückte sie. »Bitte, machen Sie das nicht meinetwegen.«

»Aber ich habe dich zu den von Feils geschickt.«

»In bester Absicht. Sie trifft keine Schuld. Lassen Sie Frau Bruni in Ruhe. Am Ende bekommen Sie sonst auch noch Schwierigkeiten. Immerhin sind die von Feils Stammgäste im Café Flora und kennen Gott und die Welt.«

Erschöpft ließ Anna ihren Kopf gegen die Schulter ihrer Gefährtin sinken und schloss die Augen. Das monotone Zuckeln des Pferdes, das Gleiten des Schlittens über den Schnee machten sie müde. Anna wollte sich ausruhen, solange sie in der Gesellschaft eines lieben Menschen war und sich sicher fühlte. Bald genug würde sie wieder allein in ihrem kleinen

Haus sitzen, Fenster und Türen verriegelt und voller Angst, Friedrich Bahlow könnte zurückkommen oder der Talhofer oder sonst irgendein Kerl, der ihr Böses wollte.

Wochenlang igelte sich Anna ein. Hätte Frau Theres sie nicht mit Lebensmitteln versorgt, wäre sie wahrscheinlich verhungert. Sie dachte nicht an Essen, auch nicht daran, was nun aus ihr werden sollte. Nur einmal wanderten ihre Gedanken noch zu Michael. Er hatte sie nicht beschützt. Hätte er sie nicht verlassen, wäre all das nicht geschehen. Würde ihm wirklich etwas an ihr liegen, hätte er ihr längst wieder geschrieben. So wie sich Anna von der Vorstellung verabschiedet hatte, dass ihr Gerechtigkeit widerfahren könnte, so hatte sie eingesehen, dass Michael Schwarzenberg endgültig aus ihrem Leben verschwunden war. Besser war es, ihn zu vergessen. Niemand würde ihr zu Hilfe eilen. Sie war allein.

19

Annas äußere Wunden verheilten langsam, doch die Narben auf ihrer Seele würden ewig schmerzen. So viel Zeit, dass sie das Gesicht ihres Peinigers nicht mehr vor sich sah, sobald sie die Augen schloss, konnte gar nicht vergehen. Jeden Tag verriegelte sie sorgfältig Fenster und Türen, kontrollierte alles mehrfach, bevor sie zu Bett ging, aus Furcht, jemand könne versuchen, sie heimzusuchen. Das Ganze wurde zu einem Zwang, der Anna dennoch nicht davor bewahrte, dass die Gespenster der Angst einen Weg zu ihr fanden.

Auch im März lag der Schnee noch einen halben Meter hoch, und ein Ende des Winters war nicht in Sicht. Nach und nach hatte Anna sämtliche Hühner bis auf zwei geschlachtet. Frau Theres, die ihr eine mütterliche Freundin geworden war, hatte Abnehmer dafür, verkaufte sie und brachte stattdessen Brot, Kartoffeln oder Mehl, je nachdem, was Anna brauchte. Natürlich redeten die Leute in der Stadt. Es wurde gemunkelt, dass die Gmeinertochter von einem Unbekannten vergewaltigt worden war und darüber den Verstand verloren hatte.

Weil ohnehin wilde Spekulationen kursierten, scheute sich Therese Bauer nicht, den Namen von Feil verlauten zu lassen, was die Gerüchteküche weiter anheizte. Anfangs hatte Anna ihr deswegen gezürnt, auch wenn es keinen Grund dafür gab. War es nicht rechtens, dass die Schuldigen laut genannt wurden, wenn schon vonseiten des Gesetzes keine Hilfe zu erwarten war?

Am zweiten Fastensonntag bekam Anna überraschend Besuch. Sie hatte den Salzmeier in seinem eleganten einspännigen Schlitten von Weitem kommen sehen. Er kutschierte selbst, eingepackt in Decken und Mantel und mit einem warmen Hut auf der Glatze.

Anna empfing ihn vor dem Haus. Die Tür in ihrem Rücken war nur angelehnt, damit sie schnell hineinflüchten konnte, sollte es notwendig werden. Das geladene Schrotgewehr ihres Vaters lehnte in Griffweite am Türstock. In den letzten Wochen hatte sie täglich damit geübt. Nicht, dass sie es nötig gehabt hätte – ihr Vater hatte Wert darauf gelegt, dass seine Kinder schießen konnten. »Wer weiß, wofür ihr es mal brauchen werdet«, hatte er gesagt, »wenn's drauf ankommt, ist es besser, man kann mit einer Waffe umgehen, als keine Ahnung davon zu haben.«

Konrad von Feil hielt den Schlitten neben dem Brunnen an und kletterte vom Sitz.

»Grüß Gott, Fräulein Gmeiner.« Diese höfliche Anrede hatte er während ihres gesamten Arbeitsverhältnisses nie gewählt. In den seltenen Fällen, in denen er sie ansprach, hatte er sie beim Vornamen genannt und geduzt.

Anna nickte nur, um den Gruß zu erwidern. Sie war zu aufgewühlt, um ein Wort herauszubringen. Aus welchem Grund suchte der Salzmeier sie auf? Woher wusste er überhaupt, wo sie wohnte? Bestimmt von Frau Bruni, der Verräterin.

»Ist das nicht ein wenig übertrieben? Ich meine, ich will Ihnen ja nichts Böses.« Er wies auf das Gewehr.

Anna schwieg, starrte ihn nur feindselig an.

Nach einer unangenehm langen Pause sagte er: »Ich bin hier, um mit Ihnen zu reden. Können wir vielleicht hineingehen? Es ist kalt.«

»Sie werden niemals mein Haus betreten. Ebenso wenig, wie ich nie wieder einen Fuß in Ihres setzen werde. Sagen Sie, warum Sie gekommen sind, und dann verschwinden Sie.«

Eine tiefe Röte stieg von seinem Hals hoch zu von Feils Wangen. Sicher war er es nicht gewohnt, dass ein einfaches

Mädchen, das er als nicht ebenbürtig erachtete, auf diese Weise mit ihm sprach. Anna war das gleich. Respekt war keine Selbstverständlichkeit, man musste ihn sich verdienen. Und Konrad von Feil hatte den ihren für immer verloren.

Der Salzmeier klappte den Mund auf und wieder zu, was Anna an einen seltsamen roten Karpfen erinnerte, dann setzte er erneut an.

»Mein Schwiegersohn ist auf dem linken Auge erblindet …«

»Und jetzt? Wollen Sie mich deswegen anzeigen? Hätte ich besser still halten sollen, als er mir Gewalt angetan hat, um seine hübsche Larve nicht zu beschädigen? Mein Aussehen war ihm ja auch egal, als er mir mit der Faust ins Gesicht geschlagen hat.«

»Nein, darum geht es nicht. Ich wollte nur sagen … Ich glaube Ihnen.«

»Wollen Sie mir weismachen, dass Sie es nicht wussten? Als ich mit der Polizei zu Ihnen gekommen bin?« Annas Stimme wurde schrill vor Zorn. »Wollen Sie behaupten, Sie dachten wirklich, er wäre unschuldig, und ich wolle ihm das Ganze unterschieben? Tja, die werte Gattin, das gnädige Fräulein und sogar die treue Köchin haben sich wesentlich raffinierter verhalten. Kaum vorstellbar, dass sie ihre Geschichte hinter Ihrem Rücken abgesprochen hatten. Wo Sie doch der Herr im Haus sind.«

Mit beschämtem Gesichtsausdruck schlug Konrad von Feil die Augen nieder. Anna machte einen Schritt von der Tür weg auf ihn zu, achtete aber darauf, dass ein gebührender Abstand zwischen ihnen blieb. »Nun, dann will ich dem gnädigen Herrn etwas sagen. Als hätte Ihr Schwiegersohn mir nicht schon genug Leid zugefügt … nun bin ich auch noch schwanger von ihm.«

Der Salzmeier stieß ein Keuchen aus, stolperte zurück zu

seinem Schlitten und lehnte sich dagegen, als würde ihn sämtliche Kraft verlassen.

»Sind Sie sicher?«, stammelte er.

Anna wurde noch wütender. »Natürlich bin ich das!«, schrie sie ihn an. »Auch wenn ich alles dafür geben würde, dass es anders wäre.«

Mit zitternden Fingern zog von Feil ein Taschentuch aus seinem Mantel und wischte sich damit übers Gesicht. »Ich will Ihnen helfen, Fräulein Gmeiner«, sagte er leise.

»Ihre Art von Hilfe kenne ich! Sie wollen, dass ich zu einer Engelmacherin gehe und es wegmachen lasse. Aber das werde ich nicht. Mir wurde ein Unrecht angetan, aber deshalb werde ich mich nicht versündigen.«

»Oh nein, nichts liegt mir ferner«, beteuerte er. »Für einen von Feil wäre das absolut undenkbar.«

»Was wollen Sie dann?«

»Sie versorgt wissen.«

»Ich werde keinen Pfennig von Ihnen annehmen. Sie und Ihre Familie haben mir durch Ihre Lügen Gerechtigkeit verwehrt. Ich lasse mich nicht von Ihnen kaufen, selbst wenn ich verhungern müsste.«

»Was sind Sie nur für eine starrsinnige Person! Wissen Sie eigentlich, dass die Leute in der Stadt behaupten, ich wäre für Ihren Zustand verantwortlich? Und dabei haben die noch nicht mal von der Schwangerschaft erfahren, sondern glauben nur, Sie wären seltsam geworden.«

Mit einem spöttischen Lächeln trat Anna zurück zur Tür. »Ach, darum geht es Ihnen. Der gute Name von Feil wurde beschmutzt. Stellen Sie sich nur vor, was geredet werden wird, wenn ich erst mit einem dicken Bauch durch die Straßen gehe. Aber falls es hilft, erzählen Sie halt einfach, wer es wirklich gewesen ist, wer mich wirklich bei Nacht und Nebel überfallen, zusammengeschlagen, vergewaltigt und geschwängert hat.«

Bei jedem ihrer letzten Worte war Konrad von Feil sichtlich weiter in sich zusammengesunken. Anna fand ihn geradezu erbärmlich. Mit ihrem Mitleid durfte er nicht rechnen. Er war nicht gekommen, weil er ihr helfen wollte, sondern weil die Gerüchte seiner beruflichen Position und seinem guten Namen schadeten.

Ohne ein weiteres Wort nahm sie das Gewehr, trat ins Haus, schloss die Tür und verriegelte sie.

Sie hörte, wie von Feil auf den Schlitten kletterte.

»Sie werden sich schon noch helfen lassen müssen, mein Fräulein, da nützt all Ihr Stolz nichts«, rief er noch und knallte mit der Peitsche in die Luft. Das Pferd zog an, und er fuhr davon.

In der Stube ließ sich Anna auf einen Stuhl sinken und schloss die Augen. Gott sei Dank würde sie den hochwohlgeborenen Herrn Salzmeier nie mehr wiedersehen.

Nachts träumte sie von Michael. Es war Sommer, und sie trafen sich am Flussufer. Er lachte und küsste sie, dann wurde er immer zudringlicher, und als Anna ihn von sich drücken wollte, schlug er sie. Dabei verwandelte er sich in Friedrich Bahlow, der ihr mit wildem Gesicht und einem blutenden Augen die Hände um den Hals legte und zudrückte.

Schweißgebadet erwachte sie mit einem Aufschrei. In der Kammer war es stockdunkel. Sie setzte sich auf. Als ihre nackten Füße den kalten Boden berührten, wusste sie, dass es nur ein Traum gewesen war und dass sie wieder in die Wirklichkeit zurückgekehrt war. Dennoch blieb ein beängstigendes Gefühl in ihrer Brust zurück. Sie traute sich nicht, das Aborthäuschen hinter dem Haus aufzusuchen, sondern ging stattdessen hinüber in den Stall und hockte sich über die Rinne, in die auch der Urin der Kühe lief. Wegen der Verbindungstür zwischen Stall und Hausflur musste sie nicht einmal hinaus in die Kälte. Ihre Mutter hatte ihr das heimliche Pinkeln bei den Kühen während der Wintermonate schon als Kind beigebracht. Es war ihr kleines Geheimnis gewesen, von dem Vater und Christoph natürlich gewusst hatten, aber nicht darüber redeten. Tränen stiegen in Annas Augen, als sie nun daran dachte. Wie lange lagen die unbeschwerten Tage ihrer Kindheit nun schon zurück! Sie waren entschwunden mit all ihren Lieben. Sie hatte nur noch blasse Erinnerungen, die verdrängt wurden von einem harten Alltag, den Anna nur schwer ertragen konnte.

20

Was wäre ich ohne meine Gattin? Eine Frage, die sich Konrad von Feil gelegentlich stellte. Seine Antwort darauf lautete stets gleich: nicht halb der erfolgreiche Patriarch, der angesehene Bürger des Königlichen Staatsbads und der hochgelobte Geschäftsführer der Saline. Dieser Umstand war ihm bewusst, er vergaß es nie, vor allem deshalb, weil sie ihn gerne daran erinnerte. Doch Hedwigs abscheuliches Verhalten in jener prekären Situation war in den Augen des rechtschaffenen, bisweilen jedoch schwachen Mannes ein großes Unrecht gewesen.

»Wie konntest du dem Herrn Wachtmeister, ohne mit der Wimper zu zucken, ins Gesicht lügen?«, verlangte er von seiner Frau zu wissen. Nachdem Konrad von Anna zurückgekehrt war, hatte er Hedwig umgehend um eine Unterredung unter vier Augen gebeten, so sehr stand er noch unter dem erschütternden Einfluss seiner Begegnung mit der jungen Küchenhilfe.

»Wovon sprichst du?«

»Stell dich nicht dumm, meine Liebe, das passt nicht zu dir.«

Mit einem erstaunten Augenaufschlag ließ sie das Buch sinken, in dem sie gelesen hatte, als er hereingekommen war, und lächelte ihn an. »Wie hätte ich anders reagieren können, Konrad? Ich handle stets in deinem besten Interesse. Hätte ich sagen sollen, jawohl, Herr Wachtmeister, mein Schwiegersohn hat sich an dem Küchenmädchen vergangen, weil weder mein Mann noch ich ihn unter Kontrolle haben und er sich benimmt wie die Axt im Walde? Aber Sie können ihn gerne verhaften und abführen. Was wäre dann geschehen, frage ich dich? Nach einem öffentlichen Prozess, in dem der Name von Feil durch den Dreck gezogen worden wäre, hättest du deinen Posten verloren, wir unser Ansehen, und wir hätten uns nicht mehr aus dem Haus wagen dürfen. Wäre das eher in deinem Interesse gewesen als mein verzweifelter Versuch, die Ehre der Familie zu retten?«

Er zögerte und sah zu Boden. »Natürlich nicht. Aber wir müssen der jungen Frau helfen. Friedrich hat sie zu allem Überfluss geschwängert.«

Kurz flatterten Hedwigs Augenlider. Konrad glaubte, etwas Schmerzliches in ihrem Blick zu erkennen, doch nach zweimaligem Blinzeln war es verschwunden. »Dann hatte er bei der mehr Erfolg als bei unserer Tochter«, brummte sie.

»Irgendjemand hat das Gerücht gestreut, ich wäre es gewesen, der Fräulein Gmeiner Gewalt angetan hätte.«

»Wie bitte?« Nun fuhr sie aus ihrem Stuhl hoch und trat ans Fenster. Sie befanden sich in Hedwigs Leseraum, der an ihr Schlafzimmer angrenzte und in dem sie die meiste Zeit des Tages verbrachte. Früher war sie nach unten in den Salon gekommen, wenn Konrad von der Arbeit heimkehrte. Sie hatte sich für das interessiert, was er machte. Daraus hatten sich anregende Unterhaltungen ergeben, die er sehr schätzte. Im Lauf der Jahre war er ihr anscheinend mehr und mehr gleichgültig geworden, denn nun wartete sie darauf, bis das Essen aufgetragen wurde, um nach unten zu gehen. Sie begegneten einander hauptsächlich zu den Mahlzeiten, die oft schweigend eingenommen wurden. Was sollte er ihr erzählen? Sie führte ihr Leben und er seines, das war eben so. Doch wenn es darauf ankam, wie jetzt, dann hielten sie zusammen.

»Diese Impertinenz! Was bilden sich die Leute ein? Dagegen müssen wir etwas unternehmen.«

»Ich weiß, Hedwig. Deswegen habe ich Fräulein Gmeiner heute aufgesucht und dabei von ihrer Schwangerschaft erfahren. Es ist nur eine Frage der Zeit, bis ich auch noch als

Kindsvater im Gespräch bin. Gegen derartige Gerüchte ist man machtlos, das weißt du, und sie könnten uns ebenso schaden, als wenn wir zugelassen hätten, dass Friedrich angezeigt wird.«

»Dann soll sie es wegmachen lassen. Wenn du ihr genügend Geld bietest …«

»Das ist keine Option, schlag dir das aus dem Kopf.«

Seufzend läutete Hedwig nach Adele und verlangte eine Flasche Cognac und zwei Gläser. »Wir werden eine Weile hier sein, bis wir eine Lösung gefunden haben«, fügte sie an ihren Mann gewandt hinzu, nachdem Adele wieder verschwunden war. »Das hilft beim Denken.«

Tatsächlich begrüßte Konrad die wohltuende Wirkung des Cognacs, und nach kurzer Zeit genoss er es beinahe, mit seiner Frau zusammenzusitzen und zu grübeln. Wenn das Problem nicht ein derart ernstes gewesen wäre.

Aber die Idee, mit der sie schließlich aufwartete, war ebenso unerhört wie brillant. Aus diesem Grund hatte er seine Hedwig geheiratet. Deswegen liebte er sie auch nach all den Jahren noch und ließ sich so manches von ihr bieten. Weil sie eine raffinierte Denkerin war, die ihn immer und immer wieder aus der Bredouille und ins rechte Licht befördern würde.

»In Ordnung«, stimmte er zu. »Ich werde alles Nötige in die Wege leiten. Aber Friedrich wird mein Haus nicht mehr betreten.«

»Er ist dein Schwiegersohn!«

»Na und? Seine Tage des Müßiggangs in Bad Reichenhall sind vorüber. Soll er sich ein neues Jagdrevier suchen – irgendwo, Hauptsache, nicht mehr in meiner Stadt.«

Am nächsten Morgen bestellte Konrad Leonhard Achleitner in sein Büro. Der junge Mann erschien umgehend, aufgeräumt und korrekt wie immer und sichtlich willens, seinem Chef zu Diensten zu sein.

»Guten Morgen, Achleitner, nehmen Sie Platz. Kaffee?«

Erfreut ließ sich der Beamte an dem achteckigen Eichentisch mit den geschwungenen Löwenfüßen nieder, der besser in ein Herrenzimmer als ein Büro gepasst hätte und den Konrad von Feil für Gespräche mit wichtigen Geschäftspartnern nutzte. Eine dicke Glasplatte schützte seine Oberfläche, darunter lag ein rundes Spitzendeckchen.

Nachdem der Kaffee aufgetragen worden war, wählte Konrad einen belanglosen Gesprächseinstieg, indem er sich nach der Arbeit im Büro erkundigte.

»Es ist alles in bester Ordnung, Herr von Feil.«

»Weil Sie ihre Angestellten gut führen, Achleitner, das weiß ich wohl. Und aus ebendiesem Grund habe ich Sie heute hierhergebeten. Ich möchte mit Ihnen über Ihre berufliche Zukunft sprechen, die ich nicht in der Leitung einer untergeordneten Büroabteilung sehe.«

Überrascht riss der junge Mann die Augen auf, hatte sich aber kurz darauf wieder unter Kontrolle. »Ich fürchte, ich verstehe nicht, was Sie meinen.«

Konrad musterte sein Gegenüber. Achleitner sah gut aus, auf eine angenehme, nicht einschüchternde Weise. Er hatte ein Gesicht, das Damen und Herren gleichermaßen sympathisch fanden, besonders, wenn er lächelte und das Grübchen an seinem Kinn sich vertiefte. Er war in einem Alter, in dem ihm alle Möglichkeiten offenstanden und in dem er sich bestimmt überlegt hatte, was er einmal erreichen wollte. Nun, Konrad von Feil würde ihm eine Karriere anbieten, von der er sicher nie zu träumen gewagt hatte, und wenn er Leonhard Achleitner richtig einschätzte, würde der zugreifen. Und den Preis dafür gerne bezahlen.

»Ich meine, dass ich wohl erkannt habe, aus welchem Holz Sie geschnitzt sind. Sie sind intelligent, ehrgeizig und loyal. Und ich bin in der Position, etwas für Sie zu tun, wenn Sie etwas für mich machen wollen. Keine Angst, es ist nichts Unangenehmes, im Gegenteil. Falls Sie es geschickt anstellen, wird man sie allenthalben darum beneiden. Und das möchten Sie doch, nicht wahr? Von den Bad Reichenhallern gesehen, geschätzt und vielleicht sogar beneidet werden?«

Mit einer jovialen Geste klopfte er dem jungen Angestellten auf die Schulter und goss ihm persönlich Kaffee nach. Dann lehnte sich Konrad in seinem Stuhl zurück, schlug die Beine übereinander, faltete die Hände locker im Schoß und genoss einen Augenblick lang die Situation. So sah er sich gerne. Im Zentrum der Aufmerksamkeit, alle Fäden in der Hand, wie ein Marionettenspieler. Und mit einem Plan im Hinterkopf, der nur Vorteile hatte. Sicher würde Achleitner das ebenso beurteilen.

21

Schlaf wollte Katharina nicht finden, nicht einmal Ruhe, geschweige denn Seelenfrieden. Sie schämte sich. Mit matter Hand klingelte sie nach dem Hausmädchen, das sogleich in der Tür zu ihrem Zimmer erschien.

»Gnädiges Fräulein?«

»Mir ist kalt, Adele. Sag Gernot Bescheid, er soll einen Korb Holz hereinbringen und nachlegen.« Sie deutete auf den kleinen, zylinderförmigen Ofen, der mit seinen aufwendig bunt glasierten Kacheln eher wie ein antikes Schmuckstück wirkte, aber durchaus funktionsfähig war und das Zimmer seit gut zweihundert Jahren vorbildlich beheizte. Und nicht nur dieses. Auf der anderen Seite der Wand stand sein mit ihm verbundenes Pendant, beide Öfen wurden vom Flur aus befeuert. Wie praktisch veranlagt meine Vorfahren doch waren, dachte Katharina. Ob in dem Raum, den sie seit ihrer Kindheit bewohnte, wohl einst auch ein unglückliches Fräulein gelebt hatte?

Bevor Adele wieder verschwand, fragte sie rasch: »Wie geht es dir?«

Das Dienstmädchen blieb wie vom Blitz getroffen stehen und sah Katharina an, als hätte sie etwas absolut Unerhörtes von sich gegeben.

»Danke, gut«, murmelte sie.

Mit schnellen Schritten ging Katharina zur Tür und schloss sie, damit niemand hören konnte, was sie Adele als Nächstes mitteilen würde. Nicht, dass neugierige Personen auf dem Flur unterwegs gewesen wären, mitten im Winter war es einsam und öde auf Schönegg, aber man konnte ja nie wissen.

Fröstelnd verschränkte Katharina die Arme vor der Brust und rieb über die Ärmel ihrer weißen Bluse, als könnte sie damit Wärme erzeugen. Langsam dämmerte ihr, dass die Kälte nicht von außen kam, sondern sich in ihrem Innersten ausgebreitet hatte.

»Es tut mir leid, Adele. Was ich dir bezüglich Herrn Bahlow geraten habe, ist unverzeihlich, und ich bedauere den Ausgang der … Sache … sehr.« Sie beobachtete Adeles Reaktion genau, die fassungslos geweiteten Augen, den schneller werdenden Atem, die schmale Brust, die sich hob und senkte wie das Flattern eines Vogelflügels.

»Ich weiß nicht, was das gnädige Fräulein meinen.«

»Das weißt du wohl. Bitte erspare es mir, die Dinge beim Namen zu nennen. Es fällt mir schwer genug, das Thema anzusprechen, aber wenn ich meinen inneren Frieden wiederfinden will, muss ich es tun.« Sie ging an ihren Schrank und nahm ein prächtiges Wolltuch heraus. Es war mit einem dezenten Muster durchwirkt, mit einer Fransenkante versehen, und der dunkle Auberginetón würde Adele gut zu Gesicht stehen.

»Hier, nimm das. Es wird dich wärmen. Du kannst es an deinem freien Tag tragen. Ich möchte, dass du es bekommst.«

»Das könnte ich niemals annehmen. Ein jeder würde wissen, dass ich mir kein so teures Tuch leisten kann.«

»Ich bestehe darauf. Außerdem ist es recht schlicht. Sollte jemand fragen, sagst du einfach, ich hätte es dir zu Weihnachten geschenkt.« Katharina drückte es Adele in die Hand. »Das ist dann alles. Vergiss nicht, Gernot wegen des Holzes zu rufen.«

*

Mit einem gemurmelten Dankeschön verließ Adele das Zimmer ihrer Herrschaft. Im Flur lehnte sie sich für einen Augenblick an die Wand, um sich zu sammeln. Dann ging sie hinaus zu Gernot und teilte ihm mit, was das gnädige Fräulein wünschte. Bevor noch jemand nach ihr klingelte, lief sie rasch hinauf in das oberste Stockwerk der Burg, wo sich die Quartiere für die Angestellten befanden. Schwer atmend betrat sie ihr Zimmer. Sie riss die unterste Schublade der Kommode auf, in welcher ihre wenigen Habseligkeiten lagen, stopfte das Wolltuch hinein und schob sie wieder zu. Außer sich trat sie ein paarmal mit dem Fuß gegen das Holz, während sie mühsam mit den Tränen kämpfte.

Dann fiel ihr Blick in den Spiegel, der darüber hing. Ein blasses Gesicht sah ihr entgegen, mit Schatten unter dunklen Augen, glattem braunem Haar, das gescheitelt und hochgesteckt war, und farblosen Wangen und Lippen. Seitdem Friedrich Bahlow sich ihres Körpers bemächtigt hatte, hasste Adele sich selbst. Zumeist hatte sie keine Zeit dazu, denn die von Feils forderten ihre gesamte Aufmerksamkeit. Doch leider gab es dazwischen immer wieder Momente, in denen sie daran erinnert wurde, was er mit ihr gemacht hatte. Die blauen Flecken waren rasch verschwunden, niemand außer dem gnädigen Fräulein hatte sie bemerkt. War ihre Überraschung echt gewesen? Die Betroffenheit gespielt?

Wie dem auch sei, nach einer verschenkten Wollstola und einer knappen Entschuldigung würde es wenigstens dem Fräulein Katharina wieder so gut gehen, als wäre nichts geschehen. Mit einem letzten Tritt gegen die Kommode schluckte Adele ihre Wut hinunter und begab sich zurück an ihre Arbeit.

*

Katharina fühlte sich wesentlich besser, nun, da sie die Sache geregelt hatte. So gut sogar, dass sie ihrer Mutter Gesellschaft leistete, die Tee trinkend in ihrem Lesezimmer saß und aus dem Fenster hinaus ins Schneetreiben sah.

»Papa wird Schwierigkeiten haben, den Berg heraufzukommen, bei diesem Wetter«, konstatierte sie.

»Mag sein.« Hedwig von Feil stellte ihre Tasse zurück auf den Beistelltisch neben dem Lesesessel, zog ein Spitzentaschentuch aus dem Ärmel und betupfte ihren Mund. »Aber so ist es eben bei uns in den Bergen. In München liegt sicher weniger Schnee. Meinst du nicht, es wäre an der Zeit, dass du zu deinem Ehemann zurückkehrst? Die Leute fangen schon an zu reden.«

Katharina schlenderte zum Bücherregal und tat so, als würde sie die Titel studieren. »Tun sie das nicht immer? Das kümmert mich nicht weiter.«

»Dich vielleicht nicht, aber deinen Vater und mich.«

»Hm, ja, das glaube ich wohl. Der Name von Feil scheint derzeit in aller Munde zu sein bei den rechtschaffenen Bürgern unten in der Stadt.«

»Sarkasmus ist nicht angebracht, Katharina.«

Mit spitzen Fingern zog sie einen Gedichtband von Johann Wolfgang von Goethe aus dem Regal und blätterte darin. Es fiel ihr leichter zu sprechen, wenn sie ihre Mutter dabei nicht ansehen musste. »Dann will ich ganz offen mit dir sein, Mama, und dir mitteilen, dass ich nicht wieder zu Friedrich zurückkehren, sondern dauerhaft hierbleiben werde.«

»Wie bitte? Das meinst du nicht ernst!« Ihre Mutter sprang auf. Mit drei Schritten war sie bei Katharina und riss ihr das Buch aus der Hand. Nachlässig warf sie es auf einen Stuhl und packte die Tochter bei den Schultern. »Du wirst morgen früh abreisen. Punktum.«

Mit einer unwirschen Bewegung löste sich Katharina aus dem Griff der Mutter. »Nein.«

»Das erzähle ich deinem Vater.«

»Auch der wird mich nicht umstimmen können.«

»Was ist nur los mit dir?«

»Das kann ich dir sagen, Mama. Ich bin mit einem gewalttätigen, abscheulichen Menschen verheiratet. Willst du, dass dein einziges Kind seine Tage in der Gegenwart eines solchen Mannes verbringt?«

»Du wolltest ihn haben, also musst du auch mit ihm leben.«

»Falsch! Ihr wolltet, dass ich ihn heirate. Wäre es nach mir gegangen …«

Abwehrend hob Hedwig von Feil eine Hand. »Ich will nichts von diesem Soldatenjüngling hören, der dir den Kopf verdreht hat.«

»Du meinst den Rittmeister, der die reichste Erbin im Landkreis heiraten wird? Gott bewahre, dass ich ihn in deiner Gegenwart erwähne. Aber um ihn geht es nicht, sondern um mich. Ich habe bisher stets getan, was du wolltest, bis ins kleinste Detail. Sogar die Polizei habe ich angelogen. Dafür erwarte ich jetzt, dass du mir nicht in den Rücken fällst. Ich werde nie wieder in diese spießige Wohnung nach Schwabing zurückkehren und nie wieder eine Minute allein in der Gegenwart von Friedrich Bahlow verbringen. Schon bei dem Gedanken an ihn wird mir übel.«

Die überlegene Entschlossenheit im Gesicht ihrer Mutter zerfloss zu einem ratlosen Blick. »Eine Scheidung kommt für eine von Feil nicht infrage, das ist absolut indiskutabel.«

Nun legte Katharina ihr die Hände auf die Schultern, mit bemerkenswertem Druck, der den letzten Widerstand schwinden lassen sollte.

»Weißt du was?«, raunte sie. »Das ist mir völlig egal. Für mich ist meine Ehe beendet. Das kannst du Vater bestellen, ich sage es ihm allerdings auch gerne selber.«

Wenn sie sich nun noch zu einer ausgiebigen Beichte durchringen könnte, wären die schrecklichen Ereignisse dieses Winters tatsächlich überwunden, sagte sich Katharina. Gleich morgen, sobald das Wetter ein wenig besser war, sollte Gernot den Schlitten anspannen und sie nach St. Zeno bringen. Beschwingt verließ sie ihre Mutter und kehrte in ihr eigenes Zimmer zurück. Adele, der sie unterwegs begegnete, nickte sie fröhlich zu.

22

Als die Schneeschmelze einsetzte, verfluchte Anna den Umstand, eine Frau zu sein. Wäre sie ein Mann gewesen, hätte sie sich als Trifter verdingen können und ein Auskommen gehabt. Allerdings – wäre sie tatsächlich ein Mann gewesen, dann hätte sie sich nicht in dieser misslichen Lage befunden, aus der sie keinen Ausweg sah.

Die Hühner waren allesamt weg. Das Letzte hatte sie in einem Anfall von trotzigem Überlebenswillen selbst verspeist. Von den beiden Kühen würde sie sich ebenfalls bald trennen müssen, denn sie brauchte Geld, um über die Runden zu kommen. Und eine einzelne Kuh sollte man nicht halten, die würde vor Einsamkeit sterben, im dunklen Gefängnis ihres Stalls, das brachte Anna nicht übers Herz. Sie würde beide Tiere zusammen hergeben, damit ihnen wenigstens erspart blieb, was ihre Besitzerin täglich fühlte – eine nagende Leere, die nicht zu füllen war und immer weiter um sich griff.

Als die ersten Stämme den Fluss heruntergetrieben kamen, fasste sie den Entschluss, ihr Recht in Anspruch zu nehmen. War sie nicht die Tochter eines Holzfischers? Stand es ihr nicht zu, sich zu holen, was sie brauchte?

Obwohl der Schnee endlich geschmolzen war und Teppiche von Märzenbechern das frische Wiesengrün überzogen, benötigte sie nach wie vor Feuerholz, und dessen Nachschub musste gesichert werden.

Aus dem Schuppen holte sie die beiden Haken, die sie mit ihrem Vater zusammen zuletzt benutzt hatte. Lag es tatsächlich erst ein Jahr zurück, dass sie auf Christophs Rückkehr gewartet und Holzstämme gefischt hatten?

Das eiskalte Wasser vertrieb schlagartig jeden Gedanken aus Annas Kopf. Sie musste sich konzentrieren. Wenn sie einen Fehler machte, würde ihr niemand helfen und sie aus der schnell dahinfließenden Saalach retten. Mit einer schwungvollen Bewegung schlug sie einen Haken in den nächsten Stamm, den sie erreichen konnte, stemmte sich mit aller Kraft gegen die Strömung und zog das Holzstück langsam zum Ufer. Um es aus dem Fluss zu bergen, verkeilte sie auch den zweiten Haken in der Rinde und schleifte ihre schwere Beute an Land. Kurz atmete sie durch, dann ging sie erneut ins Wasser. Erst als sie vollkommen erschöpft war, gab sie sich zufrieden.

Sie zählte die Stämme, die sie genommen hatte, durch. Es würde reichen. Allerdings musste sie ihre Beute in Sicherheit bringen. Wenn sie das Holz am Ufer liegen ließe, würde es sich der Nächste schnappen, der vorbeikam. Früher hatte ihr Vater sie an diesem Punkt zurück in Haus geschickt, weil er wusste, wie erschöpft und durchgefroren sie war. Aber er war nicht mehr da, und so wuchs Anna über sich hinaus, zog den ersten Stamm über die Wiese hoch bis auf den Hof. So würde es nicht gehen. Ihre Kraft reichte nicht. Kurz entschlossen holte sie eine der Kühe aus dem Stall. Zusammen könnte es ihnen gelingen. Das Tier zog bereitwillig die schwere Last vom Flussufer herauf, einen Holzstamm nach dem anderen. Es dauerte eine Weile, doch schließlich hatten sie es gemeinsam geschafft.

Erleichtert gab Anna den Kühen eine Extraportion Heu, erst dann ging sie hinein und schlüpfte aus ihren nassen Kleidern. Sie erhitzte Wasser in dem Kessel und füllte die Wärmflasche aus Zink, die sie im Bett an ihre eisigen Füße schob. Die Zehen kribbelten unangenehm, als befänden sich tausend Ameisen darin, aber wenigstens kehrte das Gefühl zurück. Und als sich auch Annas restlicher Körper nicht mehr anfühlte wie ein Eisblock, fiel sie in einen tiefen, traumlosen Schlaf.

Die Arbeit des Vortags steckte ihr noch in den Knochen. Dennoch begann Anna früh am nächsten Morgen, nachdem sie ein karges Mahl aus altem Brot und Milch zu sich genommen hatte, mit der Zerkleinerung der abgefischten Stämme.

Sie zersägte den ersten in gleich große Stücke, die sie anschließend auf dem Hackstock mit der Axt zu Holzscheiten zerkleinerte. Es war Schwerstarbeit, schweißtreibend, anstrengend und eigentlich Männersache. Bis zum Mittag hatte sie lediglich zwei Stämme geschafft, der Haufen war nicht sichtbar geschrumpft. Sie trug Christophs Arbeitshose aus festem Lodenstoff und eine linksgestrickte Jacke aus grauer Wolle, deren Ränder grün eingefasst waren. Schweiß lief über ihren Rücken, doch sie zog die Strickjacke nicht aus, um sich in der frischen Luft nicht zu verkühlen. Das Letzte, was sie in ihrer Situation gebrauchen konnte, war eine Erkältung. Lediglich ihrem Gesicht gönnte sie eine frische Brise, hielt es in den Wind, hieß seine Liebkosung willkommen und machte einen Moment Pause. Bei einer solch monotonen Arbeit war es nur eine Frage der Zeit, bis Annas Gedanken auf Wanderschaft gingen. Sie machten sich auf den Weg in die Vergangenheit, die Anna nicht besuchen wollte, ebenso wenig wie die Gegenwart. Also zwang sie sich, daran zu denken, was ihr die Zukunft bringen würde. Schlechte Entscheidung. Es sah nicht gut aus für sie. Wenn alle Tiere verkauft wären, blieben ihr nur noch Haus und Grundstück. Niemals würde sie sich davon trennen. Anna machte sich keine Illusionen darüber, dass sie mit ihrem Kind im Armenhaus landen würde, sobald sie nicht mehr für sich sorgen konnte und ihr Dach über dem Kopf verlor. Mit wütender Kraft hieb sie auf das Holz ein, als wäre es für ihre Misere verantwortlich.

Ein Reiter näherte sich auf dem Feldweg. Bevor sie sein Gesicht sah, erkannte sie das Pferd, den Rappen von Konrad von Feil. Was wollte der Salzmeier schon wieder hier? Brachten ihn die nicht abreißenden Tuscheleien um seinen Seelenfrieden?

»Grüß Gott, Fräulein Gmeiner«, rief er ihr zu. Sie wartete, bis er abgesessen war und das Pferd an einem Haken an der Stallwand festgebunden hatte.

»Grüß Gott, Herr von Feil.«

Neugierig blickte er sich um, als würde er zum ersten Mal eine Frau sehen, die Holz hackte. Er musterte den großen Haufen Stämme, dann den kleinen Stapel Holzscheite, Annas männliche Arbeitskluft, ihr verschwitztes Gesicht.

»Haben Sie das alles aus dem Fluss geholt?« In seiner Stimme lag eine Anerkennung, die Anna überraschte. Sie nickte.

»Und jetzt wollen Sie es allein zerkleinern?«

Natürlich. Oder sah er irgendwo helfende Hände, die ihr die Arbeit abnahmen?

»Sie sollten das nicht machen. Das ist nichts für eine Frau, schon gar nicht in Ihrem Zustand.« Er brach ab. War er etwa verlegen?

»Was wollen Sie?«, fragte sie ihn barsch. Sie hieb die Axt in den Hackklotz, wo die Klinge stecken blieb, schob die Hände in die Hosentaschen und reckte das Kinn. Falls er glaubte, sie käme nicht zurecht, täuschte er sich.

»Ich hatte Ihnen bei meinem letzten Besuch zugesichert, Ihnen zu helfen … und nun habe ich eine Lösung gefunden.«

Abwehrend zog Anna eine Hand aus der Tasche und hielt sie hoch. »Moment. Was Sie gesagt haben, interessiert mich nicht. Ich möchte nichts mit Ihnen zu schaffen haben. Wegen Ihrer Lügen …«

»Das bedauere ich sehr, Fräulein Gmeiner. Bitte, lassen Sie mich meinen Vorschlag erklären. Es wird nicht mehr lange dauern, bis sich ihr Zustand nicht weiter vor der Öffentlichkeit verbergen lässt. Was denken Sie, wie dann das Gerede eskalieren wird?«

»Sie fürchten doch nur um Ihren eigenen Ruf.«

Er holte tief Luft. »Mir ist es unerklärlich, warum die Bad Reichenhaller sich mit einer erschreckenden Feindseligkeit das Maul über mich zerreißen. Irgendjemand schürt die Gerüchte an.«

»Sicher nicht ich. Auch wenn Sie und Ihre saubere Familie das verdient hätten. Aber ich habe Haus und Hof seit Wochen nicht verlassen, mit niemandem geredet.«

»Sie können sich nicht ewig hier verstecken. Ihre Mittel sind beschränkt. Und wenn ich nicht irre, gehen diese rasch zur Neige. Dünn sehen Sie aus, abgemagert, möchte ich meinen.«

Seine Anwesenheit begann Anna zu ärgern. Gekleidet nach der neuesten Mode, im schicken Reitgewand mit polierten Stiefeln kam er hierher geritten und redete gescheit daher, als wäre er ein besorgter Onkel. Dabei war er ihr Feind, würde es stets bleiben.

»Sagen Sie, weswegen Sie gekommen sind, und dann machen Sie, dass sie wegkommen. Ich habe zu tun.« Noch immer schwitzte Anna stark, deswegen öffnete sie nun doch die Knöpfe der Jacke. Augenblicklich durchfuhr sie angenehm kühler Schauer, als sie den Wind auf der nassen Haut des Halses spürte.

»Wie gesagt, es wird nicht mehr lange dauern, bis alle sehen, dass Sie schwanger sind. Sie brauchen einen Versorger, der sich um Sie und das Kind kümmert, jemand mit einem regelmäßigen Einkommen. Sonst verlieren Sie Haus und Hof und landen in der Gosse.«

»Wer sagt Ihnen, dass ich vorhabe, mich um das Balg Ihres Schwiegersohns zu kümmern? Vielleicht gebe ich es ins Waisenhaus.«

»Das werden Sie nicht über sich bringen. Sie sind eine christliche Frau, Anna Gmeiner.«

»Wie sieht es mit Ihnen aus? Sind Sie ein christlicher

Mann? Wollen Sie es haben? Soviel ich weiß, tut sich beim gnädigen Fräulein nichts mit Enkelkindern.«

Von Feils Ohren verfärbten sich tiefrot. »Wenn ich könnte, würde ich es in der Tat aufnehmen.«

Sie glaubte ihm kein Wort.

»Aber das ist in meiner Position unmöglich.«

Anna verdrehte die Augen. »Natürlich. Sie möchten ja, dass die Leute aufhören, über Sie zu reden und sich nicht wundern, wie Sie plötzlich zu einem Enkelchen kommen.«

Er atmete tief durch. »Ich kann dafür sorgen, dass es Ihnen an nichts mangelt. Ich habe möglicherweise einen Ehemann für Sie, der sich um Sie und das Kind kümmern wird. Sobald Sie verheiratet sind, werden alle Gerüchte verstummen, Sie werden Ihren Frieden haben … und wir auch.«

Der Salzmeier musste den Verstand verloren haben. Anders war sein Vorschlag nicht zu erklären. Langsam bekam Anna Angst. Was hatte er vor? Wollte er sie in Sicherheit wiegen? Ihr etwas vorgaukeln, um sich ihrer leichter entledigen zu können?

Mit erwartungsvoll hochgezogenen Augenbrauen sah er sie an, machte einen Schritt auf sie zu und trat dabei in eine schlammige Pfütze, was er nicht einmal zu bemerken schien.

Rasch griff sie nach der Axt und hielt sie mit beiden Händen vor ihren Körper. »Welchem armen Teufel wollen Sie denn ein Kuckucksei und eine geschändete Frau ins Nest legen?«

»So dürfen Sie das nicht ausdrücken. Es handelt sich um einen meiner Salinenbeamten, der durch die Verbindung mit ihnen selbstverständlich Vorteile erlangen würde.«

»Weiß er schon von seinem Glück? Haben Sie ihm Ruhm und Reichtum versprochen oder irgendein Druckmittel gegen ihn in der Hand, damit er tut, was Sie verlangen?«

Mit einem schmatzenden Geräusch zog von Feil den Stiefel aus dem Schlamm und ging weiter auf Anna zu.

»Bleiben Sie stehen!«, herrschte sie ihn an. »Sie sind wohl nicht ganz bei Trost. Glauben Sie, ich bin dumm? Niemand würde eine wie mich heiraten, nicht nach dem, was mir der feine Herr Bahlow angetan hat.« Sie wollte noch mehr sagen, wurde jedoch überraschend von einem heftigen Hustenanfall gebeutelt, der ihr den Atem raubte.

Beschwichtigend hob der Salzmeier die Hände. »Gut, gut. Ich lasse Sie jetzt allein, damit Sie über meinen Vorschlag nachdenken können.«

Er saß auf und ritt davon, verfolgt von Annas Blicken. Ihre Kehle brannte, sie hatte Durst, und hinter ihren Augen setzte sich ein Druckgefühl fest. Dennoch schöpfte sie nur rasch ein wenig eiskaltes Brunnenwasser und arbeitete dann weiter, bis die Sonne unterging.

Eine Schale Sauerkraut und die letzten Kartoffeln mussten als Abendessen reichen.

Am nächsten Morgen erwachte Anna mit hämmernden Kopfschmerzen und Halsweh. Sie zog wieder Christophs Sachen an und ging hinaus, um weiter Holz zu hacken.

»Guten Morgen, Anna«, hörte sie eine bekannte Stimme und fuhr herum.

»Gernot!«, rief sie überrascht aus. »Was machst du denn hier?« Der Torwächter und Gärtner der von Feils stand vor ihr, groß und breitschultrig, mit buschigem Backenbart, krausem Haupthaar und einem gutmütigen Lächeln im Gesicht. Seine sonst zur Schau getragen Blasiertheit schien er daheim gelassen zu haben.

»Der gnädige Herr schickt mich. Ich soll dir beim Holzmachen helfen.«

Einen Moment lang war Anna sprachlos, doch sie fing sich schnell. »Ich brauche niemanden. Du kannst wieder heimgehen und deinem gnädigen Herrn sagen, er möchte bitte schön sein Personal behalten.«

»Wenn ich das mache, bekomme ich Schwierigkeiten. Ich muss dir helfen. Und wenn ich dich so ansehe, ist das auch bitter nötig. Krank schaust du aus, Anna, du gehörst ins Bett.«

Ausgerechnet jetzt musste sie husten.

»Bevor du noch eine Lungenentzündung kriegst«, fügte er hinzu.

Sie überlegte. Allein würde sie den Holzberg in Wochen nicht bewältigen. »Also gut. Dort liegt die Säge, und hier ist die Axt. Wenn es unbedingt sein muss. Ich richte die Scheite an der Hauswand auf.«

Gernot spuckte in die Hände und griff nach einem Stück Holz. Schweigend machten sie sich an die Arbeit. Zu gerne hätte Anna ihn gefragt, ob die gnädige Frau wusste, dass ihr Gatte seinen Bediensteten abstellte, um dem ehemaligen Küchenmädchen zu helfen. Ob Gernot mitbekommen hatte, was vorgefallen war. Ob die ganze Dienerschaft auf Schönegg darüber redete. Und vor allem hätte sie ihm mit Freuden ihre Meinung zu Frau Bruni gesagt, die ihr das symbolische Messer in den Rücken gerammt hatte, obwohl sie stets vorgegeben hatte, Anna gut leiden zu können.

Aber kein Wort kam über ihre Lippen. Sie brauchte ihre ganze Kraft, um die Arbeit zu verrichten, und hätte sich eher die Zunge abgebissen, als vor Gernot den Eindruck zu erwecken, sie wolle mit ihm reden.

»Ich dank dir schön«, sagte sie am Ende des Tages.

Er schüttelte die dargebotene Hand, und Anna fühlte die Schwielen an seiner Handfläche. Was wusste ein reicher Herr wie Konrad von Feil davon, was es bedeutete, harte körperliche Arbeit verrichten zu müssen, um überleben zu können? Keinen Deut. Und daran würde sich nie etwas ändern. Aber Gernot, der war wie sie. Auch wenn er jeden Tag die vornehme Arbeitsuniform anzog und einen eingebildeten Gesichtsausdruck aufsetzte, als gehöre ihm Burg Schönegg persönlich.

»Gern geschehen. Ich komme morgen wieder und mache

den Rest. Und du ruhst dich jetzt besser aus, Anna. Hast du was zu essen?«

»Ja«, log sie.

Er ging zum Rand des Brunnens, über den er seine Jacke gehängt hatte, und griff nach einem in ein Geschirrtuch geknotetes Bündel.

»Hier, falls es dir nichts ausmacht, würde ich gerne die Brotzeit hier lassen, die die Bruni mir mitgegeben hat. Ich hatte keinen Hunger und bekomme später auf der Burg was zu essen, da möchte ich es nicht zurücktragen. Du weißt ja, wie Bruni ist, wenn man nicht aufisst, was sie gemacht hat.«

»Meinst du?«

»Ja, du würdest mir einen Gefallen tun, wenn du es nimmst.« Er hielt ihr das Bündel hin.

Anna zögerte, dann nickte sie. »Das Tuch geb ich dir morgen zurück.«

Gernot setzte seinen Hut auf und schlüpfte in die Jacke, auch er nickte ihr zu.

»Es tut mir leid, was dir passiert ist, Anna«, sagte er leise.

Tränen schossen ihr in die Augen, und plötzlich hatte sie wieder einen Kloß im Hals. Sie konnte nichts sagen, brachte aber ein kleines Lächeln zustande. Dann blickte sie Gernot nach, bis seine lange, kräftige Gestalt langsam aus ihrem Blickfeld verschwand.

Drinnen in der Küche knotete sie das Tuch auf. Frau Bruni hatte eingepackt, was Anna gerne aß: frisches Brot, gekochte Eier, ein Stück Geselchtes und sogar etwas von ihrem Sonntagskuchen. Wenn Anna es sich einteilte, würde es für ein paar Tage reichen.

Von einem neuerlichen Hustenanfall geschüttelt, beschloss sie, getrocknete Lindenblüten aufzubrühen und sich mit einer Tasse Tee und dem Kuchen in ihr Bett zurückzuziehen.

Hätte sie die Brotzeit ablehnen müssen? War es verwerflich, Essen von Frau Bruni anzunehmen? Ohne eine Antwort darauf zu finden, schlief sie ein.

23

Am nächsten Morgen konnte Anna Gernot nicht helfen. Er musste allein die Holzarbeit erledigen, weil sie Fieber hatte. Nur kurz war sie aus dem Haus gekommen, um ihm zu zeigen, wo er die Holzscheite zu einer ordentlichen Zeile aufschichten solle, dann hatte sie sich wieder hingelegt.

Sicher würde er am Abend zu seinem Herrn laufen und erzählen, wie schlecht es Anna ging.

Er hatte wiederum ein Bündel mit Lebensmitteln auf dem Küchentisch für sie zurückgelassen und das zusammengefaltete Geschirrtuch vom Vortag mitgenommen. Natürlich hätte sie die erneute Mitleidsgabe abgelehnt. Doch als sie nach unten kam, war es bereits dunkel, Gernot längst auf dem Weg zur Burg und das Einmachglas voll Hühnersuppe äußerst willkommen. Ebenso wie das Stück Käse und ein weiterer Laib Brot.

Sie streckte den Kopf aus der Tür und stellte erfreut fest, dass Gernot alles geschafft hatte. Ordentlich gestapelt, so wie Anna es wünschte, lag das Holz an der Hauswand. Die Arbeitsgeräte waren beiseitegeräumt, sogar die Sägespäne zu einem Haufen zusammengefegt. Mit einem dankbaren Gefühl im Herzen wärmte Anna die Suppe auf und aß dazu etwas Brot und Käse, bevor sie gesättigt wieder nach oben ging und ins Bett kroch.

Doch das Fieber, das in ihrem Körper wütete, konnten die Nahrungsmittel nicht kurieren. Nach zwei weiteren Tagen, als Anna spürte, wie ihre Kräfte zusehends schwanden, erschien Frau Theres. Mit einem Blick erkannte sie, wie es um Anna stand.

»Warst du etwa Holzfischen? In deinem Zustand? Bist wohl nicht gescheit, Kind! Und dann hast du auch noch alles gehackt.« Sie schüttelte tadelnd den Kopf und schnalzte mit der Zunge.

»Ich brauche Brennholz«, erwiderte Anna trotzig, erzählte dann aber von Gernots Hilfe. Und weil Frau Theres nachfragte, warum Konrad von Feil seinen Angestellten schicke, berichtete sie ihr auch von der wahnwitzigen Idee des Salzmeiers, sie mit einem Beamten zu verheiraten.

Frau Theres hörte zu, während sie Anna Wadenwickel anlegte, um das Fieber zu senken.

»Dann ist es ja gut, dass ich so fleißig das Gerede am Laufen halte«, sagte sie dann zu Annas Überraschung, »sonst hätte er dir nie so ein Angebot gemacht.«

»Angebot? Das klingt, als fänden Sie diesen irrsinnigen Vorschlag gut.«

Mit besorgtem Gesichtsausdruck legte Frau Theres die Hand auf Annas heiße Stirn, dann setzte sie sich auf den Rand des Bettes. »Nein, gut ist das wahrlich nicht. Aber in der Not frisst der Teufel Fliegen.«

»Das meinen Sie nicht ernst!« Anna versuchte, sich aufzurichten, doch Frau Theres drückte sie sanft zurück in die Kissen.

»Machen wir uns nichts vor, Mädchen. Ein besseres Angebot wirst du nicht bekommen, und in deinem Zustand solltest du nicht wählerisch sein. Es geht um nicht mehr und nicht weniger als um dein Überleben. Du bist allein auf der Welt, hast keine Arbeit, kein Einkommen und keinerlei Sicherheit. Und in dir wächst ein armes Wurm heran, das es schwer genug im Leben haben wird, auch ohne dass seine Mutter im Armenhaus sitzt.«

Das alles wusste Anna, und sie dachte Tag und Nacht an nichts anderes. Trotzdem tat es weh, es aus dem Mund eines anderen Menschen zu hören, zeigte es doch, wie offensichtlich Annas verzweifelte Lage war.

Draußen vor der Tür hörten sie Stimmen. Frau Theres sprang auf, eilte ans Fenster und sah hinunter.

»Wenn man vom Teufel spricht …«, murmelte sie. »Es ist Herr von Feil. Bleib liegen, ich werde das regeln.«

Sobald sie die Kammer verlassen hatte, quälte sich Anna aus dem Bett. Als sie stand, musste sie erst einmal verharren, bis ihr nicht mehr schwindlig war. Dann schlüpfte sie in ein schlichtes schwarzes Wollkleid – sie trug noch immer Trauer wegen ihres Vaters – und flocht sich das Haar zu einem einfachen, aber ordentlichen Zopf, der ihr über die Schulter fiel. Nur weil sie schwach war, würde sie keine Schwäche zeigen.

Aus der Stube hörte sie eine männliche Stimme. Frau Theres hatte von Feil anscheinend hereingebeten, das passte Anna gar nicht.

Sie ging hinunter und betrat so würdevoll wie möglich die Stube im Erdgeschoss. Überrascht blickte sie sich um. Von Feil war nicht allein gekommen, ein junger Mann stand mit dem Rücken zu ihr am Tisch und drehte sich rasch um, als er sie hereinkommen hörte.

Sie erkannte Leonhard Achleitner auf Anhieb. Es war eine Weile her, dass sie ihn bei dem Besuch in der Kirche gesehen hatte, aber das Grübchen im Kinn und den intensiven Blick hatte sie sich gemerkt. Erinnerungen an Michael überkamen sie mit schmerzhafter Wucht.

Anna schluckte hart. »Verlassen Sie sofort mein Haus.«

»Fräulein Gmeiner, ich bitte Sie, regen Sie sich nicht auf, das ist nicht gut in Ihrem Zustand.«

Spielte Konrad von Feil auf Annas Schwangerschaft an oder auf die unübersehbare Tatsache, dass sie Fieber hatte? Beides waren deutliche Zeichen dafür, in welch schwieriger Situation sie sich befand, also missbilligte sie diese Bemerkung.

»Ich bin gekommen, um Ihnen den jungen Mann vorzustellen, der dazu bereit wäre, die Ehe mit Ihnen einzugehen. Sein Name ist Leonhard Achleitner, und er arbeitet im Beamtenstock. Wie Sie bemerken werden, ist er durchaus ansehnlich, und ich verbürge mich für seinen Charakter.«

Anna sah den jungen Mann an. In seinem Gesicht lag ein gequälter Ausdruck. Sicher fühlte er sich wie ein Stück Vieh auf dem Markt, während sich sein Vorgesetzter über ihn ausließ. Ohne die Augen von ihm abzuwenden, sagte sie: »Frau Theres, wären Sie wohl so freundlich und würden Herrn von Feil hinausbringen, damit ich mit Herrn Achleitner ein Wort allein wechseln kann?«

»Natürlich, Kind.« Im Vorbeigehen flüsterte sie: »Denk dran, worüber wir gerade gesprochen haben, über den Teufel und die Fliegen …«

Die beiden jungen Leute standen sich schweigend gegenüber. Erst als Anna hörte, wie die Haustür ins Schloss fiel, sagte sie: »Wissen Sie, warum Sie mich heiraten sollen?«

»Herr von Feil gab mir zu verstehen, dass Sie in anderen Umständen sind. Er möchte helfen.«

»Und das finden Sie nicht ungewöhnlich?«

»Ich kenne Herrn von Feil seit Jahren. Er ist ein rechtschaffener Mensch.«

Diese Bemerkung entlockte Anna ein ungläubiges Schnauben. »Was hat er Ihnen versprochen, falls Sie sich auf diesen Kuhhandel einlassen?«

Ein leichtes Flackern trat in Achleitners Blick. So souverän, wie er sich gab, war er wohl nicht. »Das tut nichts zur Sache.«

»Es muss eine ganze Menge sein, wenn Sie dafür beschädigte Ware kaufen.« Die Bitterkeit in Annas Stimme baute sich wie eine Wand zwischen ihnen auf. Anscheinend wusste er nicht, wie er darauf reagieren sollte.

»Ich habe Sie schon einmal gesehen«, fuhr sie fort. »Beim Erntedankgottesdienst in St. Zeno.«

Er nickte. »Ich weiß. Sie waren mit Michael Schwarzenberg und ihrem Vater dort.«

»Dann wissen Sie auch, dass ich bereits verlobt bin.«

»Herr Schwarzenberg hat Bad Reichenhall verlassen. Soweit ich weiß, ist er nach Übersee ausgewandert.«

»Er wird wiederkommen und mich heiraten.« Anna hätte alles dafür gegeben, diese Worte überzeugender aussprechen zu können, aber sie hörte selbst, wie unsicher sie klang.

»Das denke ich nicht«, antwortete Achleitner ungerührt. »Und selbst wenn … Sie können das nicht aussitzen.« Auch er machte keine näheren Angaben dazu, ob er auf Annas wachsenden Bauch anspielte oder auf die Tatsache, dass sie krank und bettelarm war. Er fixierte einen Punkt an der Wand irgendwo neben Annas Schulter. Wie ein Soldat sah er aus, der starren Blickes seinen Offizier nicht ansehen darf, sogar die Arme hatte er hinter dem Rücken verschränkt. Was hatte von Feil gegen ihn in der Hand? Leonhard Achleitner schien ein intelligenter Mann zu sein, sicher wäre es für ihn leicht möglich, eine weitaus bessere Verbindung einzugehen. Langsam trat Anna an ihn heran, so nahe, bis er den Kopf senkte, um sie endlich anzuschauen.

»Warum wollen Sie sich das antun?«, flüsterte sie.

Ein Muskel in seiner Wange zuckte. »Dafür gibt es Gründe.« Er neigte sich zu ihr, bis seine Stirn beinahe die ihre berührte. »Ich verspreche Ihnen, Sie haben von mir nichts zu befürchten. Ich werde Sie mit Respekt behandeln und mich bemühen, dass wir gut miteinander auskommen.«

Anna trat ans Fenster und sah hinaus. Wut und Hilflosigkeit fochten einen Kampf in ihrem Inneren aus, der zu keinem glücklichen Sieger führen konnte. Es war demütigend. Leonhard Achleitner sprach über ihre Verbindung, als wäre sie eine beschlossene Sache, weil ihm klar war, dass sie keine Wahl hatte. Wenigstens machte er ihr nichts vor.

Sie klopfte gegen die Scheibe und winkte Frau Theres und Konrad von Feil herein.

»Nun?«, fragte der Salzmeier mit erwartungsvoll geschürzten Lippen.

»Ich werde auf Ihren Vorschlag eingehen – unter einer Bedingung. Ich werde nichts mit in die Ehe bringen. Dieses Haus und das Grundstück gehören mir und werden auch nach der Eheschließung nicht in den Besitz von Herrn Achleitner übergehen.«

»Das ist aber höchst unüblich und …«, setzte von Feil an.

»Ich bin einverstanden«, fiel Achleitner ihm ins Wort.

Anna nickte. »Gut. Dann halten Sie das vertraglich fest«, sagte Anna. »Sobald das erledigt ist, teilen Sie mir Ort und Zeit der Trauung mit.«

»So sei es.« Leonhard Achleitner streckte Anna die Hand hin. Sie ergriff sie und schüttelte sie. Als er sie wieder losließ, umspielte der Ansatz eines Lächelns seine Lippen.

Die Hand Konrad von Feils ignorierte Anna geflissentlich. Im Hinausgehen sagte er so laut zu Achleitner, dass Anna und Frau Theres es in der Stube hören konnten: »Dann beeilen Sie sich besser mit den Formalitäten, sonst stirbt sie vielleicht weg, krank wie sie ist. Oder andererseits, lassen Sie sich Zeit, falls Sie unentschlossen sein sollten, ob mein Angebot für Sie dauerhaft eine gute Lösung ist.«

Draußen auf dem Hof drehte sich Achleitner noch einmal um und sah durchs Fenster zu Anna. In seinem Blick lag etwas Unergründliches. War er ein Opfer der Familie von Feil, genau wie sie? Oder war er ihr Verbündeter? Heiratete sie den Feind oder einen Menschen, der ihr Freund werden könnte?

Was war mit den Gefühlen für Michael geschehen, die jede Faser von Annas Körper mit Sehnsucht und unbändiger Freude erfüllt hatte? Nicht einmal erinnern konnte sie sich daran, so leer war es in ihr. Michael hatte sie im Stich gelassen. Er würde nicht wiederkommen, ebenso wenig wie die Liebe.

24

Leonhard Achleitner hatte sofort gewusst, von wem der Salzmeier sprach, als er ihm im Büro diesen aberwitzigen Vorschlag unterbreitet hatte. Über das hübsche Mädchen mit den wissenden Augen, das mit Michael Schwarzenberg verlobt gewesen war, bevor der Feigling die Stadt verlassen hatte. Er hatte nicht viel Respekt vor dem jungen Mann. Gute Ansätze hatte er gezeigt, Intelligenz, Ehrgeiz, aber dann hatte er beim ersten Problem das Handtuch geworfen und sich davongemacht. Was war schon eine Wirtshausschlägerei? Nichts, was man nicht hätte aus der Welt schaffen können. Nun gut, er hatte seine Anstellung verloren, aber deswegen verließ man doch nicht die Frau, die man zu lieben vorgab. Um im Leben vorwärtszukommen, durfte ein Mann sein Ziel nie aus den Augen verlieren. Leonhard war bereit, für seine persönlichen Ziele Opfer zu bringen.

Und dazu gehörte es, Konrad von Feil treu zu dienen. Mochte er ihn für einen Speichellecker halten, das war Leonhard gleichgültig. Die Dinge, die ihm für eine Eheschließung mit Anna Gmeiner in Aussicht gestellt wurden, waren genau das, wonach er strebte. Also würde er auf den Handel eingehen.

Überraschend war nur, dass die junge Frau ein Gefühl in ihm weckte, das er nie zuvor verspürt hatte. Es war anrührend, wie sie um ihre Würde kämpfte, sich darum bemühte, stark zu erscheinen.

Unter dem Eindruck ihrer Begegnung erledigte er die Formalitäten, die vor einer Hochzeit notwendig waren, und ließ Anna einen Entwurf des juristischen Schreibens zukommen, in dem stand, dass sie ihr gesamtes Hab und Gut behalten würde.

Das Aufgebot musste öffentlich ausgehängt werden. Grund genug für die Bad Reichenhaller, sich in weiteren wilden Spekulationen zu ergehen. Stimmte es am Ende gar nicht, dass der alte von Feil sich an der Häuslertochter vergangen hatte? Und wieso brachte es dieses einfache Mädel fertig, sich nach dem Weggang des feschen Südtirolers einen zweiten Bräutigam anzulachen, noch dazu einen, der eine richtig gute Partie darstellte?

Am Tag der Eheschließung fanden sich daher wie zufällig einige Neugierige auf dem Kirchplatz vor der kleinen Ägidikirche ein. Leonhard störte das nicht. Er für seinen Teil war erleichtert, zu sehen, dass es Anna zumindest gesundheitlich besser ging. Sie trug das gleiche Kleid, das sie damals zum Erntedankgottesdienst angehabt hatte. Gottlob war von dem Kind in ihrem Bauch noch wenig zu erahnen. Wahrscheinlich weil sie durch ihre Krankheit Gewicht verloren hatte.

Er wartete bei den Stufen der Kirche auf sie.

»Ziemlich viel los heute auf dem Ägidiplatz«, stellte sie sarkastisch zur Begrüßung fest. Sie machte einen gefassten Eindruck.

»Ja, man möchte meinen, es gäbe etwas zu sehen.« Leonhard lächelte Anna aufmunternd an und freute sich, als sie zaghaft zurücklächelte. Durch das Ausfüllen der Unterlagen wusste er, dass sie im Februar achtzehn geworden war, also gute fünf Jahre jünger, als er selbst war. Und doch erschien sie ihm erwachsen, reifer als ihr Alter.

Er reichte ihr einen kleinen Brautstrauß aus Moosrosen und Maiglöckchen. Sie nahm die Blumen in beide Hände, schien froh, sich daran festhalten zu können.

»Wollen wir hineingehen?«, fragte er.

Die Zeremonie war kurz und schnell vorüber. Leonhard erinnerte sich nicht, jemals einer derartig unspektakulären

Trauung beigewohnt zu haben, und fand es skurril, dass es sich dabei um seine eigene handelte. Selbstverständlich war von Konrad von Feil weit und breit nichts zu sehen, aber als sie aus der Kirche kamen, flüsterte ihm Anna zu: »Da drüben steht Gernot. Er arbeitet für die von Feils und wird gleich auf die Burg hinaufrennen und seinem Herrn die frohe Kunde bringen. Wahrscheinlich sollte er sicherstellen, dass keiner von uns beiden abhaut.«

Eine Feier fiel aus, es gab weder Gäste noch einen Grund zur Fröhlichkeit, daher stand das Brautpaar ein wenig unschlüssig vor der Kirche.

»Wie soll ich dich nennen? Leonhard? Oder Leo?«

»Wie du möchtest.«

»Dann lieber Leo.«

Das war ihm recht. Die Eltern hatten seinen Vornamen nie abgekürzt, und auch von seinen Freunden und Bekannten riefen ihn nur wenige Leo, obwohl er es mochte. Er fand es schön, von seiner Frau so genannt zu werden. Von seiner Frau. Eine seltsam aufregende, gleichzeitig beängstigende Formulierung für einen Umstand, der über Leonhards Leben hereingebrochen war, ohne dass er ihn vorhergesehen hätte.

»Das Sacherl gehört zwar nach wie vor dir«, sagte er, »aber jetzt, wo wir verheiratet sind, wirst du natürlich bei mir wohnen. Soll ich dir dein neues Zuhause zeigen?«

Anna nickte und hakte sich bei ihm unter. In der anderen Hand trug sie die Blumen. Weit hatten sie nicht zu gehen. Leonhard führte sie durch die kleinen Gassen bis zu einem Haus in der Schachtstraße an der Ecke zur Ludwigstraße. Es war lang gestreckt, drei Stockwerke hoch und hatte grüne Fensterläden. Sicher war Anna schon Tausend Mal daran vorbeigelaufen, ohne es bewusst wahrzunehmen, lag es doch direkt im Zentrum von Bad Reichenhall. Für den Betrachter mochte es nichts Besonderes sein, für Leonhard war es das Elternhaus, der Ort, an dem er aufgewachsen war, und das Zuhause, in dem er noch bis vor wenigen Monaten zusammen mit seiner Mutter gelebt hatte.

»Hier ist es«, sagte er und blieb vor der Eingangstür stehen. Ein lauer Frühlingswindstoß erfasste ihn und wehte eine Duftmischung aus Maiglöckchen und Lavendel an seine Nase. Die Maiglöckchen waren Teil des Blumenstraußes, der Lavendelduft konnte nur von einer Seife stammen, denn der blühte zu dieser Jahreszeit nicht. Gerne hätte er an Annas Haar geschnuppert, um herauszufinden, ob sie so gut roch, aber er hielt sich zurück. Stattdessen schloss er auf, und sie traten gemeinsam in den schummrigen Hausflur, von dem zahlreiche Türen in die Erdgeschossräume abgingen. Früher einmal hatte sich hier die Werkstatt seines Großvaters befunden, später dann hatte Leonhards Vater die Zimmer genutzt. Nun standen sie leer.

»Wir wohnen im ersten Stock«, sagte er und wies auf die Treppe, ließ ihr den Vortritt und folgte ihr nach oben.

Dort gab es ebenfalls einen langen Flur, an dessen Wänden mehrere Landschaftsgemälde hingen. Anna blieb vor einem Bild des Predigstuhls stehen.

»Sehr schön.«

Der Bad Reichenhaller Hausberg war bei allen Einwohnern beliebt, hauptsächlich wegen der Aussicht, die man von oben hatte.

»Das hat mein Vater gemalt«, erklärte Leonhard beinahe schüchtern. »Es war das Lieblingsbild meiner Mutter. Die beiden sind früher im Sommer fast täglich hinauf auf den Predigtstuhl. Ich weiß nicht, wie oft ich als Kind mitmusste. Unzählige Male.« Er lächelte.

»Vielleicht können wir auch einmal gemeinsam hinaufsteigen, wenn du Zeit hast und das Wetter gut ist«, schlug Anna zaghaft vor.

»Gerne. Das würde mir gefallen.«

»War dein Vater Künstler?«

Leonhard nickte. »Er hatte sein Atelier in der unteren Etage, das war sein kleines Reich. Im hellsten Raum malte er, seine Materialien hatte er in Regalen geordnet, und dann hatte er sich noch einen kleinen Salon eingerichtet, in dem er sich mit Künstlerfreunden traf oder Besprechungen mit Kunden abhielt, die Bilder in Auftrag gaben. Er war recht bekannt und verkaufte viel, wir konnten gut davon leben. Ich liebe den Geruch von Farbe und Terpentin. Als Kind habe ich viele Stunden in einer Ecke des Ateliers verbracht und ihm zugesehen.«

»Das klingt nach einer schönen Zeit.«

»Die leider zu früh endete. Vater starb, als ich fünfzehn war.« Er griff nach ihrer Hand. »Komm, ich zeige dir die Räume.«

Leonhard bemühte sich, seine altvertraute Wohnung mit den Augen eines Neuankömmlings zu sehen.

»Hier neben der Küche gibt es eine Speisekammer und einen Balkon, der hinten auf die Nordseite hinausgeht. Dort ist es meistens schattig und kühl, daher nutzen wir ihn nicht. Dort steht lediglich der Eisschrank.« Leonhard deutete auf eine weiß lackierte Truhe, die in der Ecke stand, und sagte nicht ohne Stolz: »Den habe ich voriges Jahr aus Wien geholt. Der Eismann kommt in regelmäßigen Abständen vorbei, um das Kühleis nachzufüllen.«

»Auf Burg Schönegg haben sie auch einen«, bemerkte Anna beeindruckt, »und im Café Flora natürlich. Wo kommt denn das Eis hinein?«

»Hier oben in dieses Fach. Es ist wasserdicht ausgekleidet, um die Sachen im Eisschrank vor dem Schmelzwasser zu schützen. Recht viel wirst du nicht damit zu tun haben, weil sich Mathilde, das heißt, Frau Mandling, um Haus und Küche kümmert. Sie arbeitet seit vielen Jahren für meine Familie. Heute ist sie nicht mehr da, aber morgen wirst du sie kennenlernen.«

Sie gingen ins Wohnzimmer, einen komfortabel möblierten, hellen Raum, dessen Fenster auf die belebte Ludwigstraße hinauswiesen. Anna bewunderte die von Leonhards Mutter gehäkelten Spitzendeckchen und die Bilder, die auch hier an sämtlichen Wänden hingen.

Schließlich zeigte er ihr die Schlafräume. »Das hier war Mutters Zimmer. Sie ist letzten Herbst gestorben, aber ich habe es noch nicht über mich gebracht, ihre Sachen auszuräumen.«

Durch die geschlossenen Fensterläden fiel nur wenig Licht. Mit frischen Augen betrachtet, wirkte es sicher seltsam, das Krankenlager einer älteren Frau unverändert zu belassen, mit den Medikamentenfläschchen auf dem Nachttisch und dem Buch, in dem sie zuletzt gelesen hatte. Leonhard nahm sich vor, es Mathilde endlich zu gestatten, das Zimmer umzugestalten.

»Und das hier«, sie traten durch die letzte Tür, »ist mein Schlafzimmer.« Er stockte. »Also unseres, ab jetzt.«

Er beobachtete, wie Anna den Raum abschritt, mit der Hand über das Fußende des breiten Eichenbettes strich und sie auf der gedrechselten Kugel des Bettpfostens liegen ließ. Sie besah sich den Schrank, die Herrenkommode und blickte kurz in den Spiegel an der Wand.

»Mein Großvater hat diese Möbel gemacht«, erklärte Leonhard. »Er war Schreiner.«

»Ein sehr guter, würde ich sagen. Die Sachen könnten bestimmt auch in einer der schönen neuen Kurvillen stehen.«

Anna schien ein Auge für Qualität zu haben, das freute ihn. Tatsächlich hatte Leonhards Großvater für viele wohlhabende Leute gearbeitet und damit den Grundstock dafür gelegt, dass es den Achleitners finanziell gut ging.

»Wir können gerne einen Frisiertisch hier aufstellen, wenn du magst«, schlug er vor.

»Einen Frisiertisch«, wiederholte sie leise. »So etwas hatte ich noch nie, aber das wäre schön.«

Aus den Fenstern des Raumes, die auf der Rückseite des Hauses lagen, sah sie auf den kleinen Garten hinunter, der nicht mehr war als ein Freisitz mit Gras drum herum. Weiter hinten schloss sich das nächste Haus an.

»Wenn man sich ein wenig vorbeugt und zwischen den Giebeln der Nachbarhäuser durchschaut, sieht man die Berge«, sagte er.

Anna reckte den Hals und wandte sich dann lächelnd ihrem Mann zu. »Stimmt. Ich dachte zuerst, es würde sich beengt anfühlen, so mitten in der Stadt, aber der Ausblick ist wundervoll, und hier im ersten Stock ist man ein Stück von den Leuten unten weg. Wer wohnt über uns?«

»Nur Mathilde. Die anderen Räume stehen leer. Früher hatten wir sie vermietet, doch das ist nicht mehr notwendig.«

»Du hast ein schönes Haus, Leo.«

»Danke.«

Eine verlegene Stille breitete sich zwischen ihnen aus.

»Bist du hungrig, Anna? Mathilde hat etwas zu Essen vorbereitet, weil ich mir dachte, dass wir beide wahrscheinlich wenig Lust haben, uns im Bürgerbräu oder einem anderen Wirtshaus von den Leuten anstarren zu lassen.«

Mit einem erleichterten Nicken folgte sie ihm ins Esszimmer, wo der Tisch bereits gedeckt war. Es gab Suppe und kalten Braten, und Anna aß mit Appetit.

Nach dem Essen sah sie ihn ernst an. »Ich habe nichts bei mir. Nichts zum Anziehen, meine ich. Ich wusste ja nicht, wie du das mit dem Wohnen haben willst. Wenn es dir nichts ausmacht, würde ich gerne in mein Häuschen gehen und Kleidung holen.«

»Natürlich. Soll ich mitkommen und dir helfen?«

»Es wäre mir lieber, ich könnte das allein erledigen. Es wird nicht lange dauern. Vor Einbruch der Dunkelheit bin ich wieder hier.«

»Bist du sicher, dass du alleine gehen möchtest? Es ist ein

weiter Weg und du musst ein Bündel tragen und bist doch …« Verlegen brach er ab. Schwanger war das Wort. Warum sagte er es nicht einfach? Das wäre viel erwachsener, als herumzudrucksen wie ein Schuljunge.

»Ist schon in Ordnung, wirklich«, entgegnete Anna.

»Nein, ist es nicht. Ich lasse eine Kutsche kommen. Für die Salinenbeamten stehen immer ein, zwei Droschken bereit. Der Fahrer wird auf dich warten, während du deine Sachen holst, und dich dann hierher zurückbringen.«

In Annas Abwesenheit hatte Leonhard in seinem kleinen Arbeitszimmer ein paar Arbeiten für die Saline erledigen wollen, doch er konnte keinen klaren Gedanken fassen.

Alles würde nun anders werden. Hatte er das gut bedacht? Würde er mit den Veränderungen zurechtkommen, die Annas Anwesenheit in seinem Haus mit sich brachte? Unruhig geisterte er durch die Räume, bis sich schließlich die Dämmerung über die Stadt senkte und er die Tür unten hörte. Sie war zurück. Mit einem erstaunlich kleinen Bündel Kleidung und keinerlei persönlichen Gegenständen.

Als es Zeit war, sich zurückzuziehen, sah sie ihn unsicher an. Er musste nicht lange überlegen, was ihr durch den Kopf ging.

»Ich muss ein wenig am Schreibtisch arbeiten«, sagte er. »Geh du ruhig schon zu Bett. Du bist noch immer nicht wieder richtig gesund und brauchst viel Schlaf. Ich komme später nach.«

Weil sie sich nicht von der Stelle rührte und ihn weiterhin unverwandt anstarrte, nahm er Annas Hände in die seinen. »Keine Angst, ich tu dir nichts. Ich werde nichts von dir verlangen, was du mir nicht geben magst.« Er beugte sich vor und küsste sie sanft auf die Lippen. Sie hielt ganz still. Als er sich wieder aufrichtete, sah er Tränen in ihren Augen glitzern.

Verwirrt drehte er sich um und ging hinüber ins Arbeitszimmer.

Am nächsten Morgen würde er seine neue Position antreten, darauf wollte er sich nun konzentrieren. Der Salzmeier hatte Leonhard die Leitung über die komplette Personalabrechnung übertragen, lediglich ein Zwischenschritt auf seinem Weg nach oben, um die Salinenhierarchie einzuhalten. In sechs Monaten würde er ihn dann zu seinem Stellvertreter befördern. Und von dort aus war der Weg bis an Leonhards eigentliches Ziel nicht mehr weit. Ein Ziel, für das es sich gut machte, wenn man Frau und Familie hatte. Und einen guten Leumund sowie einen starken Fürsprecher.

Mit diesen Gedanken gelang es ihm, die Tatsache aus seinem Kopf zu verdrängen, dass ein hübsches Mädchen in seinem Bett lag, welches noch dazu seine Frau war und dem er eben versprochen hatte, es nicht anzufassen.

Als er sich später neben seine Braut legte, dachte Leonhard zuerst, Anna schliefe schon. Sie hatte ihm den Rücken zugekehrt und verhielt sich ganz still. Doch dann zuckten ihre Schultern von unterdrücktem Weinen, und er hörte ein leises Schluchzen. Langsam streckte er die Hand nach ihr aus, zog sie aber wieder zurück, bevor er sie berührte, und drehte sich ebenfalls auf die Seite, weg von ihr.

Anna war nicht zu helfen, sie musste selbst den Weg zurück ins Leben finden.

25

»Es ist Mai, Katharina, denkst du nicht, es wäre an der Zeit, eine deiner Tanten zu besuchen? Oder sonst etwas zu unternehmen, was dich für eine Weile aus Bad Reichenhall wegführt, wenn du schon nicht zu deinem Gemahl nach München willst?«

»Auf keinen Fall, Mama, wo doch die Saison in vollem Gang ist. Alles, was Rang und Namen hat, kommt in die Stadt, da werde ich natürlich hierbleiben.«

Katharina und ihre Eltern saßen in der Kutsche und waren auf dem Weg nach St. Zeno zur Villa Quisisana, deren Besitzer, ein Herr Ferdinand Hofmeister, an diesem Abend zum Diner geladen hatte.

»Nicht heute, bitte«, mischte sich Konrad von Feil ein. »Ich möchte eine unbeschwerte Zeit verbringen, wenigstens für ein paar Stunden. Ich habe im Moment in der Saline so viel zu tun, da steht mir das wohl zu. Lass das Kind in Frieden, Hedwig.«

Dankbar lächelte Katharina ihrem Vater zu, während sie in der Kutsche durchgeschüttelt wurden.

Folgsam wechselte seine Frau das Thema. »Die Straße nach St. Zeno lässt wahrlich zu wünschen übrig«, sagte sie kopfschüttelnd. Ihr Gatte ging dankbar darauf ein.

»Nach diesem strengen Winter wäre es wirklich angebracht, die Schlaglöcher auszubessern. Eine Aufgabe für einen rührigen Lokalpolitiker. Von Bürgermeister Söllner ist das aber anscheinend zu viel verlangt. Der wird zusehends fauler und sitzt nur in seinem Rathaus herum.«

»Zeit für einen Wechsel.« Katharina unterdrückte ein

Gähnen. »Wenn er noch mal kandidiert, werden sie ihn trotzdem wahrscheinlich wieder wählen.« Was ihr im Grunde vollkommen einerlei war, da sie sich nicht für Lokalpolitik interessierte.

Im Gegensatz zu ihrem Vater. »Das bleibt abzuwarten.«

»Herr Söllner hat alles darangesetzt, St. Zeno dem Stadtgebiet einzuverleiben, aber in die Instandhaltung will er nicht investieren, der alte Knauserer«, sagte ihre Mutter.

»Eine durchaus berechtigte Meinung, meine Liebe, die wir allerdings für uns behalten wollen, denn, soviel ich weiß, ist der Bürgermeister heute Abend anwesend. Es sollen überhaupt ein paar hochkarätige Herrschaften geladen sein.«

Katharina horchte auf. Versprach das Ganze am Ende eine amüsante Veranstaltung zu werden?

»Wer sind denn diese Hofmeisters eigentlich?«, erkundigte sie sich. »Haben sie gute Verbindungen, kennst du sie persönlich, Papa?« Sie zupfte den Rand ihres Handschuhs ein wenig weiter nach oben über die Ellenbeuge.

»Herrn Hofmeister habe ich ein- oder zweimal getroffen, seine Frau Gemahlin noch nie. Die beiden sind recht neu in der Stadt, aus Berlin zugezogen, habe ich gehört. Sie haben das Haus vergangenes Jahr gekauft, das Hofmeister aber nur als Einstiegsobjekt sieht. Er hat große Pläne.«

Die Villa Quisisana wirkte wie ein toskanisches Landhaus am Abend, romantisch erleuchtet von zahlreichen Fackeln, die entlang der Einfahrt aufgestellt waren. Hohe Bäume zu beiden Seiten trennten das Gelände von den benachbarten Grundstücken. Tagsüber muss man von hier aus einen famosen Blick auf die Berge habe, dachte Katharina. Beste Lage, respektable Größe, geeignet für anspruchsvolle Gäste. Wenn das nur der Anfang sein soll, fragte sie sich, welche Art von Hotellerie stellt sich der gute Herr Hofmeister dann erst für seine Zukunft vor?

Auch die Innenausstattung des Hauses entsprach der außen zur Schau gestellten Klasse. Hohe Räume mit Stuckdecken und Kristalllüstern, ein breites Treppenhaus, Blumenarrangements allenthalben und eine illustre Gesellschaft empfingen die von Feils.

»Mein lieber Herr Salinenvorsteher«, begrüßte sie der Hausherr. »Wie freue ich mich, Ihre werte Familie kennenlernen zu dürfen.«

Nachdem sie die Vorstellung hinter sich gebracht hatten, musterten Katharina und ihre Mutter die Hofmeisters, wie sie mit anderen Gästen sprachen.

»Eine elegante Frau«, bemerkte Hedwig von Feil, »wenn auch recht pompös aufgemacht.«

Katharina musste ihr zustimmen. Das Kleid, das die Gastgeberin trug, ein Traum aus schwarz-weiß gestreiftem Chiffon mit unglaublich eng geschnürter Taille, war ebenso auffällig wie teuer. Dazu passten der Brillantschmuck sowie das kunstvoll aufgesteckte Blondhaar. »Sie ist sicher zehn Jahre jünger als er«, flüsterte sie.

Gerade sah Margot Hofmeister zu ihnen hin, als hätte sie gespürt, dass über sie gesprochen wurde. Unter schweren Liedern lagen zwei himmelblaue Augen, die ihre Umgebung mit mäßigem Interesse musterten. Die kleinen, aber vollen Lippen wirkten ständig geschürzt. Katharina vermutete, dass dem auch so war – niemand hatte von Natur aus einen Dauerschmollmund.

Lag es an der unverhohlenen Blasiertheit der Hausherrin oder an dem atemberaubend attraktiven Aussehen ihres Mannes, dass sie Katharina auf Anhieb unsympathisch war? Müßig, darüber nachzudenken, vor allem da sich ihnen der schöne Herr Hofmeister gerade näherte.

Katharina war froh, dass sie sich für ihr neue Abendrobe entschieden hatte, die aus rauchgrauer Spitze gefertigt war und ihre roten Locken vorteilhaft betonte. Ferdinand Hofmeister fand sie anziehend, das merkte sie an der Art, wie er sie ansah.

»Ich bin begeistert von ihrem schönen Zuhause«, sagte sie mit einem koketten Augenaufschlag. »Schade beinahe, dass sie fremde Leute darin beherbergen müssen.«

»Katharina!«, tadelte ihre Mutter sie scharf, aber Hofmeister lachte auf.

»Das ist Ansichtssache. Für mich gibt es nichts Praktischeres. Ich lebe und arbeite unter demselben Dach.«

»Eines, das sie zu erweitern gedenken, wie mein Vater erwähnte.«

»Mit derartigen Planungen bin ich in der Tat ständig beschäftigt«, erwiderte er vage. »Sobald ich etwas erreicht habe, denke ich daran, wie ich es weiter verbessern könnte, bis es absolut perfekt ist. Zum Beispiel die Eingangshalle. Die Kurgäste, die sie zum ersten Mal betreten, sind zumeist angenehm überrascht von dem schönen Ambiente. Ich will jedoch, dass sie sprachlos sind. Mir schwebt ein bombastischer Empfang vor, wie in den Grandhotels der Weltstädte, verstehen Sie?«

Während er sprach, gestikulierte er lebhaft. Er hatte schmale Hände mit langen Fingern. Künstlerhände, fand Katharina. Seine dunklen Augen leuchteten, als er ausmalte, was er sich vorstellte. Breite, gerade Brauen lagen darüber, auch sein Haar war dunkel, allerdings an den Schläfen schon von einem ersten Grau durchzogen, das in Kontrast zu seiner leicht gebräunten Haut stand. Hohe Wangenknochen, eine schmale Nase und Lippen, deren makelloser Schwung geradezu sündig wirkte, vervollständigten das Bild eines Mannes von Welt. Katharina fand ihn unwiderstehlich. Sie musste sich zur Räson rufen, um ihn nicht auffällig lange anzustarren.

Auch später, während des Diners, wanderten ihre Augen wieder und wieder zu ihm, und jedes Mal traf ihr Blick auf den seinen.

Katharina saß neben einem norddeutschen Freiherrn, dessen Namen sie nicht behalten hatte. Nicht wegen Ferdinand Hofmeister, sondern weil sie ihn einfach langweilig fand.

Gerade erzählte er etwas von irgendeinem Schiff.

»Vor drei Monaten erst ist sie vom Stapel gelaufen, und schon kann man sagen, dass sie die Kriegsführung auf den Weltmeeren revolutionieren wird«, referierte er.

»Wie bitte?«

»Die HMS Dreadnought, Großbritanniens nagelneues Schlachtschiff.«

»Ach so, natürlich. Wie famos.«

»Famos? Ganz im Gegenteil!« Dem empörten Freiherrn fiel vor Schreck beinahe das Monokel in die Suppe. Es gab Wachtelconsommé. »Das wird sich der Kaiser niemals bieten lassen. Admiral von Tirpitz ist bereits dabei, die deutsche Flotte aufzurüsten. Unsere Schlachtkreuzer werden alles bisher Dagewesene in den Schatten stellen.«

»Die Suppe schmeckt köstlich, finden Sie nicht auch?«

Katharinas vorsichtiger Versuch, das Gespräch in eine andere Richtung zu lenken, scheiterte. Beim Dessert, Pawlowa mit Erdbeeren, redete der Gute noch immer von Großkampfschiffen.

Als die Tafel aufgehoben wurde, beeilte sich Katharina, möglichst weit weg von ihrem Tischherrn zu flüchten. Sie begab sich ins Foyer der Villa, um sich vor Ort ein Bild zu machen, wovon ihr Gastgeber ihr erzählt hatte. Mit einem Glas Champagner in der Hand schlenderte sie durch die Eingangshalle.

»In diesem Haus werden sich meine Träume nicht verwirklichen lassen«, sagte Ferdinand Hofmeister, der zu ihr getreten war. Er schien ihre Gedanken lesen zu können. »Allein die Buntglaskuppel, die mir vorschwebt, könnte man hier nie nachträglich einbauen. Stellen Sie sich nur einmal vor, wie das Licht durch sie hindurchfallen und alles zum Strahlen bringen würde. Sie müsste natürlich ähnlich dimensioniert sein wie die Kuppel eines Doms, um diese Wirkung zu erzielen.«

»Dann wollen Sie tatsächlich ein Grandhotel in unserem schönen Bad Reichenhall bauen?«

»So ist es, das Grandhotel Hofmeister. Ich sitze bereits an den Plänen. Möchten Sie sie sehen?«

Mit einem einladenden Lächeln hielt er die Tür zu einem Nebenraum auf. Katharina konnte nicht widerstehen. Mit einem kurzen Blick zurück versicherte sie sich, dass niemand sie beobachtete – Mama würde sich schrecklich echauffieren –, dann folgte sie ihm in ein großzügig geschnittenes Arbeitszimmer. Eine komplette Wand wurde von Bücherregalen beansprucht, vor einer anderen standen ein großer Globus, ein Barwagen und eine Sitzgelegenheit, bestehend aus zwei englischen Ledersesseln und einem runden Tischchen.

Der Schreibtisch stand am Fenster, ein wuchtiges Möbelstück, das Katharina an den Tisch ihres Vaters in dessen Büro erinnerte. Darauf lag ein Stapel Papiere. Im Näherkommen erkannte Katharina, dass es sich dabei um halb fertige Baupläne handelte.

»Sie entwerfen selbst?«, fragte sie überrascht.

Amüsiert sah er sie an. »Ja. Ich bin Architekt. Dachten Sie, ich wäre nur Hotelier?«

Auf ihr verlegenes Nicken hin, nahm er ihren Ellenbogen und dirigierte sie zum Barwagen, weg vom Schreibtisch. »Ich bin ein facettenreicher Mensch, Frau Bahlow, deshalb bezeichne ich mich gerne als Entrepreneur. Weil ich mich für Neues interessiere und bereit bin, Risiken einzugehen. Ein Grandhotel in Bad Reichenhall ist dringend notwendig. Sollen all die reichen Leute sich auf viele kleine Villen verteilen, auf private Pensionen und enge Kurhäuser und Bäder? Wäre es nicht repräsentativer, sie unter einem Dach zu beherbergen, in einem luxuriösen Hotel, in dem sie nicht nur kuren und sich erholen, sondern auch standesgemäß dinieren und feiern können?« Er nahm ihr das leere Champagnerglas aus der Hand und stellte es auf den Barwagen.

Es war faszinierend, ihm zuzuhören. »Deswegen sind sie hierhergekommen?«, fragte Katharina.

»In Berlin gibt es genügend Luxushäuser. Aber hier sehe ich Bedarf. Mit der Villa Quisisana lege ich den Grundstein. Bis das neue Haus steht, werde ich hier die Crème de la Crème verwöhnen. Und dann«, er schnippte mit den Fingern, »nehme ich sie alle mit in mein Grandhotel.«

Katharina, die an seinen Lippen gehangen hatte, blinzelte. »Ich sollte wieder hinübergehen«, murmelte sie.

»Zu Ihren Eltern? Die unterhalten sich gut, keine Sorge. Wo hält sich eigentlich Ihr Gatte auf?«

Der ebenso abrupte wie unangenehme Themenwechsel brachte Katharina durcheinander, aber sie fing sich schnell wieder. »In München. Herr Bahlow lebt dort, und ich wohne hier auf Burg Schönegg. Da Sie bereits einige Monate in Bad Reichenhall weilen, werden Sie sicher davon gehört haben.«

Ein entwaffnendes Lächeln breitete sich auf seinem Gesicht aus, das eine Reihe makelloser Zähne zeigte. »Erwischt. Ich wollte mich persönlich versichern, ob diese Gerüchte stimmen. Da es mir absolut unverständlich ist, wie man eine Frau wie Sie auch nur für einen einzigen Tag allein lassen kann. Wäre ich Ihr Gatte, wäre mir das unmöglich.«

Hitze stieg in Katharina auf. Dann hatte sie sich also nicht geirrt. Er interessierte sich für sie.

»Was für ein Glück, dass Sie Ihre bezaubernde Gemahlin haben und sich nicht in einer Situation befinden wie Herr Bahlow und ich.«

Ferdinand Hofmeister nahm Katharinas Hand, hauchte einen Kuss darauf, drehte dann ihre Handfläche nach oben und küsste die Innenseite des Handgelenks. »Auch Margot und ich haben ein Arrangement. Wir beide, Katharina, Sie und ich, haben viel gemeinsam.«

Mit angehaltenem Atem ließ sie zu, dass er sie an sich zog. »Wollen Sie, dass wir uns näher kennenlernen?«, flüsterte er in ihr Ohr.

Sie schob ihn ein wenig von sich, gerade weit genug, um in seine dunkelbraunen Augen blicken zu können. »Ich gehe oft im Kurgarten spazieren. Gelegentlich auch allein. Morgen Nachmittag zum Beispiel.«

Damit schlüpfte sie aus seinen Armen und ging zur Gesellschaft zurück, kurzatmig in ihrem eng geschnürten Korsett, aber mit einem verzauberten Lächeln auf den Lippen. Die Tage der Langeweile und des Selbstmitleids waren vorüber.

In Katharinas heiterer Verfassung störte es sie wenig, dass ihre Mutter auf einen weiteren Plausch mit dem norddeutschen Freiherrn bestand und sie dann weiterschob zu Bürgermeister Söllner und dessen Gattin.

Die beiden sahen sich irgendwie ähnlich, klein, untersetzt, in die Jahre gekommen und mit von geplatzten Äderchen durchzogenen roten Wangen. Im Fall des Bürgermeisters erstreckte sich das Rot bis auf seine übermäßig fleischige Nase und ließ nur einen Rückschluss auf die Ursache zu. Jeder in der Stadt wusste, dass Söllner dem Alkohol zu stark zugetan war. Für Katharina ein weiterer Grund, nicht zu verstehen, warum man ihn dennoch bereits zum zweiten Mal in sein Amt gewählt hatte. Margot Hofmeister gesellte sich zu ihnen, und ein verklärter Glanz trat in Söllners Augen.

»Herr Bürgermeister«, säuselte sie, »habe ich mich eigentlich schon gebührend bei Ihnen für die formidable Unterstützung bedankt? Sie haben uns sämtliche behördlichen Hürden aus dem Weg geräumt, sonst wären wir wohl noch immer nicht in die Villa Quisisana eingezogen, sondern säßen auf unseren Koffern in irgendeiner Pension.«

Söllner lächelte geschmeichelt. »Nun ja, bei uns auf dem Land ticken die Uhren eben anders als in der Großstadt. Da hilft es schon etwas, wenn man jemanden an der Seite hat, der einem die Türen öffnet.«

Das Geplänkel der beiden zog sich hin, zum sichtbaren Verdruss der Bürgermeistersgattin. Augenscheinlich langweilte die Unterhaltung Hedwig von Feil, denn sie zog Katharina weiter, weil sie ihre Freundin Frau Uhlig unter den Gästen entdeckt hatte.

Der Anblick der Dresdnerin, die sich dieses Mal ohne ihren Mann zur Kur in der Stadt aufhielt, weckte bei Katharina schlagartig Erinnerungen an die schreckliche Nacht, in der Friedrich über die Stränge geschlagen war. Rasch griff sie nach einem weiteren Glas Champagner, das ihr ein aufmerksamer Bediensteter reichte, und trank es in einem Zug leer.

»Halte dich zurück, Katharina«, zischte ihre Mutter sie an. »Was ist nur los mit dir? Du bist in einer sehr merkwürdigen Verfassung heute.«

»Wenn es dir nichts ausmacht, fahre ich schon nach Hause. Ich bin müde. Unterhalte du dich allein mit Frau Uhlig, ja, Mama?«

Dagegen hatte Hedwig von Feil nichts einzuwenden, sie schien sogar erleichtert, dass ihre Tochter die Veranstaltung ohne einen Zwischenfall hinter sich gebracht hatte.

Im Hinausgehen begegnete Katharina erneut dem Gastgeber.

»Sie verlassen uns bereits?« Enttäuschung schwang in seiner Stimme. »Dann bringe ich Sie zu Ihrer Kutsche.«

Die meisten der Gäste waren mit Einspännern gekommen, lediglich zwei oder drei Automobile standen in der Auffahrt.

Galant half Ferdinand Hofmeister Katharina beim Einsteigen.

»Bis morgen«, sagte er. »Selbst sollte es regnen, stürmen oder schneien.«

Sie lachte. »Das wird es nicht. Morgen scheint die Sonne, weil die sich auch freut, wenn es uns hier unten gut geht.«

26

Die Sonne lachte von einem wolkenlosen Himmel, wie Katharina es behauptet hatte. Unschlüssig stand sie vor dem Portal des Kurhauses und überlegte, wo entlang sie spazieren sollte. Hier war es eindeutig zu belebt. Bei dem schönen Wetter schien ganz Bad Reichenhall auf den Beinen zu sein, zumindest sämtliche Kurgäste. Alle wollten die gute Luft genießen. Glücklicherweise traf Katharina niemanden, den sie kannte. Wären ihr ausgerechnet heute Gertrud oder, noch schlimmer, die frisch getraute Augustine Fischer über den Weg gelaufen, hätte sie sich wahrscheinlich so geniert, dass sie puterrot angelaufen wäre. Überhaupt hatte sie das Gefühl, jeder würde ihr ansehen, dass sie etwas Verbotenes vorhatte.

Drüben am Gradierwerk war es ähnlich überfüllt. In Zweierreihen marschierten die Leute wie bei einer Prozession um die Holzwände herum.

Betont gemächlich schlenderte Katharina durch die Rabatten und weg von der Masse, weiter nach hinten in einen Teil des Parks, der gerade vom Kurgärtner neu gestaltet wurde. Hier hielt sich niemand auf, weil es keine Blumen zu bestaunen gab, nur unfertige Beete, die frisch bepflanzt werden wollten. Sie setzte sich auf eine Bank und klappte den Sonnenschirm zu.

»Hier haben Sie sich versteckt.« Ferdinand Hofmeisters Stimme ließ sie herumfahren. »Gut, ich hatte schon befürchtet, Sie mit der Meute teilen zu müssen.«

»So nennen Sie also Ihre potenziellen Gäste?« Katharina erhob sich elegant. »Gut zu wissen.« Bei seinem Anblick bekam sie weiche Knie, sie musste sich zusammenreißen, um forsch zu klingen.

Ohne innezuhalten, kam er auf sie zu, riss sie in seine Arme und verschloss ihren Mund mit einem Kuss.

»Sind Sie verrückt geworden?«, stieß sie hervor, sobald er sie wieder losließ. Ihre Lippen brannten, und sie wünschte sich nichts mehr, als dass er sie erneut küsste, doch gebot es der Anstand, empört zu protestieren. Wenigstens ein bisschen. »Wenn uns jemand sieht …«

»Unwahrscheinlich.« Er deutete auf den Geräteschuppen des Gärtners, der am Ende des Parks stand. »Aber falls Sie sicher sein wollen, wäre es dort drüben besser.«

Katharina riss die Augen auf. »Ich soll bei helllichtem Tag mit Ihnen in der Öffentlichkeit hinter einem Schuppen verschwinden?«

»Sind wir nicht deshalb hier, Katharina?« Er hielt ihr seine Hand hin.

Ohne zu zögern ergriff sie sie, und gemeinsam rannten sie die wenigen Meter zu ihrem auserkorenen Versteck.

Kurz kam es Katharina in den Sinn, dass es der Skandal der Saison wäre, wenn jemand die verheiratete Tochter des Salzmeiers und den neu zugezogenen, aufstrebenden Hotelier beim Poussieren im Kurpark erwischen würde, aber dann stellte sie fest, dass sie gern bereit war, dieses Risiko einzugehen.

»Ferdinand«, flüsterte sie, während er ihren Hals küsste, sie mit dem Rücken an die Holzwand des Schuppens drückte und eines ihrer Beine anhob, um es um seine Hüfte zu legen, bevor er nach dem zweiten griff und Katharina vollends auf sich hob.

Selbst wenn er nach diesem Tag nie wieder ein Wort mit ihr wechseln würde, weil er sein Interesse an ihr verlor, wie Friedrich es getan hatte, würde sie es nicht bereuen, sich ihm hingegeben zu haben. Zum ersten Mal in ihrem Leben fühlte

Katharina Begehren in sich, eine Lust, die sie stillen wollte und Ferdinand gab ihr, wonach sie verlangte.

»Wann darf ich dich wiedersehen?«, fragte er, nachdem sie ihre Kleidung in Ordnung gebracht hatten. Er hob ihren Hut auf, der zu Boden gefallen war, und reichte ihn Katharina.

Ein unbändiges Gefühl der Freude durchströmte sie. Ferdinand wollte sie wiedersehen! Sie überlegte. »Ehrlich gesagt, fällt mir kein Ort in Bad Reichenhall ein, an dem wir uns diskret sehen könnten. Aber Salzburg ist nur einen Katzensprung entfernt, dort gäbe es Möglichkeiten.«

»Ein Hotel?«

»Ja. Ich könnte meinen Eltern sagen, ich würde nach München fahren, weil ich Dinge mit meinem Mann zu regeln hätte.«

Er nahm ihre Hände und hauchte Küsse darauf. »Übermorgen. Im Hotel Bristol?«

Katharina nickte.

»Sag deinen Eltern, du würdest über Nacht in München bleiben.«

»Wohin gehst du jetzt?«, fragte sie.

»Ich habe einen Termin beim Bürgermeister.« Nach einem Blick auf seine Taschenuhr fügte Ferdinand hinzu. »Genau genommen komme ich sogar zu spät.«

Sobald er gegangen war, schlenderte Katharina langsam zurück in den belebten Teil des Parks. Sie fühlte das aufregende Kribbeln des Verbotenen in sich. Nach allem, was sie mit diesem Kretin Friedrich durchgemacht hatte, stand ihr das zu. Kein Grund, ein schlechtes Gewissen zu haben. Auch nicht, weil sie ihre Eltern und Ferdinand seine Frau belügen würde. Jeder hatte ein Recht auf Glück, und nun war es an ihr, es einzufordern.

Da sie nicht länger im Park verweilen wollte, den sie ab

jetzt immer mit anderen, sinnlicheren Augen betrachten würde, verließ Katharina den Königlichen Kurgarten und ging die Ludwigstraße entlang in Richtung Saline. Sie würde ihrem Vater einen kurzen Besuch abstatten und ihn auf ihre vermeintliche Fahrt nach München vorbereiten. Ihr Weg führte sie am Hotel Luisenbad vorbei. Mit seinen Balkonen, dem Holzgiebel und dem aufwendigen Gartenzaun sah es hübsch aus, weckte aber unangenehme Erinnerungen in Katharina. Friedrich war dort vor ihrer Hochzeit gerne abgestiegen. Warum kamen ihr ausgerechnet jetzt derartige Gedanken? Unwirsch klappte sie den Sonnenschirm auf und zu und wieder auf. Konnte sie es sich nicht selbst vergönnen, glücklich zu sein?

Unerfreulicherweise war dieser schrecklich ernste Achleitner bei ihrem Vater, als sie sein Büro betrat.

»Katharina, meine Liebe, das ist aber eine Überraschung!«, rief Konrad von Feil erfreut. »Schön, dass du mich besuchst. Herr Achleitner und ich waren gerade fertig.« Er zwinkerte seinem Angestellten amüsiert zu. »Eigentlich haben wir uns ohnehin nur über den Bürgermeister und seine Anbiederei bei den Hofmeisters mokiert.«

Katharina horchte auf, bemühte sich aber, nur beiläufig interessiert zu wirken. »Tatsächlich?«

»Ja, ich habe Herrn Achleitner von der Veranstaltung in der Villa Quisisana erzählt und dass Bürgermeister Söllner Frau Hofmeister mit den Augen verschlungen hat.«

»Das stimmt«, sagte sie, auch wenn sie nicht wusste, warum ihr Vater ein Gesellschaftsschwätzchen mit einem kleinen Beamten hielt, als wäre der einer von ihnen. »Es war unglaublich peinlich. Die arme Frau Söllner tat mir richtiggehend leid. Allerdings muss ich sagen, dass ich Frau Hofmeisters Koketterie mit dem Bürgermeister schlichtweg schamlos fand. Was sie nur in ihm sieht?«

»Ich denke, die Hofmeisters brauchen den Bürgermeister, daher ist das wohl als zweckgebundenes Wimperngeklimper einzustufen.«

Katharina verzog geringschätzig den Mund. »Darf ich sagen, dass es an der Zeit für einen intelligenten, vorausschauenden Mann an der Spitze Bad Reichenhalls wäre, der uns auf dem gesellschaftlichen Parkett nicht so blamiert wie dieser Bauerntölpel mit seiner Frau?«

Entsetzt schnappte Konrad von Feil nach Luft. Die Äußerungen seiner Tochter gingen ihm dann wohl doch zu weit. Leonhard Achleitner hingegen lächelte dünn und sagte mit weicher Stimme: »Da pflichte ich Ihnen ihn allen Punkten aus vollem Herzen bei, geschätzte Frau Bahlow.«

»Was bitte ist da über dich gekommen?«, verlangte ihr Vater zu wissen, als sie allein waren und gemeinsam in der Kutsche den Burgberg hinaufzuckelten. Ungeniert schnalzte sie mit der Zunge, was das Pferd kurzfristig in einen schnelleren Tritt fallen ließ. »Ich weiß nicht, was du meinst, Papa.«

»Unter vornehmer Zurückhaltung verstehe ich etwas anderes. Es ist nicht gut, als Dame seine politische Gesinnung oder besser gesagt Abneigung unverblümt zu äußern. Wenn das an die Ohren der falschen Person gelangt, kann es unserer Familie schaden.«

»Gott bewahre, nichts läge mir ferner.« Auf den zweifelnden Blick ihres Vaters hin fügte Katharina hinzu. »Ich habe mir einfach nur vorgenommen, ein wenig bestimmter in meinen Ansichten aufzutreten, immerhin bin ich eine erwachsene Frau. Und weil wir gerade davon sprechen, ich muss einige Dinge in München erledigen.«

»Ach ja? Was zum Beispiel?«

»Ich war seit Monaten nicht mehr dort und will meine Sachen durchsehen, vielleicht brauche ich noch etwas für meine Sommergarderobe.«

»Du hattest doch Albrecht mit einer Liste nach Schwabing geschickt, um alles zu holen.« Misstrauisch sah ihr Vater Katharina von der Seite an. »Wobei ich bis heute nicht verstehe, warum mein persönlicher Diener fahren musste und nicht Adele, die sich mit Frauenkleidung wesentlich besser auskennt.«

Katharina ging nicht darauf ein. »Leider hat Albrecht ein paar Dinge vergessen, daher möchte ich mich persönlich darum kümmern. Außerdem kann es nicht schaden, Friedrich gelegentlich auf die Finger zu sehen. Nicht, dass ihm plötzlich einfällt, hier aufzutauchen, das könnte nun niemand von uns gebrauchen, nicht wahr?«

»Das fehlte noch!«

Katharina hatte den Eindruck, als würde ihr Vater von Abscheu geschüttelt. Das Ausmaß seiner Abneigung gegen den Schwiegersohn war ihr bisher nicht klar gewesen, aber sie nahm es wohlwollend zur Kenntnis. Weder ihr Vater noch ihre Mutter würden sie jemals dazu überreden können, die Verbindung wieder aufleben zu lassen. Wenn sie schon keine Scheidung bekam, war das die zweitbeste Lösung.

»Wie lange willst du bleiben?«, fragte Konrad von Feil.

»Ich dachte, ich fahre übermorgen mit dem Zug und bleibe über Nacht.«

»Ist das weise? Unter einem Dach mit Friedrich?«

»Oh nein, Papa, keine Sorge. Ich werde in ein Hotel gehen. Keine zehn Pferde könnten mich dazu bewegen, in der Wohnung zu schlafen.«

»Das ist gut.«

Damit war die Sache für Konrad von Feil offenbar geklärt, denn er sah sich um, wie weit sie bereits gefahren waren, und wechselte dann das Thema.

Zwei Tage später bestieg Katharina am Bahnhof ein Erste-Klasse-Coupé nach Salzburg, das sie ganz für sich allein hatte, und ließ sich dort mit einer Droschke zum Hotel Bristol bringen. Gegenüber von Mozarts Geburtshaus gelegen und direkt am Mirabellgarten, war es ein bekanntes Luxushaus. Katharina kannte es noch als Elektrizitätshotel, Bristol hieß es erst seit Kurzem. Unter diesem Namen hatte es vor etwa vierzehn Jahren seine Pforten geöffnet, als erstes Hotel in Salzburg, das mit elektrischem Strom ausgestattet war. Und damit hatte es so manchen Häusern in Bad Reichenhall einiges voraus. Nicht einmal auf Burg Schönegg gab es eine Stromversorgung, wahrscheinlich würden sie noch ewig darauf warten müssen und die Leitung erst bekommen, wenn sämtliche Bürger unten in der Stadt Licht auf Knopfdruck hatten. Ebenso verhielt es sich mit dem Telefon, nur da hatte ihr Vater früh seine Beziehungen spielen lassen, um für die Saline erreichbarer zu sein.

Verbrachte sie Zeit in der Stadt, egal ob in München, Salzburg oder anderswo, hatte Katharina stets das Gefühl, in ein hinterwäldlerisches Dorf zurückzukehren. Bad Reichenhall wollte ein mondänes Kurbad von Welt sein, dann sollte es seinen Gästen bitte schön sämtliche Annehmlichkeiten des Fortschritts bieten. Sie würde mit Ferdinand darüber sprechen, hoffentlich hatte er für sein Grandhotel von vornherein eine elektrische Stromversorgung geplant. Aber vielleicht würden sie auch erst einmal überhaupt nicht sprechen, sondern sich aneinander erfreuen wollen. Beim Gedanken an ihr bevorstehendes Treffen schlug Katharinas Herz schneller. Sie hatte vorab telegrafisch ein Zimmer im Bristol reserviert, und Ferdinand hatte sie wissen lassen, dass er in einer Suite absteigen und sie dort erwarten würde.

Die opulente Pracht im Foyer – viel Gold, Purpur und Dunkelgrün, schwere Lüster und ausladende Blumengestecke – erfreuten Katharinas Auge. Sie wusste guten Stil zu schätzen, gerade weil der in ihrer Heimatstadt aufgrund des andauernden Baubooms doch manchmal zu kurz kam. Nach ihrer

Ansicht fielen einige der neuen Villen zu protzig und zu wenig geschmackvoll aus.

Nachdem sie ihren Zimmerschlüssel an sich genommen hatte, erkundigte sie sich, ob Herr Hofmeister bereits angekommen wäre. Er war.

Mit Herzflattern klopfte Katharina an die Tür der Suite Nummer zwei. Nun gab es kein Zurück mehr. Nicht, dass sie das ernsthaft in Erwägung gezogen hatte, aber auf dem Weg hierher hatte sie doch einen Moment der Angst vor der eigenen Courage erlebt.

Sie hatte sich in ihrem Zimmer umgezogen, trug statt des Tageskostüms nun ein Seidenkleid in exakt demselben Farbton wie ihr Haar, mit kleiner Schleppe und üppigen Raffungen, die ihre Rundungen ins rechte Licht rückten.

Ferdinand öffnete ihr die Tür. Auch er trug einen eleganten Abendanzug. Beinahe hätte Katharina gelacht. Es war nicht so, dass sie irgendwo öffentlich dinieren könnten, dazu lag Salzburg zu nah an Bad Reichenhall. Die Gefahr, erkannt zu werden, war zu groß. Noch bevor die Tür hinter Katharina ins Schloss gefallen war, zog Ferdinand sie bereits an sich, warf nur einen raschen Blick auf das Kleid und begann dann damit, es ihr auszuziehen.

Dagegen hatte sie nichts einzuwenden. Sie würden ihre Zeit bis zur Abreise hier verbringen, die Suite nicht verlassen, einander lieben, sich etwas zu Essen servieren lassen und sich anschließend erneut aneinander erfreuen. Auf der Rückfahrt saß Katharina mit einem seligen Lächeln im Zug. Im Geiste ging sie noch einmal jeden Augenblick ihrer gemeinsamen Zeit mit Ferdinand durch. Er war ein paar Stunden vor ihr abgereist, nicht ohne ihr vorher seine Liebe zu schwören.

»Katharina. Katharina, hörst du mir überhaupt zu? Ich habe dich gefragt, wie es Friedrich geht?« Hedwig von Feil schüttelte missbilligend den Kopf. Unten im Speisesaal saßen bereits die Gäste, und Katharina war so spät auf Schönegg eingetroffen, dass nun alle warten mussten.

»Ich weiß nicht, Mama. Er war nicht zu Hause, ich habe ihn nicht angetroffen. Was mir ganz recht war.«

»Und wo sind die Sachen, die du hattest holen wollen?«

»Es war doch nichts mehr da, womit ich etwas anfangen kann.«

Erneut schüttelte ihre Mutter den Kopf. Dann herrschte sie Adele an, dass die sich mit Katharinas Frisur beeilen solle.

»Geh hinunter, Mama, wenn du so ungeduldig bist. Ich bin in einer Minute fertig und komme nach.«

Daraus wurden zwar fünf, aber als Katharina in den Speiseraum der Burg trat und die Blicke der Anwesenden sie trafen, war sie sich sicher, dass sich das Warten für die Gäste gelohnt haben musste. Sie trug dasselbe Kleid wie im Bristol, dazu ein Leuchten in den Augen, das nur verliebte Frauen haben.

»Ich bin untröstlich, dass Sie auf mich warten mussten«, rief sie theatralisch. »Frau Hofmeister, Herr Hofmeister, bitte verzeihen Sie meine Verspätung.«

Natürlich hatte Ferdinand ihr erzählt, dass ihre Eltern ihn und seine Frau zum Abendessen gebeten hatten. Es war ein wundervoller Zufall, ihm im eigenen Zuhause verlockend nah zu sein und gleichzeitig höfliche Distanz halten zu müssen. Herrlich, alle hinters Licht zu führen.

Katharina sah ihm an, woran er dachte, als sie sich setzte und die raschelnde Seide des Kleides glattstrich. Als sie sich in Salzburg voneinander verabschiedet hatten, hatte er ihr eine Rose aus dem Gesteck in ihrem Zimmer überreicht, die sie nun im Haar trug.

27

Beim Diner im Hause von Feil drehte sich die Konversation hauptsächlich um das geplante Grandhotel. Hedwig seufzte verstohlen.

»Ich persönlich finde dieses Vorhaben famos«, verkündete Konrad. »Genau so ein Haus fehlt in Bad Reichenhall. Ich hoffe, Sie erfahren seitens der Stadtverwaltung die Unterstützung, die Sie benötigen.«

»Gewiss, der Bürgermeister ist sehr freundlich«, entgegnete Ferdinand Hofmeister.

»Werden Sie alles in Eigenregie erledigen, oder gibt es Investoren?«

»Warum fragen Sie?«, mischte sich Margot Hofmeister ein, »Wären Sie interessiert?« Sie prostete Konrad mit dem Champagnerglas zu. Wieder einmal war sie unglaublich mondän gekleidet, viel zu auffällig für eine alpenländische Kleinstadt, fand Hedwig. Etwas mehr Bescheidenheit hätte der Dame gut zu Gesicht gestanden.

Konrad wurde rot, wie immer, und rang um Worte. Herr Hofmeister sprang ihm zur Seite.

»Meine Frau beliebt zu scherzen. Wir verfügen gottlob über ausreichende Mittel für einen privaten Hotelbetrieb.«

»Ich wollte nicht neugierig erscheinen.« Das Rot auf Konrads Wangen verfärbte sich noch eine Spur dunkler. Hedwig schämte sich. War es zu viel verlangt, dass ein erwachsener Mann peinliche Farbveränderungen seiner Gesichtshaut unter Kontrolle hielt? Früher hatte sie es rührend gefunden, wenn er errötete, mittlerweile enervierte es sie. Innerlich distanzierte sie sich von der Unterhaltung, nickte aber höflich und warf die eine oder andere Bemerkung ein. Es war ermüdend, neureiche Gäste im Haus zu haben. Ständig mussten sie mit ihren Errungenschaften prahlen und wollten besonders weltmännisch erscheinen. Ferdinand Hofmeister bildete da keine Ausnahme, auch er redete am liebsten über sich. Wen interessierte es, ob er sein Geld an der Börse in Amerika anlegte oder anderswo? Und diese übertriebene Selbstbeweihräucherung, was seine Leistungen als Geschäftsmann, Architekt und Börsenspekulant betraf, waren ebenso peinlich wie Konrads Rotwerden. Katharina stellte sie jedoch alle zusammen in den Schatten, darüber galt es noch zu sprechen.

»Herrgott, Hedwig, hast du mich erschreckt! Was machst du hier?«

Nachdem die Gäste gegangen waren, hatten sich Katharina und auch Konrad ebenfalls rasch zurückgezogen. Hedwig saß im Salon, weil sie wusste, er würde irgendwann hereinschleichen, um heimlich einen Enzian zu trinken. Er liebte das abscheuliche Gebräu, betrachtete es als Stärkungstonikum und behauptete, es wäre seiner Verdauung zuträglich.

»Ich habe auf dich gewartet.« Sie wies auf den Sessel neben sich. »Setz dich, ich habe dir schon mal einen Schnaps eingegossen. Nein, mach kein Licht, der Mond scheint hell genug durchs Fenster.«

Konrad tat, wie ihm geheißen und leerte das Glas in einem Zug, dann goss er sich erneut ein.

»Katharina erzählte mir, du wärst mit diesem Achleitner recht speziell. Von anderen Leuten habe ich das auch schon gehört.«

»Diese Formulierung halte ich für übertrieben. Leonhard Achleitner ist mein Angestellter.«

»Genau. Dein Angestellter.« Mit dem ausgestreckten Zeigefinger stach Hedwig durch die Luft auf ihn zu. »Er ist nicht dein Sohn.«

Seufzend massierte sich Konrad mit Daumen und Zeigefinger die Nasenwurzel. »Lass uns nicht davon anfangen. Ich weiß, dass er das nicht ist.«

»Aber das hättest du gerne. Doch seine Mutter hat sich damals für diesen Künstler entschieden, sie hat den hochwohlgeborenen Herrn von Feil verschmäht.«

»Hedwig, bitte. Du hattest zu viel Wein.«

Sie schlug mit der flachen Hand auf die Armlehne des Sessels. »Bevormunde mich nicht! Glaubst du, ich weiß nicht, dass der junge Achleitner dein Protegé ist? Sogar befördern musstest du den Burschen, das sehen die altgedienten Mitarbeiter nicht gerne.«

»Das war Teil unserer Abmachung. Dafür hat er die geschändete Küchenhilfe geheiratet.«

»Du dummer Kerl!«, schrie sie ihn an. »Er sollte sie doch nicht heiraten, sondern sich nur öffentlich um sie bemühen, damit unser guter Name aus dem Spiel ist, sobald ihre Schwangerschaft nicht mehr zu übersehen war. So hatten wir beide es abgesprochen, aber du musstest in deiner spießbürgerlichen Rechtschaffenheit übers Ziel hinausschießen.«

Konrad erhob sich. Im Licht des Mondes war der angewiderte Zug um seinen Mund deutlich zu erkennen.

»Ich verstehe dich nicht mehr, Hedwig. Was ist aus deinem Charakter geworden? Herr Achleitner hat uns aus einer unangenehmen Situation geholfen.«

»Du Dummkopf. Du hast ihn in unsere Kreise gelassen, ihm Macht über uns gegeben, durch das, was er weiß.«

»Es war die richtige Entscheidung.«

Hedwig lachte kalt auf. »Das wird sich zeigen.«

»Ich gehe nun zu Bett. Es war ein netter Abend, findest du nicht?«, fragte er.

Warum konnte er nicht einfach zu seiner Meinung stehen? Weshalb musste Konrad immer versuchen, einen friedlichen Tagesabschluss zu erreichen? Sie hatte ihn eben beleidigt, seine Entscheidung infrage gestellt. Und er kommentierte den Abendverlauf, plauschte freundlich.

»Nein, das finde ich ganz und gar nicht. Ist dir nicht aufgefallen, dass deine Tochter Herrn Hofmeister Avancen gemacht hat? Und er hat sie angesehen, als wolle er sie mit den Augen ausziehen.«

»Hedwig! Was redest du da? Sicher bildest du dir das nur ein. Die beiden sind einander erst einmal begegnet, sie kennen sich doch kaum.« Sein Protest wirkte ehrlich. Er wippte nervös mit einem Bein. Konrad trug einen Hausmantel und Pantoffeln, und im fahlen Licht des Mondes sah sein Gesicht alt aus.

»Du willst es nicht bemerken, oder? Seitdem Friedrich ohne Katharina abgereist ist, ist sie außer Kontrolle. Heute kam sie völlig verändert zurück, aufgekratzt wie ein Backfisch. Angeblich aus München, allerdings mit leeren Händen, dafür rosig und flatterhaft. Und die Art und Weise, wie sie und Herr Hofmeister einander angeschmachtet haben … Ich sage dir, Konrad, entweder sie haben bereits eine Affäre oder sie stehen kurz davor.«

Er nippte an seinem Schnapsglas.

»Schockiert dich das nicht?«, fragte Hedwig.

»Nein.«

»Das dachte ich mir, dass Katharinas schamloses Verhalten bei dir auf Verständnis stößt. Nun ja, der Apfel fällt bekanntlich nicht weit vom Stamm.« Bitterkeit tropfte von ihrer Stimme wie Säure, die sich längst einen Weg in ihr Herz gefressen hatte.

»Gute Nacht, Hedwig.«

Damit ging er leise hinaus. Sie hörte, wie die Treppe knarzte, als er ins obere Stockwerk hinaufstieg. Druck lastete auf Hedwigs Brust. Sie atmete tief durch, dann noch einmal, bis er verschwand. Ihre Hände waren kalt.

Sie würde morgen Friedrich in München telegrafieren.

Sollte der seine Frau wieder zur Räson bringen, bevor sie einen Skandal in Bad Reichenhall auslöste. Das war er ihnen allen schuldig, nachdem sie sein Problem für ihn gelöst hatten.

28

Wie jeden Tag erwachte Anna im Morgengrauen. Jedoch nicht in ihrem Bett, nicht einmal in ihrem Zuhause. Ein seltsames Gefühl, da sie bisher nie anderswo geschlafen hatte. Die Bettstatt Leonhard Achleitners war zugegebenermaßen viel komfortabler als ihr eigenes, breiter, weicher, mit einer großen Decke und einem gut gefüllten Federkissen. Vorsichtig drehte sie den Kopf. Neben ihr schlief ihr Ehemann, der Fremde, mit dem sie von nun an ihr Leben teilen würde, dem sie auf Gedeih und Verderb ausgeliefert war.

Hätte sie sich anders entscheiden müssen? Der rasselnde Atem in ihrer Brust belehrte sie eines besseren. Anna war nicht genesen. Sie fühlte sich noch immer schwach und leicht fiebrig, aber das Schlimmste war überstanden.

Leo. Im Schlaf sah er aus wie ein Junge. Das Haar fiel ihm zerzaust in die Stirn, und seine dunklen Wimpern waren lang wie die eines Kindes. Er hatte Wort gehalten, nicht nachts nach ihr gegriffen, nicht verlangt, worauf er ein Recht gehabt hätte. Irgendwann würde sie die Ehe vollziehen müssen. Schon der Gedanke daran ließ Entsetzen in Anna aufsteigen. Nie wieder wollte sie einen Mann in sich spüren, nicht, nach dem, was geschehen war.

Warum war es nicht möglich, dass sie ihr Leben allein verbrachte? Alles, was sie brauchte, war genügend zu essen und ein Dach über dem Kopf, ihr kleines Haus am Fluss. Keine Menschen, keinen Ehemann. Doch das Alleinsein konnte sich Anna Gmeiner nicht leisten.

Leo schlug die Augen auf, schien zu erschrecken, als er seine Frau sah. Mit einem Ruck fuhr er hoch.

»Bin ich dir zu nahe gekommen?«, fragte er.

»Nein. Ich hab dir beim Schlafen zugesehen. Ich wache immer sehr früh auf, weißt du.«

»Wie geht es dir? Fühlst du dich noch krank?«

»Ein wenig.«

»Warum gehst du nicht später spazieren, vielleicht sogar in den Kurpark an den Gradierwänden entlang? Wenn es unseren zahlreichen Kurgästen hilft, wäre das sicher auch gut für dich. Ich glaube, du bist einer Lungenentzündung nur knapp entgangen.«

Er stieg aus dem Bett, trat zur Kommode und goss Wasser aus einem weißen Porzellanwaschkrug in die große Schüssel, die daneben stand.

»Soll ich hinausgehen?«, fragte sie.

»Ich glaube, Mathilde ist schon in der Küche. Wenn es dir nichts ausmacht, bleib lieber hier. Nicht dass sie denkt …«

Er beendete den Satz nicht, aber es war offensichtlich, dass ihm daran gelegen war, nach außen hin den Schein einer normalen Ehe zu wahren.

»Ich könnte mich umdrehen«, schlug Anna vor.

»Wie du willst. Mir ist es egal, du kannst mich auch ansehen, damit habe ich kein Problem.«

Unentschlossen rutschte sie im Bett hin und her, legte sich wieder hin und schloss die Augen. Doch dann siegte die Neugier.

Durch halb geschlossene Lider beobachtete sie, wie Leo mit nacktem Oberkörper vor der Kommode stand und sich rasierte. Er hatte ihr den Rücken zugewandt. Für jemanden, der seinen Tag am Schreibtisch zubrachte, war er erstaunlich breitschultrig. Nicht so wie Michael, dessen Körper durch die Arbeit an den Siedebecken kräftig und muskulös gewesen war. Leo war etwas kleiner, seine Haut hatte einen helleren Ton, sie war glatt und ohne jegliche Male oder Narben. Er trug eine Unterhose, die so tief auf seiner Hüfte saß, dass Anna sich gut vorstellen konnte, wie Leos Hinterteil ohne das Kleidungsstück aussehen mochte.

Das Wasser in der Schüssel plätscherte leise, als er das Rasiermesser darin wusch. Ihre Blicke trafen sich im Spiegel. Amüsiert betrachtete er sie. Als sie ertappt blinzelte, griff er nach dem Handtuch und trocknete sein Gesicht und die Hände. Er drehte sich zu ihr um, locker gegen die Kommode gelehnt und sagte: »Ich werde mich jetzt umziehen.«

Aus einer Schublade nahm er frische Wäsche, einen Anzug aus dem Schrank und legte alles aufs Bett. Ohne Anna aus den Augen zu lassen, schlüpfte er aus der Unterhose und in eine frische, dann in Hemd und Hose.

Sie bemühte sich, ausschließlich in sein Gesicht zu sehen, nicht weiter nach unten, und merkte, dass sie die ganze Zeit über den Atem anhielt. Leo setzte sich kurz auf den Bettrand, als er fertig angekleidet war.

»Ich gehe jetzt in die Küche zu Mathilde und dann hinüber in den Beamtenstock. Wenn du so weit bist, steht Frühstück für dich bereit. Ich habe Platz im Schrank für deine Sachen gemacht. Du kannst sie einräumen, wo du möchtest.«

Für einen Moment dachte Anna, er würde sich zu ihr beugen und sie küssen, doch er stand auf und ging hinaus.

Sie stieß die Luft aus und schloss kurz die Augen. Verwirrung machte sich in ihr breit, die ihr nicht willkommen war. Daher riss sie sich zusammen, stieg aus dem Bett und begann ihren ersten Tag als Ehefrau.

»Guten Morgen, Frau Achleitner«, begrüßte die Haushälterin Anna mit ihrem neuen, ungewohnten Namen. »Ich heiße Mathilde Mandling. Bitte nennen Sie mich Mathilde. Möchten Sie frühstücken? Herr Achleitner trinkt für gewöhnlich eine Tasse Kaffee und isst ein Honigbrot dazu.« Sie wies auf den hübsch gedeckten kleinen Tisch. »Meistens nimmt er sein

Frühstück hier ein, aber ich kann für Sie im Esszimmer anrichten.«

»Nein, vielen Dank. Ich bleibe gerne hier bei Ihnen. Essen Sie nichts?«

Überrascht schüttelte Mathilde den Kopf.

»Trinken Sie dann vielleicht eine Tasse Kaffee mit mir? Bitte?«

Zögernd setzte sich Mathilde zu Anna, und die beiden musterten einander unverhohlen.

Die Haushälterin schien die Sechzig weit überschritten zu haben. Sie hatte schlohweißes Haar, eine Adlernase, die ihr ein eher fast männliches Aussehen verlieh und auf der eine runde Brille mit dicken Gläsern saß. Ihre Haut hatte eine leicht olivfarbene Tönung und war von unzähligen Fältchen durchzogen. Wahrscheinlich wurde sie rasch braun, sobald ein Sonnenstrahl sie traf. Mathilde Mandling war klein und zierlich, hielt sich aber kerzengerade, und Anna vermutete, dass ihre Vorfahren von jenseits der Alpen aus dem Italienischen kamen, doch sie traute sich nicht, danach zu fragen.

»In meiner Familie hatten wir niemals Hausangestellte«, sagte Anna leise, »daher sehen Sie es mir bitte nach, wenn ich Ihnen viele Fragen stelle oder etwas falsch mache.«

»Sie sind die Hausherrin, Frau Achleitner. Ich werde mich bemühen, Sie ebenso zufriedenzustellen wie Herrn Achleitners Eltern und Herrn Achleitner selbst.«

»Ich stamme aus einer einfachen Häuslerfamilie und war bis vor Kurzem Küchenhilfe oben auf dem Schloss.« Anna wusste nicht, warum sie das in einem Ton sagte, als müsse sie sich vor der Haushälterin rechtfertigen, zumal diese ihr keinen Anlass dazu gegeben hatte.

»Ich weiß.«

»Dann fragen Sie sich sicher, warum Herr Achleitner mich geheiratet hat.«

»Nein, das steht mir nicht zu.«

Anna verstummte und nippte an ihrem Kaffee. »Sehr gut. Genauso habe ich mir ihn immer gewünscht.« Echter Bohnenkaffee, frisch aufgebrüht, kein Muckefuck aus Zichorien. In diesem Haus würde sie weder Hunger leiden noch sich den Buckel krumm schuften müssen. Ihr Mann war ein wohlsituierter Beamter, kultiviert und angenehm, der ihr ein gutes Leben bieten konnte. Warum freute sie sich nicht darüber?

Mathilde stand auf. »Ich werde jetzt das Mittagessen vorbereiten. In den kommenden Wochen würde ich gerne vorab mit Ihnen besprechen, was ich kochen soll. Wenn Sie sich einmal eingelebt haben.« Es war unmöglich zu sagen, was sie wirklich dachte. Ob sie Annas Anwesenheit als Belastung empfand? Als Zumutung für ihren Dienstherrn? Oder ob sie froh war, dass wieder eine Frau im Haus war?

Für Anna war es ungewohnt, ihr benutztes Geschirr nicht selber zu spülen, aber sie wollte der Haushälterin nicht über die Maßen ins Handwerk pfuschen. Sie trug nur Tasse und Teller vom Tisch hinüber an den Spültisch und bedankte sich.

Dann tat sie, was Leo ihr geraten hatte, und machte einen ausgiebigen Spaziergang im Kurpark – wo alles sie an Michael erinnerte. Dennoch zwang sie sich, an den Gradierwänden auf und ab zu marschieren und dabei die mit Solewasser angereicherte Luft tief einzuatmen.

»Pass auf das Medaillon auf«, hatte ihr Michael am Bahnhof zugeflüstert, bevor er in den Zug gestiegen war. »Es wird dich beschützen und an mich erinnern, bis ich wieder bei dir bin. Alles wird gut werden, Anna, ich verspreche es dir.«

Nichts von dem, was er gesagt hatte, war eingetroffen. Sie steckte die Hand in die Tasche ihres Rocks und umfasste das Schmuckstück. Wie sollte ein Stück Silber sie beschützen? Kühl und hart fühlte es sich an, keine besondere Kraft wohnte in ihm, und die bittersüßen Erinnerungen, die sie damit verband, verblassten jeden Tag ein wenig mehr. Selbst wenn sie sich fest konzentrierte, versank Michaels Gesicht zusehends in der Vergangenheit, sie konnte sich nicht mehr genau daran erinnern, wie er aussah oder wie seine Stimme klang.

Ihre Lunge schmerzte, und nach einer halben Stunde fühlte sie sich erschöpft.

Auf dem Rückweg stattete sie dem Café Flora einen Besuch ab, oder besser gesagt ihren beiden Freundinnen in der dortigen Küche.

»Schau an«, begrüßte sie Hertha schnippisch, »die gnädige Frau. Das ging ja zackig mit dem Heiraten bei dir. Ich wusste gar nicht, dass du dir auf die Schnelle einen Beamten geangelt hast. Weißt du eigentlich, was die Leute reden?«

Mit gequältem Gesichtsausdruck sah Anna von Hertha zu Frau Theres. Diese hatte Wort gehalten und niemandem die Wahrheit erzählt. Sämtliche Gerüchte, die über Anna kursierten, mussten von Wachtmeister Schütz stammen und waren, zusammen mit den von ihr gestreuten, vage und falsch. Anna brachte es nicht über sich, Hertha zu sagen, was ihr widerfahren war.

»Es hat sich eben so ergeben«, entgegnete sie lahm.

Hertha verdrehte die Augen. »Da scheint sich ja einiges ergeben zu haben, wenn‘s derart schnell gehen musste. Aber jetzt sitzt du ja im gemachten Nest und hast uns alle überholt. Wer hätte das gedacht. Die arme Anna Gmeiner ist plötzlich Beamtengattin. Der Achleitner ist natürlich eine bessere Partie als dieser mittellose Südtiroler.«

Nun ging ihre Chefin dazwischen. »Hertha! Der Peppi kommt heute später. Geh rüber ins Café und hilf beim Servieren und Abräumen. Beeil dich.«

Sobald das Mädchen außer Hörweite war, fügte sie entschuldigend hinzu: »Nimm‘s ihr nicht übel. Der Neid hat schon die nettesten Frauenzimmer in Gewitterziegen verwandelt. Die beruhigt sich wieder.«

»Trotzdem bin ich enttäuscht. Ich dachte, sie wäre meine Freundin.«

»Das ist sie, Kind. Die Hertha hat das Herz auf dem rechten Fleck. Wenn sie wüsste, was wirklich passiert ist, würde sie wahrscheinlich dem Achleitner eigenhändig dafür danken, dass er dich gerettet hat.«

»Hat er das tatsächlich?« Versonnen sah Anna dabei zu, wie die Bäckerin Guglhupfteig in zwei typische Formen goss und in den Ofen schob. Sie schlenderte zum Durchgang und sah ins Café hinüber. Hoffentlich war Hertha bald wieder die Alte. Anna hatte nicht viele Freunde, und Hertha war ihr wichtig.

»Wer ist der große Mann mit den dunklen Haaren?«, fragte sie. »Der, um den alle herumscharwenzeln?«

Sämtliche Kellner inklusive Hertha standen vor seinem Tisch. Einer öffnete eine Champagnerflasche, der Nächste servierte der blonden Dame mit dem Puppengesicht, die bei ihm war, einen Teller Kanapees, Hertha räumte das Kaffeegeschirr ab, und die anderen Herrschaften beobachteten das rege Treiben.

Frau Theres sah kurz hinüber. »Das ist Ferdinand Hofmeister, seines Zeichens Unternehmer. Der ist noch nicht lang in der Stadt. Er und seine Frau, das ist die, die aussieht wie eine Schauspielerin, haben irgendein Haus in St. Zeno gekauft und zu einer Kurvilla umgebaut. Als ob wir davon nicht genug hätten. Jedenfalls kommen die zwei aus Berlin und sind unheimlich wichtig. Betucht anscheinend ebenso, denn sogar unser Herr Bürgermeister reißt sich ein Bein aus, um mit ihnen gesehen zu werden. Und da kommt er schon.«

In der Tür erschien Bürgermeister Söllner in voller Leibesfülle, jedoch ohne Gattin. Nach links und rechts grüßend, steuerte er direkt auf das Ehepaar Hofmeister zu, küsste Margot Hofmeister die Hand und klopfte ihrem Mann jovial auf die Schulter, als wären sie alte Freunde.

»Schau nur gut zu, Anna«, flüsterte Frau Theres, »da kannst du noch was lernen. Alles prima Selbstdarsteller.«

»Was die wohl zu bereden haben?«

»Es wird gemunkelt, dass Herr Hofmeister ein Grandhotel bauen will. Mitten in der Stadt. Da braucht er natürlich die Hilfe des Bürgermeisters.«

Auf dem Nachhauseweg war Anna in Gedanken versunken. Sie hatte keinen Blick für das wunderschöne Bergpanorama, das Bad Reichenhall wie eine schmückende Krone umgab. In der Frühlingsluft zeichneten sich die zackigen Gipfel scharf gegen das klare Blau des Himmels ab. Noch waren die Nächte kühl und die Tage teils verregnet, doch lange würde das warme Wetter nicht mehr auf sich warten lassen. Zahlreiche Menschen waren auf den Straßen unterwegs, die meisten zu Fuß, aber auch viele Radfahrer und Einspänner. Es herrschte eine bunte Mischung unterschiedlicher Kleidungsstile. Zum einen waren da die vornehmen Damen unter den Kurgästen, die der modischen Sans-Ventre-Linie entsprechend in enge Korsetts geschnürt in eleganten Nachmittagskostümen mit Hut und Schirm flanierten. Als krasser Gegensatz dazu fiel Anna das eine oder andere skandalös locker fallende Reformkleid auf. Dann gab es die traditionellen einheimischen Frauen, die alpenländische Kleidung trugen. Und dazwischen Bad Reichenhaller Bürgerinnen, die zwar gerne mit den Modedamen konkurriert hätten, jedoch nicht die Mittel zum Ausstaffieren hatten, sich auch nicht bei den Landfrauen einordnen mochten und deswegen klassische, zumeist dunkle Kleider oder lange Röcke mit Blusen trugen. Kurz fragte sich Anna, zu welcher Gruppe sie selbst gehören wollte, schüttelte dann aber unwillkürlich den Kopf. Sie besaß nur das Sonntagsgewand ihrer Mutter, zwei Tageskleider, die schon bessere Zeiten gesehen hatten und ansonsten ihre Arbeitssachen. Was in Mode war, interessierte Anna nicht. Wärme und Schutz vor der Witterung war alles, was sie bisher von ihrer Kleidung erwartet hatte. Das ist nicht gut genug für einen Mann wie Leo, sagte sie sich. Nicht, wenn er sich öffentlich mit ihr zeigen wollte.

»Heute habe ich einen reichen Herrn aus Berlin gesehen, der ein Grandhotel in Bad Reichenhall bauen will«, erzählte sie Leo vor dem Zubettgehen.

»Ach ja? Wie hieß er denn?«, fragte er interessiert.

»Hofmeister. Er und seine Gattin haben im Café Flora Hof gehalten und den Bürgermeister empfangen.«

»Tatsächlich? Der Söllner war auch da? Und wo soll das neue Haus gebaut werden?«

»Weiß ich nicht. Mitten in der Stadt, hat Frau Theres gesagt.«

»Wer ist Frau Theres?«

»Die Köchin im Café Flora. Sie und ihre Küchenhilfe Hertha sind meine Freundinnen. Ab und an besuche ich sie, dann erfahre ich immer allerhand Neues. Sie sitzen ja quasi an der Quelle, weil alles, was Rang und Namen hat, dorthin geht.«

Leo lag bereits im Bett mit einem Buch in der Hand, in dem er jedoch nicht las, weil er Anna zusah, wie sie ihr Haar bürstete. Nach dem Abendessen hatte er einen kleinen Frisiertisch vom Speicher geholt, der seiner Mutter gehört hatte, und ihn ins Schlafzimmer gestellt. Neben das Fenster, damit Anna gutes Licht hatte.

Es schien, als würde sich die morgendliche Szene mit umgekehrten Rollen wiederholen. Während Anna erzählte, saß sie mit dem Rücken zu ihm und sah ihn über den Spiegel an. Sie trug ein schlichtes Nachthemd und war barfuß.

»Herr Hofmeister war in Begleitung seiner Frau, eine sehr auffällige und elegante Erscheinung. Die Leute haben sich die Hälse nach ihr verrenkt. Was sie gesprochen haben, konnte ich natürlich nicht hören, weil ich in der Küche stand und sie nur durch die Tür beobachtet habe.«

»Du hast wunderschönes Haar«, sagte Leo unvermittelt.

Überrascht hielt Anna inne. »Findest du? Vielen Dank.«

»Ich lese jetzt.«

Der erneute Themenwechsel verwirrte sie. Hatte sie zu viel geplappert? Vorsichtig, um ihn nicht weiter zu stören, schlüpfte sie ins Bett und legte sich so weit weg von ihm wie möglich an den Rand. Der Spaziergang hatte sie erschöpft, und fast sofort schlief sie ein.

29

Es dauerte einige Wochen, bis sich Anna in ihrem neuen Zuhause eingelebt hatte. Mathilde war ihr dabei eine große Hilfe. Sie entpuppte sich als warmherzige Frau, der es ganz recht zu sein schien, mehr Gesellschaft im Haus zu bekommen.

Jeden Morgen, wenn Leo zur Arbeit gegangen war, frühstückten sie gemeinsam in der Küche und besprachen die Aufgaben für den Tag. Anna hatte die Haushälterin davon überzeugt, dass es durchaus in Ordnung war, mit der Hausfrau ein Honigbrot zu verzehren und dabei gemütlich Kaffee zu trinken. Während Mathilde gerne daheim blieb und kochte, übernahm Anna die Einkäufe auf dem Markt und in der Stadt – selbst wenn ihr das anfangs wie ein Spießrutenlauf vorkam, so neugierig wurde sie von manchen Leuten angestarrt. War sie es doch gewesen, die vormals aus einem Korb Eier verkaufen musste, um über die Runden zu kommen. Nun konnte sie sich ein ganzes Suppenhuhn leisten und tags darauf gleich auch noch die ersten teuren Frühäpfel.

An einem Mittwoch, als Anna den letzten Schluck Kaffee trank und vom Tisch aufstand, schoss plötzlich ein stechender Schmerz in ihren Unterleib, der sich wie eine scharfe Messerklinge anfühlte. Mit einem erstickten Laut sackte sie zusammen.

Sofort war die Haushälterin bei ihr. »Frau Achleitner!«, rief sie besorgt. »Was haben Sie?«

Der Schmerz raubte Anna den Atem. Sie presste die Hände auf den Bauch und sah mit schreckgeweiteten Augen, wie Blut den Rock zwischen ihren Beinen tränkte.

Sie griff nach Mathildes Arm und drückte ihn. »Ich bin schwanger«, stieß sie hervor.

»Um Himmels willen! Ich hole Doktor von Heinleth.«

Noch immer hielt Anna den Arm der Haushälterin fest umklammert. »Nein. Keinen Arzt.«

»Wie Sie wünschen.«

Erneut fuhr ein Stechen in Annas Unterleib, und sie stöhnte auf. Mathilde langte nach einem Kissen und gab es ihr. »Hier, drücken Sie das.« Sie zog ihre Hand weg. »Ich hole heißes Wasser. Schaffen Sie es ins Schlafzimmer?«

Wimmernd schüttelte Anna den Kopf.

»Also schön, dann wird es eben hier geschehen.«

Sie lief hinaus und kam mit sauberen Handtüchern zurück. Eines davon schob sie unter Anna, die mittlerweile auf den Küchenfliesen lag. Sie hob den blutbefleckten Rock beiseite und drückte sanft die Knie auseinander.

»Vertrauen Sie mir, Frau Achleitner. Ich bin die Älteste von elf Geschwistern. Meine Mutter hatte ein paar Abgänge. Es ist zwar schon eine Weile her, aber ich weiß, wie das aussieht, und ich weiß, was zu tun ist.«

Sie nahm Anna das Kissen ab und schob es unter ihren Kopf. Dann legte sie die Hände auf Annas Bauch und lächelte ihr aufmunternd zu. »Und jetzt pressen Sie es raus. Es muss vollständig aus ihrem Körper, sonst wird es sie krank machen.«

Als alles vorüber war, schrubbte die Haushälterin den Küchenboden blitzblank. Niemand würde ahnen, dass sich unfertiges Leben in einem Schwall von Blut darauf ergossen hatte. Sie stützte Anna auf dem Weg hinüber ins Schlafzimmer und half ihr ins Bett.

»Soll ich Herrn Achleitner holen lassen?«, fragte sie.

»Nein. Es war nicht von ihm, aber er wusste davon. Ich hatte es nicht freiwillig empfangen.«

»Ich verstehe.« Mit einem Ausdruck von Mitleid im Gesicht strich sie Anna eine schweißnasse Haarsträhne aus der Stirn. »Schlafen Sie ein wenig. Später koche ich Ihnen einen Tee. Von meiner Mutter kenne ich ein paar Kräuter, die dafür sorgen werden, dass Sie schneller heilen.«

»Danke, Mathilde. Das vergesse ich Ihnen nie.«

Als Anna wieder erwachte, war es dunkel. Auf dem Nachttisch brannte ein kleines Licht, und Leo saß auf einem Stuhl neben dem Bett.

»Wie spät ist es?«, fragte sie.

»Weiß ich nicht. Wie geht es dir?«

»Hat Mathilde dir erzählt, was geschehen ist?«

Er nickte. »Es tut mir leid, Anna.«

Ohne dass sie es verhindern konnte, kamen ihr die Tränen. »Mir nicht. Gott helfe mir, aber ich bin froh, dass es weg ist, dass ich es nicht austragen muss und nicht mit ihm geschlagen bin ein Leben lang. Ich schäme mich so.«

Mit einem Schritt war er bei ihr, setzte sich aufs Bett und zog sie an sich. »Das musst du nicht. Du wurdest missbraucht, niemand hätte von dir verlangen können, dieses Kind zu lieben.«

»Nein, du verstehst nicht. Ich bin schuld, dass es tot ist.«

»So ein Unsinn.«

»Ich habe keine Rücksicht darauf genommen, war Holzfischen in der kalten Saalach und habe danach die Stämme geschleppt und gehackt.«

»Weil du das Holz brauchtest. Du hattest niemanden, der es für dich bergen konnte.«

»Aber ich hätte es in meinem Zustand nicht machen dürfen. Wahrscheinlich habe ich gehofft, dass …« Sie konnte nicht weitersprechen.

Er barg ihren Kopf an seiner Brust und streichelte ihr Haar, als wäre sie ein Kind. »Still, still, das darfst du nicht denken. Du hattest keine Wahl. Es war Gottes Wille, dass du es verloren hast, er hat dir damit einen Gefallen getan. Und mir ebenfalls.«

Mit tränennassen Augen sah sie ihn an. »Du hast mich geheiratet, damit das Kind einen Vater hat und der von Feil die Missetat seines Schwiegersohns vertuschen kann.«

Leo sog scharf die Luft ein. »Der hat dir das angetan? Dieser Bahlow?«

»Hat der Herr Salinenvorsteher dir das nicht gesagt?«

»Nein, er hat mir erzählt, dass es einer seiner Bediensteten war und er deswegen nicht ins Gerede kommen wolle.«

»Da hat er dich angelogen.« Sie rückte ein wenig von ihm ab, um sich im Bett hinsetzen zu können. »Was machen wir denn nun?«

»Wie meinst du das?«

»Du musst dich nicht länger mit mir belasten. Wir könnten die Ehe annullieren lassen, immerhin haben wir sie nicht vollzogen.« Verlegen zuckte sie mit den Schultern.

»Ich habe eine Abmachung mit Herrn von Feil getroffen und meinen Teil eingehalten. Kind oder nicht, ich bestehe darauf, dass auch er zu seinem Wort steht. Daher werden wir verheiratet bleiben, so wie es abgesprochen wurde.«

Schmerzte ihr Bauch mehr oder die Art, wie Leo über ihre Verbindung sprach? Für ihn war sie ein Mittel zum Zweck. Für den Sauhändler wäre sie das ebenfalls gewesen. Der einzige Mann, der Anna um ihrer selbst willen hatte haben wollen, war verschwunden. Wahrscheinlich hatte er längst eine andere gefunden, eine, die ihm das Leben bieten konnte, das er sich wünschte, und erinnerte sich nicht mehr an das Mädchen von der Saalach. Aber wie hatte Frau Theres es so treffend formuliert: Arme Leute durften nicht wählerisch sein.

Arm war sie als Frau Achleitner nicht mehr. Sie hatte alles, was sie sich erträumt hatte, ein Dach über dem Kopf, genug zu essen, sogar jeden Tag echten Kaffee. Und nun musste sie nicht einmal das Kind dieses Vergewaltigers austragen. Weshalb nur war sie dann nicht erleichtert und dankbar, sondern unglücklich?

Sobald sich Anna von dem Abgang erholt hatte, richtete sie zusammen mit der Haushälterin das Zimmer von Leos Mutter neu ein. Er wollte, dass seine Frau einen Raum für sich bekam, an den sie sich zurückziehen konnte, sollte sie dieses Bedürfnis verspüren. Auch das war ein Luxus, den es in Annas Leben vor ihrer Heirat nicht gegeben hatte.

An Stelle des Betts wählte sie ein zierliches Sofa mit zwei dazu passenden Stühlen und einen hübschen Tisch mit geschwungenen Füßen. Die Bilder an den Wänden ließ sie allesamt hängen. Anfangs wusste Anna nicht, was sie in dem Zimmer machen könnte, ging dann aber davon aus, dass sie möglichst viel Zeit darin verbringen sollte, damit Leo seine Ruhe vor ihr hatte. Sie sahen einander weniger. Die Vertrautheit, die begonnen hatte, sich zwischen ihnen einzustellen, schwand wieder, und nach und nach überkam Anna das Gefühl, mit einem Fremden zu leben.

30

Sonne und Wärme hielten Einzug in Bad Reichenhall. In den Gärten leuchteten rot hingetupfte Kirschen wie Sommersprossen auf den Bäumen. Die Tage wurden lang und die Nächte mild, und die Bauern fuhren ihr Frühheu ohne einen einzigen Regentropfen ein.

Im Zusammenleben von Anna und Leo hatten sich Spannungen entwickelt. Es war eine Qual für sie, das Bett mit ihm zu teilen, in dem sie sich unerwünscht fühlte. Er redete kaum ein Wort mit ihr, drehte sich sofort weg, und auch sonst ließ er sie wenig an seinen Gedanken oder Tagesabläufen teilnehmen. Sie empfand sich selbst als Bürde, die er akzeptieren musste, wenn er Konrad von Feils Hilfe wollte. Wobei genau, das war Anna noch immer nicht klar. Ein Teil ihrer Abmachung bestand anscheinend in der Beförderung Leos, der nun deutlich besser verdiente als zuvor und im Beamtenstock mehr zu sagen hatte. Dafür arbeitete er viel und war selten zu Hause.

An diesem Morgen überraschte er Anna. »Ich habe heute frei. Wollen wir zusammen auf den Predigtstuhl gehen, wie du vorgeschlagen hattest?«

»Ja, gerne.« Sie lief zum Fenster. »Ich packe uns eine Brotzeit ein, dann können wir los. Mathilde hat gestern einen Kartoffelstrudel gebacken, davon nehme ich was mit.«

Barfuß und mit klopfendem Herzen rannte Anna in die Küche. Eine Unterbrechung ihrer ereignislosen Tage, ein Ausflug, Wandern, das klang himmlisch.

Leo hatte ihr längst neue Sachen gekauft, mittlerweile besaß sie eine Auswahl an Röcken, Blusen und Kleidern, aber um auf den Berg zu gehen, schlüpfte Anna in ihr schlichtes blaues Leinengewand mit den kurzen Ärmeln und heller Schürze. Sie flocht ihr Haar und steckte es zu einem Kranz auf dem Kopf. Es würde heiß werden, und sie wollte den Nacken frei haben. So war sie früher mit Vater und Christoph auf den Predigtstuhl gestiegen, unzählige Male.

Auch Leo trug nicht seinen Tagesanzug, sondern recht abgetragen aussehende Kniebundhosen und ein Hemd, das er bis zu den Ellenbogen hochgekrempelt hatte. Unbeschwert sah er darin aus, weniger ernst.

Während des Aufstiegs sprachen sie nicht viel. Leo hatte den Rucksack mit dem Essen auf dem Rücken und ging voran, Anna hinterher. Diese Art von Schweigen empfand sie nicht als unangenehm, im Gegenteil. Es tat gut, die Alltagsgedanken bei jedem Schritt weiter abzuschütteln, sie unten im Ort zu lassen und einfach nur einen Fuß vor den anderen zu setzen. Sie nahm die vertraute und dennoch stets wieder beeindruckende Landschaft in sich auf, atmete die klare Luft, dachte an nichts. Das war ein Geschenk, das einem nur der Berg machte, die absolute Freiheit im Kopf.

Oben angekommen lief Anna zu einer kleinen Felsenplattform. »Ich muss immer als Erstes hierher«, rief sie Leo lachend zu. »Immer. Schon als Kind. Das ist der beste Platz auf dem Predigtstuhl, wie eine Bühne, von der aus man ins Tal hinunterschauen kann. Früher habe ich mir vorgestellt, das wäre meine ganz persönliche Wolke und ich ein Engel, der darauf wohnt. Manchmal, wenn die echten Wolken tief hingen und näher heranrückten, habe ich geglaubt, nur einen Schritt in den Himmel machen zu müssen, dann könnte ich mit ihnen weiterziehen. Töricht, nicht wahr?«

Er trat zu ihr. »Gar nicht. Das ist ein schöner Gedanke.«

Der Ausblick war atemberaubend. Unter Anna und Leo breitete sich das Berchtesgadener Land aus wie ein grüner Teppich, verziert mit bunten Ortschaften, Feldern und dunkelgrünen Wäldern. Zwischen den Bergen hindurch reiste der Blick in die Ferne, weiter und immer weiter, bis der Bayerische Wald am Horizont aufschien.

Leo nahm Annas Hand und führte sie vom Felsenplateau auf eine saftige Wiese. In einiger Entfernung grasten ein paar Kühe. Das gelegentliche Klingeln ihrer Glocken wurde vom sanften Wind zu ihnen herübergetragen. Der Blick nach Süden zeigte etwas komplett anderes als die sich in Richtung Norden auffaltende Ebene. Hier erhoben sich ehrfurchtgebietend die zackigen Kämme der Hochalpen, der Watzmann und der Wilde Kaiser.

Anna und Leo ließen sich auf der mitgebrachten Decke nieder und genossen ihre Brotzeit, die sie sich nach dem dreistündigen Aufstieg redlich verdient hatten. Bei dem schönen Wetter waren sie nicht allein. Auch andere Wanderer erfreuten sich an der Einzigartigkeit der Landschaft.

»Wo hat dein Vater gesessen?«, wollte Anna unvermittelt wissen.

Leo blinzelte. »Wie bitte?«

»Wo hat er seine Staffelei aufgestellt? Du hast doch erzählt, dass er viele Bilder hier oben gemalt hat. Ich möchte mir vorstellen können, wo er saß, mit Palette und Pinsel in der Hand und der Leinwand vor sich.«

»Mal hier, mal da. Es gibt wahrscheinlich kaum einen Platz hier, an dem er sich nicht ausgebreitet hat. Da vorn zum Beispiel, auf deinem Plateau, da hat er gerne gearbeitet. Oder drüben, unter den beiden Fichten saß er am liebsten.« Er deutete auf eine kleine Baumgruppe am Rande der Wiese. »Da war es ihm nicht zu sonnig, aber auch nicht zu schattig, und er hatte einen schönen Rundumblick.«

»Das bewundere ich.« Anna seufzte. »So ein Talent zu haben, die Wirklichkeit abbilden zu können, wie man sie mit seinen Augen sieht. Hat er dir das Malen beigebracht?«

Leo streckte die Beine aus und stützte sich nach hinten auf

seine Hände. »Er hat es zumindest versucht. Ich bin ganz passabel, habe aber leider sein Talent nicht geerbt, deswegen wurde ich Salinenbeamter. Ich finde, mit der Kunst ist es wie mit der Musik. Es gibt die Könner, und die, die es lernen müssen. Ich befürchte, ich gehörte zu den Letzteren. Und dabei war ich nicht einmal besonders eifrig. Deshalb hat mein Vater es nach einer Weile aufgegeben, mich zu einem Künstler machen zu wollen.«

Während er sprach, hielt er sein Gesicht in die Sonne, die Augen geschlossen. Anna studierte sein Profil. Mittlerweile kannte sie es gut. Es war ihr vertraut und gleichzeitig fremd. Sie wusste wie Leo aussah, aber nicht, wie er sich anfühlte.

Vorsichtig streckte sie die Hand aus und legte sie an seine Wange. Seine Haut war warm, glatt. Er öffnete die Augen und sah sie an, dann beugte er sich langsam zu ihr.

Anna hätte abrücken können oder sich zurückziehen, er gab ihr alle Zeit dafür, doch sie neigte sich ihm entgegen und ließ sich in seinen Kuss sinken.

Noch immer hatte er die Hände hinter sich gestützt, er fasste sie nicht an, Anna bestimmte, wie lange der Kuss dauerte. Seine Lippen fühlten sich weich und zugleich fest an, verführerisch und abwartend. Er zeigte ihr, dass er ihre Nähe genoss, doch er forderte sie nicht.

Als sie sich von ihm löste, ging Annas Atem schnell. Ihre heftige Reaktion auf ihn überraschte sie. Um von ihrer Verlegenheit abzulenken, begann sie, die Sachen zusammenzupacken.

»Wollen wir zurückgehen? Es wird eine Weile dauern, bis wir wieder im Tal sind, und es ist schon Nachmittag.«

Er half ihr schweigend, schulterte den Rucksack und legte seinerseits eine Hand an Annas Wange. Mit dem Daumen fuhr er sanft die Kontur ihrer Unterlippe nach, eine Geste, die ihren Puls erneut beschleunigte. Dann nahm er ihre Hand, und sie begannen gemeinsam mit dem Abstieg.

Als sie zu Hause ankamen, dämmerte es. Mathilde war in ihre eigene Wohnung hinaufgegangen, nachdem sie für sie das Abendessen auf dem Küchentisch bereitgestellt hatte. Weder Anna noch Leo waren hungrig.

Sie ging vor ihm her ins Schlafzimmer und löste die Schürze von ihrem Kleid, dann begann sie damit, die Knöpfe zu öffnen. Wegen des warmen Sommerwetters trug sie kein Unterkleid, was sich eigentlich nicht schickte. Leo hatte sich auf den Stuhl am Frisiertisch gesetzt und sog hörbar die Luft ein, als Anna nackt vor ihm stand.

Würde er sie fragen, ob sie sich sicher war? Ob sie ihn wollte? Doch er blickte sie nur schweigend aus seinen grünblauen Augen an, die immer mehr zu wissen schienen, als sein Mund verriet.

Mit zitternden Fingern öffnete sie nun die Knöpfe an seinem Hemd. Als sie es von den Schultern streifte, erhob er sich, stand nun so dicht vor ihr, dass sie die Wärme seines Körpers auch ohne eine Berührung spürte. Sie nahm sein Gesicht in beide Hände und zog es zu sich herunter. Der Moment, in dem ihre Lippen auf die seinen trafen, schien die Beherrschung in Leo zu lösen. Endlich legte er seine Arme um sie, zog sie fest an sich und übernahm die Führung.

»Das mit dem Annullieren der Ehe hat sich dann erledigt«, bemerkte Anna scherzhaft, als sie später in seinen Arm gebettet lag. Süße Erschöpfung machte sich in ihr breit.

»Das stand nie zur Debatte. Aber ich bin froh, dass du mich endlich willst.« Leo küsste ihre Stirn.

Heute drehte er sich nicht um, sondern hielt Anna fest und sicher. Nach einer Weile hörte sie, wie sein Atem gleichmäßiger wurde und er einschlief. Sie wollte keine Vergleiche mit Michael anstellen, doch ihre Gedanken ließen sich nicht kontrollieren. Leo war anders. Die Art, wie er sie ansah, war anders. Michael hatte sein Herz auf der Zunge getragen, bei ihm hatte sie stets gewusst, woran sie war. So impulsiv wie er der Welt begegnete, so hatte er auch geliebt. Immer leidenschaftlich und ein wenig verrückt in seiner Unbeschwertheit. Leo hingegen machte nicht viele Worte, Anna fand ihn unergründlich. Geduldig hatte er abgewartet, bis sie zu ihm gekommen war. Nach wie vor hatte sie das Gefühl, ihn nicht wirklich zu kennen, doch wenn er sie berührte, weckte er eine Begierde in ihr, die ihr gefiel. Nicht eine Sekunde lang hatte sie in seinen Armen Panik verspürt. Die Angst, die ihr nach Bahlows Gewalttat die Luft abgeschnürt hatte wie ein auf der Brust sitzender Nachtmahr, war verschwunden. Sie war eine junge Frau, die geliebt werden wollte, und Leo wusste genau, wie man das machte. Würde die körperliche Anziehung zwischen ihnen ausreichen, um ein tieferes Gefühl zu entzünden? Anna wusste es nicht, wollte nach ihrer ersten Liebesnacht mit ihrem Mann auch nicht darüber nachdenken, sondern den Augenblick auskosten, für den sie dankbar war.

Eng an Leo gekuschelt schlief sie ein, mit einem zuversichtlichen Lächeln auf den Lippen.

31

Der Herbst des Jahres 1906 brachte Neues für Anna und Leonhard. Er wurde zum Stellvertreter Konrad von Feils befördert, und sie war guter Hoffnung.

Eine Bezeichnung, die bei dieser Schwangerschaft vollkommen zutraf. Er war außer sich vor Freude, Vater zu werden, und auch Anna blühte auf. Von Tag zu Tag wurde sie schöner, ausgeglichener, und die Schwermut, welche die ersten Monate ihrer Ehe belastet hatte, fiel endgültig von ihr ab.

Leonhard Achleitner war ein pragmatischer Mensch. Seine berufliche Karriere hatte er genau geplant, er setzte sich Ziele und hörte nicht auf, sie zu verfolgen, bis er sie erreicht hatte. Was das Privatleben anbelangte, war er sicher kein Asket gewesen, doch ernsthaft verliebt hatte er sich nie. Auch hatte er keine Pläne gehabt, sich in naher Zukunft zu binden, geschweige denn eine Familie zu gründen.

Diese neuen Glücksgefühle trafen ihn unvorbereitet. Er versuchte, sie zu ergründen, und kam zu dem Schluss, dass es an Anna liegen musste. Sie tat ihm gut. Der Weg aus ihrem Elend hatte ihrer beider Leben zum Besseren gewendet.

Gerade kam sie mit geröteten Wangen in sein Arbeitszimmer. In letzter Zeit hatte er sich angewöhnt, Unterlagen aus dem Beamtenstock mit nach Hause zu nehmen. Vor seinen Mitarbeitern behauptete er, er würde auch nach den Bürozeiten noch daran arbeiten. Die Wahrheit war aber, dass er so früher heimgehen und mehr Zeit in Annas Gegenwart verbringen konnte.

Heute trug sie die lange, mantelähnliche Jacke aus dunkelblauem Samt, die er für sie bei der Schneiderin anfertigen lassen hatte. Den dazu passenden Fransenschal löste sie soeben vom Hals, dann beugte sie sich zu ihm und drückte ihm einen Kuss auf die Lippen.

Leonhard rutschte mit dem Schreibtischstuhl ein Stück zurück und zog sie auf seinen Schoß. »Dein Gesicht ist kalt«, stellte er fest und rieb seine Nase an der ihren.

»Draußen weht ein eisiger Wind. Hoffentlich bekommen wir dieses Jahr nicht schon wieder so früh Schnee.« Sie legte die Arme um seinen Hals. »Aber ich störe dich nicht bei der Arbeit, um über das Wetter zu sprechen, sondern weil ich gerade aus dem Café Flora komme.«

»Wo mehr Nachrichten umgesetzt werden als im *Reichenhaller Grenzboten.*« Er grinste. »Was bringt dich denn so außer Atem?«

»Wenn wir das Kind in meinem Bauch außer Acht lassen und den strammen Marsch, den wir beide eben gemacht haben – dann wären das wohl die Neuigkeiten, die mir Frau Theres erzählt hat.«

»Welche da sind?«

»Gestern Abend, nach dem Martinsgansessen im Bürgerbräu – bei dem Herr Söllner nicht nur eine halbe Gans mit vier Knödel gegessen, sondern auch noch zahlreiche Schnäpse getrunken hat –, ging der Bürgermeister heim zu seiner Frau, sagte ihr, ihm wäre schlecht, und dann ist er tot umgefallen.«

Leonhard erschrak. »Bist du sicher, dass das nicht nur ein Kaffeeklatschgerede ist?«

»Absolut. Frau Hofmeister war im Café Flora, ganz in Schwarz, als wäre sie die trauernde Witwe, und der Peppi hat beim Servieren aufgeschnappt, wie sie zu einer Freundin sagte, dass der Tod des Bürgermeisters das Bauvorhaben von Herrn Hofmeister gefährden könnte.«

Anna musste ihm alles erzählen, was sie gehört hatte. Danach beschloss Leonhard, noch mal auszugehen.

Auch er hatte sich einen Herbstmantel schneidern lassen,

einen warmen Gehrock aus englischem Tweed, der seine neue, gehobene Position widerspiegelte. Gedankenverloren griff er nach seinem Hut und eilte aus dem Haus. Vielleicht würde er Konrad von Feil noch in der Saline erwischen.

Er hatte Glück, sein Dienstherr kam ihm im Treppenhaus entgegen, wollte eben das Verwaltungsgebäude verlassen.

»Auf ein Wort, Herr von Feil«, hielt er ihn auf und bat ihn in eines der mittlerweile feierabendverlassenen Büros im Erdgeschoss. Die meisten der Beamten waren pünktlich nach Hause gegangen. Draußen in den Straßen brannten die Laternen, um der Novemberdunkelheit zu trotzen.

»Hat das nicht bis morgen Zeit, Achleitner? Ich bin in Eile.«

»Ich fürchte, nein. Bürgermeister Söllner ist tot.«

Von Feil nahm seinen Hut ab und kratzte sich am Kopf. »Ja, das habe ich schon gehört«, knurrte er. »Deswegen will ich nach Hause, es gibt einiges zu überlegen.«

»Ich hoffe, Sie denken dabei an unsere Abmachung.«

»Darum geht es? Habe ich nicht stets zu meinem Wort gestanden? Gibt es irgendeinen Grund, daran zu zweifeln?«

»Sie missverstehen mich.« Draußen im Treppenhaus erklangen Schritte. Leonhard spähte durch den Türspalt und wartete ab, bis sie verklungen waren.

»Meine Frau hat im Café Flora gehört, wie Frau Hofmeister bemerkte, das Ableben des Bürgermeisters könnte das geplante Grandhotel gefährden.«

Langsam zupfte sich von Feil ein paar unsichtbare Flusen von seinem Ärmel. Auch er trug einen Tweedmantel nach der neuesten englischen Mode, was Leonhard in seiner Wahl bestätigte.

Ein boshaftes Grinsen schlich sich auf die Lippen des Salinenvorstehers, das so gar nicht zu seinem distinguierten Gehabe passen wollte. »Das kann ich mir gut vorstellen«, raunte er Leonhard zu, »der Söllner war korrupt. Anfangs kam er gut mit den Hofmeisters aus, man hat sich gegenseitig hofiert. Dann wollte er Ferdinand Hofmeister ein paar seiner alten Gebäude in der Stadt andrehen, die der hätte abreißen und dort das Hotel bauen sollen. Unser hochfliegender Berliner Entrepreneur wollte jedoch lieber ein Hotel in Bestlage und hat Grundstücke in der Nähe des Kurparks zusammengekauft. Und dann fingen die Schwierigkeiten an. Söllner hat sich mit der Baugenehmigung geziert.«

»So etwas darf er doch nicht allein entscheiden.«

Von Feil verdrehte die Augen. »Sie müssen noch viel lernen, mein Junge. Jedenfalls, gerade in letzter Zeit standen die Dinge wieder gut. Augenscheinlich hat Hofmeister den Bürgermeister mit einer horrenden Summe davon überzeugt, dass er dem Grandhotel an der gewünschten Stelle zustimmt und die Bauarbeiten im Frühling anfangen können.«

»Und dann segnet er das Zeitliche.«

»Ungünstig, stimmt. Für die Hofmeisters. Der zweite Bürgermeister steht nämlich in dem Ruf, ein arger Paragrafenreiter zu sein, der wird sich nicht verbiegen lassen.«

Mit eindringlichem Blick trat Leonhard näher an Konrad von Feil heran. »Dann sollten Sie die Hofmeisters davon überzeugen, auf die Bürgermeisterwahlen im Frühling zu vertrauen – darauf, dass ein fähiger Mann ans Ruder der Stadt kommt.«

»Das hatten wir doch bereits besprochen. Wie gesagt, sie können sich auf mich verlassen, ich werde alles regeln. Und meinen Teil der Abmachung einhalten.« Plötzlich runzelte der Salinenvorsteher die Stirn, als wäre ihm etwas Unangenehmes in den Sinn gekommen. »Apropos – müsste ihre werte Gattin nicht eigentlich kurz vor der Entbindung stehen?«

»Das wird noch ein paar Monate dauern.«

Konrad von Feils Kopf schoss nach vorn wie der eines Habichts, der in seine Beute hackt. »Versuchen Sie nicht, mich für dumm zu verkaufen. Ich kann durchaus rechnen – das

Kind müsste spätestens in einigen Wochen das Licht der Welt erblicken … genau genommen könnte es längst da sein. Es sei denn, Ihre Frau hätte die Tragezeit eines Pferdes.«

In diesem Moment wusste Leonhard, dass er seinen Vorgesetzten verabscheute. Bisher hatte er sich dazu gezwungen, einen höflichen Respekt zu empfinden, doch es war eine Tatsache, dass der hochwohlgeborene Salzmeier alle, die ihm sozial unterlegen waren, als Gebrauchsgegenstände betrachtete und sich bei den Schönen und Reichen anbiederte. Es war ein Irrtum gewesen anzunehmen, Leonhard hätte sich Konrad von Feils Anerkennung verdient, weil er ihm aus der Bredouille geholfen hatte. Mittel zum Zweck war er, mehr nicht – das würde er nie wieder vergessen.

»Ich darf um etwas mehr Respekt meiner Gattin gegenüber bitten.«

»Tun Sie doch nicht so. Eine arme Bauerndirne war sie, halb tot und mittellos und das ist noch nicht einmal ein Jahr her. Hat sie Bahlows Kind verloren, oder was?«

Leonhard bemühte sich um einen unterwürfigen Gesichtsausdruck. »Ich schwöre bei allem, was mir heilig ist, Anna ist schwanger.«

»Aber nicht mit dem Balg meines Schwiegersohns!«, zischte von Feil wütend.

»Mit meinem Kind. Wie das unter Ehepaaren üblich ist. Darum ging es Ihnen doch von Anfang an, wenn ich mich recht erinnere.«

»Was auch immer im Bauch Ihrer Frau heranwächst, ist nicht von Bahlow!«

»Sind Sie sicher? Ich habe meinen Kopf für Ihr Problem hingehalten, Herr von Feil, vergessen Sie das nicht. Sorgen Sie dafür, dass ich der nächste Bürgermeister von Bad Reichenhall werde. Dann sind wir quitt, lassen die Vergangenheit gut sein und beginnen eine neue, harmonische Zusammenarbeit.«

Das gewohnte gönnerische Lächeln, das Leonhard nur zu

gut kannte, erschien auf von Feils Gesicht. »Aber natürlich. Wie wir es geplant haben. Wir beide haben der Stadt viel zu geben. Zeit, dass ein frischer Wind weht.«

Auf dem Nachhauseweg fühlte sich Leonhard ausgelaugt. Würde er die Kraft haben, um gegen von Feil, Hofmeister und eventuelle andere einflussreiche Leute zu bestehen, die meinten, ihn manipulieren zu können?

Anna öffnete ihm mit einem Lächeln die Tür. Sie hatte mit dem Essen auf ihn gewartet, den Tisch liebevoll gedeckt und erzählte ihm von ihren Plänen, aus ihrem ungenutzten Raum ein Kinderzimmer zu machen.

Ja, beantwortete Leonhard im Stillen seine Frage, er würde die Kraft haben. Anna schenkte sie ihm. In ihren Augen war er ein rechtschaffener Mann, ein guter Mann. Solange sie an ihn glaubte, würde er alles erreichen können. Wann war es geschehen, dass sie sein Herz gestohlen hatte? Auf dem Predigtstuhl? Als sie begonnen hatte, ihm nicht mehr mit Gleichgültigkeit zu begegnen? Oder schon weit vorher, als sie hocherhobenen Hauptes vor der Kirche erschienen war?

Bad Reichenhall,
Königlich Bayerisches Staatsbad
1907

32

Vor dem Bekleidungsgeschäft in der Ludwigstraße schippte ein Junge Schnee. Er trug eine Wollmütze, auf der sich bereits Flocken niedergelassen hatten und gestrickte Handschuhe, aus denen die Finger herausschauten, damit er die Schaufel gut greifen konnte. Seine roten Backen zeugten davon, dass er schon eine Weile bei der Arbeit war. Links und rechts von der Ladentür hatte er einen ordentlichen Haufen aufgetürmt, und nun schob er eine Gasse auf dem Gehweg frei, um den Leuten überhaupt einen Zugang zum Geschäft zu ermöglichen. Es schneite seit Tagen ohne Unterlass, wie oftmals im Januar in den Bergen. Wo sollte er den vielen Schnee noch hinschaufeln? Mehr als ein schmaler Trampelpfad mit beiderseitigen Schneewänden würde es nicht werden.

Katharina hatte sich ein Paar neue Handschuhe gekauft, verließ eben den Laden und streifte sie gerade über, als sie mit jemandem zusammenstieß.

»Oh, Pardon«, entschuldigte sich die andere Person. »Frau Bahlow!«

Der Schrecken in der Stimme ließ Katharina genauer hinsehen. Sie blickte in zwei blaue Augen, die ihr bekannt vorkamen. Es war das ehemalige Küchenmädchen. »Anna!«, stieß sie überrascht hervor. Wie angewurzelt standen die beiden Frauen da, und starrten einander an, mitten in der freigeschippten Rinne, sodass niemand sonst vorbeigehen konnte. Die frühere Angestellte trug ein elegantes Kostüm aus dunkler Wolle und einen pelzverbrämten Mantel samt winterlichem Hut. Katharina kannte Damen ihres eigenen Standes, die sich keine derart hochwertige Garderobe leisten konnten.

Anna fing sich zuerst wieder. »Frau Achleitner«, korrigierte sie. »Ich heiße jetzt Frau Achleitner.«

»Natürlich. Entschuldigen Sie bitte.« Katharinas Blick fiel auf Annas Körpermitte. »Sind Sie guter Hoffnung?«

»Das ist wohl offensichtlich. Ebenso wie Sie.«

Automatisch legte Katharina eine Hand auf ihren wachsenden Bauch und nickte. »Ihr Kind, ist es von …«, fragte sie.

»Nein.« Nun imitierte Anna ihre Geste, umfasste ebenfalls schützend ihren Bauch.

»Meines auch nicht«, entfuhr es Katharina. Sie bereute die Worte nicht, kamen sie doch aus tiefster Seele, wunderte sich aber über ihre eigene Courage, sie laut auszusprechen.

Anna riss überrascht die Augen auf. Sie griff nach Katharinas Arm und zog sie unter das überstehende Dach des Bekleidungsgeschäftes, aus dem Schneetreiben.

»Leben Sie nicht mehr mit ihm?«, fragte sie.

»Nein. Nicht seit jener Nacht als … Werden Sie mir meine Lüge jemals verzeihen können?«

»Das weiß ich nicht.«

In Katharinas Hals stieg ein Schluchzen auf. Seitdem sie schwanger war, fiel es ihr zunehmend schwerer, die Contenance zu wahren. Sie nickte stumm.

»Ich wünsche Ihnen alles Gute, Frau Bahlow, für Sie und Ihr Kind.«

Nun kullerte eine Träne über Katharinas Wange. Anna war bereits weitergegangen und hatte es hoffentlich nicht mehr gesehen.

Auf dem frei geräumten Gehweg lag schon wieder eine dicke Schicht Flocken. Auch auf ihrem Gesicht spürte sie den Schnee, als sie zu dem wartenden Schlitten ging. Er fühlte sich gut an auf Katharinas heißen Wangen. Sie musste wirklich lernen, ihre Gefühle besser unter Kontrolle zu halten. Gernot schnalzte mit der Zunge, und das Pferd setzte sich in Bewegung. Katharina rechnete im Kopf nach. Natürlich konnte

Annas Kind nicht von Friedrich sein, elf Monate lag seine schreckliche Tat zurück. Sie zog die Decke weiter hoch, weil der Fahrtwind ihr kalt ins Gesicht blies. Und weil allein der Gedanke an Friedrich sie frösteln ließ. Seit sie Ferdinand kannte, kam ihr der eigene Ehemann noch abnormaler vor. Was war er nur für ein Mensch? Wie konnte er so durchs Leben gehen? Sicher würde ihn irgendwann einmal jemand in seine Schranken weisen. Beschämt gestand sie sich ein, dass weder sie selbst noch ihre Eltern dazu in der Lage gewesen waren, im Gegenteil. Sie hatten seine Taten gedeckt. Aus Eigennutz.

Kein Wunder, dass Anna Achleitner keine Vergebung in sich fand. Es hätte Katharina nicht erstaunt, wenn sie sie auf offener Straße angespuckt hätte. Dass sie ihr Glück wünschte, zeugte von Annas Charakterstärke. Erneut fühlte sich Katharina beschämt, und schon wieder stiegen Tränen in ihr auf, die sie im Schlitten nicht zurückhalten musste, weil der Fahrtwind sie verblies.

Hätte sie noch einmal vor derselben Entscheidung gestanden wie vor einem Jahr, würde sie nicht mehr für die Familie lügen. Ihre Mutter hatte sie mächtig unter Druck gesetzt. »Willst du mit einem Straftäter verheiratet sein?«, hatte sie gefragt. »Mit einem verurteilten Vergewaltiger? Du, eine von Feil? Wir wären nicht nur gesellschaftlich erledigt, Kind, sondern ebenso finanziell. Meinst du, dein Vater könnte seine Stelle in der Saline behalten, wenn herauskommt, dass sein Schwiegersohn im Gefängnis sitzt? Hochkant hinausbefördern würden sie ihn. Alles, was wir haben, verdanken wir unserem guten Namen. Lass nicht zu, dass dein Mann ihn besudelt.«

Wie immer hatte die Gehirnwäsche gewirkt, Katharina hatte getan, was ihre Mutter verlangte.

Aber dank Ferdinand war sie zu einem anderen Menschen geworden. Er behandelte sie mit Liebe und Respekt, hörte, was sie zu sagen hatte. Und er sprach mit ihr, als wäre sie seine gleichwertige Partnerin, nicht nur die heimliche Geliebte, mit der er sich in viel zu seltenen, kostbaren, gestohlenen Stunden vergnügte. Katharina war zufrieden mit ihrer Situation. Besser würde es nicht werden, mehr würde sie weder von ihm bekommen, noch ihm geben können, das wusste sie.

Mit einem Mal hörte es auf zu schneien, und die Sonne brach durch. Ihre Strahlen brachten die weiße Landschaft zum Funkeln wie ein Meer aus Diamanten. Ein Lächeln breitete sich auf Katharinas Lippen aus. Sie würde sich nicht mehr manipulieren lassen. Nicht von ihrer Mutter, von niemandem. Nun war sie für das Kind unter ihrem Herzen verantwortlich.

Die heitere Stimmung verpuffte im Nu, als Katharina wenig später den Salon auf Burg Schönegg betrat.

»Friedrich!«, rief sie entsetzt aus.

Ihr entfremdeter Ehemann erhob sich aus dem Sessel und kam auf sie zu. Elegant sah er aus in seinem dunklen Anzug aus italienischer Wolle. Er hatte ein paar Pfund verloren, und seine Haut war gebräunt.

»Meine liebe Frau.« Während er ihr einen Kuss auf die Wange hauchte, überlegte sie fieberhaft, was er hier wollte. Sowohl ihre Mutter als auch ihr Vater warfen Katharina alarmierte Blicke zu. Warum war Papa zu Hause und nicht in der Saline?

»Wie ich gehört habe, erwarten wir ein Kind.« In Friedrichs Augen lag unverhohlener Spott, der sein aufgesetztes Lächeln Lügen strafte. »Ich wollte mich nur persönlich versichern, dass das ein haltloses Gerücht ist. Aber wie ich sehe, befinde ich mich im Irrtum.« In einer gespielt ratlosen Geste breitete er die Arme aus und richtete den Blick gen Himmel. »Ist das am Ende der zweite historisch belegte Fall einer unbefleckten Empfängnis?« Er bekreuzigte sich theatralisch. »Oder nur das Missgeschick einer weiteren untreuen Ehefrau, wie es sie zuhauf gibt?«

Katharina schob ihn beiseite und ging an ihm vorbei. Sie bezog Position neben ihren Eltern, die am Bücherregal standen.

»Was willst du, Friedrich?« Falls er dachte, sie schuldete ihm eine Erklärung, irrte er sich.

»Das wollte ich dich eigentlich fragen. Deswegen habe ich meinen Aufenthalt in südlichen Gefilden abgebrochen und bin gen Bad Reichenhall geeilt.«

»Ich halte es eher für wahrscheinlich, dass dir das Geld ausgegangen ist und du uns deshalb heimsuchst.«

Grinsend klatschte er dreimal in die Hände. »Bravo!« Dann zog er sein Etui aus dem Jackett, klappte es auf, nahm eine Zigarette heraus und steckte sie sich zwischen die Lippen. Suchend klopfte er auf seine Taschen, griff nach den Streichhölzern auf dem Beistelltisch und gab sich Feuer. Er inhalierte tief. »Konrad, ich war immer schon der Meinung, dass deine Tochter zu schlau für eine Frau ist.« Während er sprach, blubberte Rauch aus seinem Mund wie überkochendes Wasser aus einem Topf. Augenblicklich wuchs Katharinas Abscheu.

»Hier gibt es für dich nichts zu holen«, sagte sie leise.

»Sei nicht so ablehnend.«

Adele kam mit einem Tablett herein. Als sie den Gast erkannte, begann das Geschirr darauf zu klirren. Schnell stellte sie es auf dem nächstgelegenen Tisch ab und verließ fluchtartig den Raum.

»Was ist mit ihr?«, fragte Konrad von Feil.

»Scheint mir ein wenig nervös zu sein, die Gute«, bemerkte Friedrich. »Wie heißt sie doch gleich? Adele? War da nicht noch ein zweiter hübscher Käfer in eurem Haushalt? In der Küche, so eine wilde, blauäugige? Was ist eigentlich aus der geworden?«

Katharina verschränkte die Arme vor der Brust. »Im Gegensatz zu dir ist sie noch im Besitz der Sehkraft beider Augen. Und hat keine Narben im Gesicht. Verschwinde, Friedrich, du bist hier nicht willkommen.«

»Ich sehe schon, meine Freundlichkeit ist an dich verschwendet. Nun gut, dann reden wir offen miteinander. In wessen Bett auch immer du gelandet bist, ist mir herzlich egal.« Er drückte die Zigarette im Aschenbecher aus und schob die Hände in die Hosentaschen. Wie er so dastand, breitbeinig und mit der Augenklappe über dem linken Auge, sah er aus wie ein Pirat. Obwohl die zumeist mehr Ehre besaßen als Friedrich Bahlow, mutmaßte Katharina.

»Auf dem Papier bist du nach wie vor meine Frau. Und wenn ich gute Miene zum bösen Spiel machen soll, dann kostet das was. Falls ihr wollt, dass ich wieder verschwinde und euch in Ruhe lasse, damit ihr so tun könnt, als wäre es mein Balg, verlange ich Schweigegeld.«

Wütend wollte Katharina widersprechen, aber ihre Mutter legte ihr die Hand auf den Arm und hielt sie zurück.

»Wie viel?«, fragte Konrad von Feil.

Eine Frage, die Katharina tags darauf nach wie vor beschäftigte. Sie saß mit ihrer Mutter im dicht besetzten Café Flora bei Mokka und Sachertorte, um der Öffentlichkeit zu zeigen, dass alles in bester Ordnung war im Hause von Feil.

»Wirst du mir nun sagen, wie viel Papa ihm bezahlt hat?«

»Genug, dass Gernot ihn noch mit unserem Schlitten eine Stunde lang durch die Stadt kutschieren durfte, um von den Leuten gesehen zu werden. Da du dich geweigert hast, mit ihm Essen zu gehen, musste sich der arme Papa mit ihm ins Bürgerbräu setzen.«

Den Vorwurf in Hedwig von Feils Stimme ignorierte Katharina. »Scheint sich auszuzahlen«, konstatierte sie stattdessen spitz, als eine Bekannte an ihren Tisch trat, fragte, wann es denn so weit wäre und dass sie den werdenden Vater gestern zusammen mit seinem Schwiegervater hätte speisen sehen.

Katharina bestellte sich ein zweites Stück Sachertorte und wollte gerade anfangen zu essen, da legte ihre Mutter die Hand auf die ihre und beugte sich näher. »Glaub nur nicht, dass du uns alle zum Narren halten kannst«, zischte sie. »Ich weiß, dass es von diesem Hofmeister ist, und seine Frau wird es auch vermuten. Du bewegst dich auf dünnem Eis, Katharina.«

Plötzlich hatte sie keinen Hunger mehr. Solange sie in Bad Reichenhall lebte, würde sie unter der Beobachtung ihrer Mutter stehen.

Sie dachte an den morgigen Abend, wenn sie Ferdinand wiedersehen würde. Mittlerweile hatte er eine Wohnung in Salzburg gekauft, in der sie sich regelmäßig trafen, das war intimer als ständig in ein Hotel gehen zu müssen. Sobald sie diese betraten, fühlte es sich an, als wäre alles echt. Als wären sie ein Ehepaar in seinen eigenen vier Wänden. In ihrer kleinen Scheinwelt.

Wie es weitergehen sollte, wenn das Kind erst da war, würde sich zeigen.

»Die Uhligs sind wieder in der Stadt«, brach Hedwig von Feil in die Gedanken ihrer Tochter ein. »Sie steigen jetzt immer in der Villa Quisisana ab, hatte ich das erwähnt?«

Katharina schüttelte den Kopf.

»Jedenfalls war neulich auch Frau Hofmeister zugegen, als ich Frau Uhlig besuchte. Die Ärmste vertraute sich uns an. Ihr Gatte ist anscheinend ein arger Schwerenöter. Frau Hofmeister sagte, wäre er ein Kapitän, hätte er eine Braut in jedem Hafen.«

Mit einem Klirren warf Katharina den Mokkalöffel auf die Untertasse.

»Ach, und dann erwähnte sie nebenbei, dass sich mittlerweile zahlreiche ortsansässige Investoren am Grandhotel beteiligen wollen, regelrecht anbiedern würden sich die Leute. Allen voran August Westenried, Thomas Fischers Schwiegervater. Wie geht es ihm eigentlich? Habt ihr noch Kontakt?«

Darum ging es also. Geschickt formuliert, das musste man ihrer Mutter lassen. Manchmal wünschte sich Katharina, nur ein wenig von deren Raffinesse zu besitzen, dann wieder war sie wiederum froh, mehr nach ihrem Vater zu kommen, dem Verschlagenheit fremd war.

Sie beugte sich nah an Hedwigs Ohr. »Also bist du dir wohl doch nicht sicher, wer der Vater meines Kindes ist«, flüsterte sie und fügte mit einem unschuldigen Augenaufschlag hinzu: »Ist dir schon einmal der Gedanke gekommen, dass ich es vielleicht auch nicht wissen könnte? Wie gut, dass Friedrich offiziell als verantwortlich gilt.«

33

Das Leben, das Leonhard sich immer ausgemalt hatte, lag zum Greifen nah vor ihm. Seit dem Herbst war er der stellvertretende Leiter der Saline und lediglich dem Salzmeier unterstellt.

In einigen Monaten würde sein erstes Kind das Licht der Welt erblicken, dem, so es Gottes Wille war, weitere folgen sollten. Er liebte Anna. Aufrichtig und von ganzem Herzen. Und im Frühjahr würde Konrad von Feil den letzten Teil ihrer Abmachung erfüllen. Nichts durfte nun mehr schiefgehen.

Das Treffen, um das der Salzmeier ihn gebeten hatte, beunruhigte Leonhard. Er hatte Anna deswegen angelogen, behauptet, er habe länger im Beamtenstock zu tun. Stattdessen hatte er sich zu Fuß auf den Weg durch die verschneite Landschaft gemacht, hinaus an die Saalach.

Von Feil erwartete ihn am Brunnen vor Annas kleinem Häuschen.

»Es ist eine Weile her, nicht wahr?«, begrüßte ihn der Vorsteher der Saline und machte eine ausholende Handbewegung.

Kurz nach seiner Hochzeit war Leonhard das letzte Mal hier gewesen und hatte zusammen mit Anna einige ihrer Sachen geholt, die sie mit in die Wohnung nehmen wollte. Er wusste, dass seine Frau gelegentlich hier Zeit verbrachte, auch wenn sie nicht gerne darüber sprach. Sie war dann schwermütig und einsilbig.

»Grüß Gott, Herr von Feil. Warum haben sie mich hierher bestellt?« Es war kalt und der Rückweg in die Stadt lang, daher wollte Leonhard zügig den Sinn des Zusammentreffens erfahren.

»Sollen wir nicht besser hineingehen?«

Leonhard schüttelte den Kopf. »Es wäre meiner Frau nicht recht, wenn Sie ihr Haus betreten. Diesbezüglich hat sie sich damals klar ausgedrückt, und daran hat sich nichts geändert. Außerdem habe ich keinen Schlüssel«, log er.

»Dann besprechen wir die Sache eben in der Kälte. Hören Sie zu, Achleitner, es dürfte auch an Ihre Ohren gedrungen sein, dass nicht alle einflussreichen Leute in Bad Reichenhall Freunde des geplanten Grandhotels sind.«

»Vermutlich sprechen Sie von August Westenried.«

»Korrekt. Von ihm und Kurdirektor Fischer, der keine eigene Meinung mehr hat, seitdem sein Sohn in Westenrieds Tasche steckt, beziehungsweise in der seiner Tochter.«

»Das war aber nicht immer so. Ursprünglich wollte Westenried doch bei dem Bauvorhaben mitmischen, wenn ich mich recht entsinne.« Dank Anna und ihrer stets hervorragend informierten Freundin Frau Theres wusste Leonhard, dass sich August Westenried um jeden Preis bei Hofmeister hatte einkaufen wollen. Der wiederum nicht dazu bereit war, auch nur ein Prozent seines großen Projekts an jemand anderen abzutreten.

Konrad von Feil marschierte um den Brunnen herum, wahrscheinlich hatte er kalte Füße. Er war hierhergeritten, sein Pferd stand angebunden am Stall, und er trug Reitstiefel. Ungefütterte. Diese sahen zwar elegant aus und passten zu seiner Reitkleidung, waren aber bei dieser Witterung keine kluge Wahl.

»Ich sage es Ihnen, wie es ist, mein Junge. Das Grandhotel wird viel Geld, viele Steuern für die Stadtkasse und viele einflussreiche Leute nach Bad Reichenhall bringen. Sie wollen der nächste Bürgermeister werden. Und ich möchte mir neue

Finanzkanäle und Optionen erschließen. Daher sollten wir uns tunlichst gut stellen mit Herrn Hofmeister.«

»Da stimme ich Ihnen zu.«

»Westenried ist ein solventer Mann. Er wird mit hundertprozentiger Sicherheit ein Konkurrenzprojekt zum Grandhotel aus dem Boden stampfen wollen, schon allein um sich für Hofmeisters Ablehnung zu rächen. Unsere Stadt verträgt aber nur ein Hotel dieser Größe, alles andere wäre kontraproduktiv.«

»Auch hierbei gebe ich Ihnen recht.«

»Ich habe versprochen, Ihnen das Amt des Bürgermeisters zu verschaffen, und werde zu meinem Wort stehen. Doch wir müssen Ferdinand Hofmeister mit ins Boot nehmen. Es wird substanzielle Mittel brauchen, um Ihnen den Posten zu sichern. Die kann ich nicht aufbringen, aber für Hofmeister ist das ein Leichtes. Im Gegenzug werden wir ihm vorab zusichern, dass August Westenried niemals eine Baugenehmigung für ein zweites Grandhotel in Bad Reichenhall erhalten wird, solange Sie Bürgermeister sind.«

Leonhard nickte. Ein aufgeregtes Kribbeln machte ich in seinem Magen breit, als er hörte, wie von Feil ihn bereits als Stadtoberhaupt bezeichnete.

»Und unser Freund Hofmeister will dieses Grundstück hier haben«, fügte von Feil beiläufig hinzu.

Leonhard stutzte. »Das geht nicht. Es steht nicht zum Verkauf.«

»Dann sorgen Sie dafür, dass es auf den Markt kommt.«

»Herr von Feil, Sie wissen so gut wie ich, dass es nicht mir gehört, sondern meiner Frau, und die wird es nie veräußern. Es ist ihr Elternhaus, an dem sie hängt.«

Ungeduldig klatschte der Salzmeier in die Hände. Er lief hinüber zum Stall und trat gegen die Wand, dass das Holz splitterte.

»An dieser Bruchbude? Die wird über kurz oder lang von

allein zusammenfallen. Es ist ein elendes Häuschen, schlechte Bausubstanz, und das Grundstück ist auch nichts wert.«

»Warum will er es dann haben?«

»Das weiß ich nicht. Herrgott, Achleitner, er bildet es sich eben ein. Ich werde ihm einen fürstlichen Preis nennen, er wird ihn bezahlen, und wir alle sind glücklich.«

»Anna wird nicht verkaufen.«

Mit hochrotem Kopf stürmte Konrad von Feil auf Leonhard zu und machte erst kurz vor ihm Halt, dass der Schnee unter seinen Stiefeln aufstob. »Sie sorgen dafür, dass Herr Hofmeister bekommt, was er will«, presste er hervor, sichtlich außer sich. »Egal, wie Sie das anstellen. Sollten Sie versagen, ist alles null und nichtig, was wir abgemacht haben. Habe ich mich klar ausgedrückt?«

In der darauffolgenden Woche teilte Konrad von Feil Leonhard den Preis mit, den Ferdinand Hofmeister bereit war, für das Häuschen an der Saalach zu bezahlen. Er lag schwindelerregend hoch, überstieg den tatsächlichen Wert des Grundstücks um ein Vielfaches. Dieser Umstand machte Leonhard misstrauisch, doch er war nicht in der Position, die Dinge zu hinterfragen. So nahe vor dem Ziel durfte er nicht aufgeben.

»Hast du einen Moment Zeit für mich, Anna? Ich hätte etwas mit dir zu bereden.«

Seit einer geraumen Weile sah er ihr dabei zu, wie sie an einer Decke für das Baby strickte. Mit konzentriertem Gesicht, sich die Finger zwischendurch immer wieder am Rock abwischend, strickte sie Masche um Masche. Die Haushälterin hatte es ihr beigebracht, und es ging Anna noch nicht wirklich leicht von der Hand. Umso rührender war es zu beobachten, mit welcher Geduld sie sich der Aufgabe widmete.

Es schmerzte Leonhard, was er seiner Frau gleich sagen musste, doch es gab keine andere Möglichkeit.

Lächelnd packte sie das Strickzeug weg und stand auf. Sie

zog ihn an sich und küsste ihn, dabei stieß ihr wachsender Bauch gegen den seinen, und für einen Moment gab sich Leonhard dem vollkommenen Glücksgefühl hin.

Sie könnten Bad Reichenhall verlassen, wegziehen. Er verdiente hervorragend, hatte reichlich zurückgelegt, und wenn er alles zu Geld machen würde, was er besaß, könnten sie irgendwo neu anfangen. Aber weder er noch Anna würden jemals anderswo leben wollen, das wusste er tief in seinem Herzen. Sie waren Kinder des Berchtesgadener Landes, so verwurzelt in den Bergen wie ein Baum in der Erde.

»Was gibt es denn?«, fragte sie. »Komm mit in die Küche. Ich hab schon wieder Hunger. Du kannst es mir erzählen, während ich die Reste vom Mittagessen aufwärme.«

Er setzte sich an den Tisch und überlegte, wie er beginnen sollte. Dafür brauchte er so lange, bis sich Anna mit einem Teller voll dampfendem Eintopf zu ihm gesellte und ihm auffordernd zunickte.

»Es gibt jemanden, der dein Haus und das Grundstück am Fluss kaufen will. Er würde einen guten Preis bezahlen.«

Anna ließ den Löffel sinken, ohne ihr Essen angerührt zu haben. Nachdem sie die Summe gehört hatte, klappte sie den Mund auf und wieder zu.

»Was denkst du?«, fragte er.

»Dass es ein ziemlicher Dummkopf sein muss, der so viel über dem tatsächlichen Wert bietet. Warum will er es haben?«

Leonhard zuckte mit den Schultern. »Wer weiß schon, weshalb sich reiche Leute etwas einbilden.«

»Es ist unverkäuflich.«

»Das habe ich Herrn von Feil auch gesagt.«

»Was hat der damit zu tun?« Misstrauen machte sich auf Annas Gesicht breit.

»Er ist der Vermittler«, antwortete er ausweichend.

»Und wer ist der Interessent?«

»Ferdinand Hofmeister.«

Sie ließ diese Information ein wenig sacken. Dann schob sie den Teller von sich und begann ihren Bauch zu streicheln.

»Es ist unverkäuflich«, wiederholte sie stur.

Leonhard beugte sich vor und legte seine Hände ebenfalls auf ihren Babybauch. Er sah ihr tief in die Augen.

»Anna, ich bitte dich, überleg es dir. Ich weiß, wie sehr du daran hängst, und würde dich nicht damit belästigen, wenn es nicht wichtig wäre.«

»Wichtig wofür? Wir brauchen das Geld nicht, du verdienst doch genug in der Saline.«

Er atmete tief durch. »Das wird ein schnelles Ende haben, wenn ich Herrn von Feil nicht zufriedenstelle.«

»Soll das heißen, er wirft dich hinaus, falls du ihm mein Grundstück nicht auf dem Silbertablett präsentierst?«

Beschämt ließ Leonhard den Blick sinken.

»Was ist zwischen dir und dem Salzmeier? Sag mir die Wahrheit, Leo.«

Er nahm ihre Hand und drückte sie. »Konrad von Feil hat mir damals versprochen, mich zum nächsten Bürgermeister von Bad Reichenhall zu machen, wenn ich dich samt deines ungeborenen Kindes heirate und so tue, als wäre es meins. Jetzt kann er nur mit Unterstützung von Hofmeister zu seinem Wort stehen, und der will dein Grundstück.«

Anna hatte ihn aufmerksam beobachtet, während er sprach. Nun blinzelte sie, und Leonhard hatte den Eindruck, als würde sie ein Stück von ihm abrücken, obwohl sie sich nicht bewegte.

»Das war es also. Der Kuhhandel, der abgeschlossen wurde, damit der Bahlow ungeschoren davonkommt und keiner mehr schlecht über die von Feils redet. Ein Bürgermeisteramt im Gegenzug für die Familienehre.«

»Und eine sichere Zukunft für dich. Ja, es war ein Handel, das wusstest du auch von Anfang an. Aber du hattest sowieso keine Wahl, und ich habe die meine getroffen – und sieh uns heute an, wo wir stehen. Ich liebe dich, Anna. Wir sind dabei, eine Familie zu gründen, wir werden ein schönes Leben haben.«

Eine Träne lief über ihre Wange und den Hals hinunter, ohne dass sie sie wegwischte. Dafür entzog sie ihm ihre Hand.

»Du hast mir noch nie gesagt, dass du mich liebst. Erst jetzt, wo du etwas von mir willst.«

»Ich dachte, du weißt es.«

»Wenn du mich wirklich liebst, verlangst du nicht von mir, das Haus meiner Familie zu verkaufen. Das Einzige, was mir von ihnen geblieben ist. Wenn du mich liebst, gehst du zu Herrn von Feil und sagst ihm, wir brauchen ihn nicht. Wir stehen nicht in seiner Schuld, und er soll uns in Ruhe lassen.«

Sie führte den Gedanken nicht weiter aus, doch es war klar, was Anna meinte. Wenn er sie tatsächlich liebte, sollte er auf den Bürgermeisterposten verzichten. Ihr beweisen, dass es zwar anfangs ein Handel gewesen war, sie ihm aber mittlerweile mehr bedeutete, als seine Karriere. Er musste sich entscheiden.

Leonhard stand auf, trat ans Küchenfenster und sah hinaus. Der Ausblick war stets derselbe, seitdem er denken konnte. Die Ludwigstraße unter ihm, die Häuserzeile gegenüber, die Leute, die ihrem Tagesgeschäft nachgingen. Sein Vater war ein begnadeter Künstler gewesen, der aus der Wirklichkeit ein verbessertes, ein perfektes Bild erschaffen hatte. Leonhard hatte ihn enttäuscht, weil er seine Erwartungen als Maler nicht erfüllen konnte. Aber aus der Schönheit, die sein Vater auf die Leinwand gezaubert hatte, könnte er nun etwas Reales machen. Als Bürgermeister würde er dafür sorgen, dass die Einzigartigkeit seiner Heimat weltbekannt würde, dass Bad Reichenhall der berühmteste Kurort Europas würde. Dann hätte auch er etwas erreicht, an das sich die Menschen erinnerten. Sein Name würde statt auf Gemälden in der Geschichte der Stadt verewigt werden.

Wenn er Anna seine Beweggründe doch nur begreiflich machen könnte. Er fuhr sich mit beiden Händen durchs Haar und atmete tief durch, bevor er sich wieder zu ihr umdrehte. »Ich liebe dich. Aber ich bitte dich, es dir zu überlegen, es wäre wirklich wichtig für mich – für uns.«

Schwerfällig stand sie auf und sah ihn traurig an. »Das muss ich nicht, Leo. Ich weiß, was ich dir schulde. Du kannst das Angebot annehmen. Ich werde die Verträge unterschreiben.« Damit ließ sie ihn in der Küche allein und ging zurück ins Kinderzimmer, wo sie das Strickzeug abgelegt hatte.

Leonhard öffnete das Fenster und atmete die kalte Luft tief ein. Seine Hände lagen auf dem Fensterrahmen und hielten ihn so fest umklammert, dass die Fingerknöchel weiß hervortraten. In die Erleichterung, die er spürte, mischte sich eine Art von Schamgefühl, das ihn fast wahnsinnig machte.

Der Verkauf des kleinen Hauses an der Saalach wurde zügig abgewickelt. Anna erteilte ihrem Mann eine Vollmacht, damit er in ihrem Namen alles Nötige vornehmen konnte. Der Notar wunderte sich wahrscheinlich über die immens hohe Kaufsumme, seine professionelle Diskretion gebot es ihm freilich, sich nichts anmerken zu lassen. Leonhard eröffnete in Annas Namen ein Konto bei der Bank und ließ das Geld darauf anweisen, er wollte keinen Pfennig davon haben. Sie war nun eine wohlhabende Frau. Sein schlechtes Gewissen konnte dieser Umstand nicht zum Schweigen bringen.

34

Der Winter verging, und der Frühling zog ins Land.

Anna hatte nicht erwartet, dass Leo sie ähnlich stark verletzen könnte wie Michael, der sich nie wieder gemeldet und sie im Stich gelassen hatte. Sie war davon ausgegangen, dass die Gefühle für ihren Ehemann zu oberflächlich waren, als dass er ihr wehtun konnte. Sie hatte sich geschworen, ihn nicht in ihr Herz zu lassen. Doch dabei hatte sie gründlich versagt.

Leonhard Achleitner hatte Annas wunde Seele geheilt, ihr ein Kind geschenkt und sie glücklich gemacht. Und nun musste sie erkennen, dass sie für ihn nur als Werkzeug auf seinem Weg an die Spitze der Stadt war. Zum zweiten Mal in ihrem Leben fühlte sie sich verraten und allein gelassen.

Ein Riss entstand in der Beziehung der Eheleute, der sich zu einem Spalt verbreiterte und zu einer Kluft wurde, als Leonhard, wie von Konrad von Feil versprochen, zum Bürgermeister gewählt wurde. Er trat die Nachfolge des verstorbenen Söllner an, und eine seiner ersten Amtshandlungen bestand in der Ehrung des Vorgängers.

Die hochschwangere Anna saß geduldig im Rathaussaal, hörte sich die Reden und Lobhudeleien an und schaute von einem Reichenhaller Bürger zum nächsten, bis sie Katharina Bahlow unter den Gästen entdeckte. Deren Bauch war fast so ausladend wie ihr eigener. Ihre Blicke trafen sich, und Katharina schenkte ihr ein zaghaftes Lächeln.

Du hast zwar einen Geliebten, aber einen, der sich nicht zu eurem Kind bekennt, dachte Anna. Und ich habe einen

Kindsvater, der sich nicht zu mir, hingegen lieber zu einer Stadt bekennt. Wer von uns beiden ist wohl die Ärmere?

»Du solltest nicht mehr allein ausgehen, in deinem Zustand«, sagte Leonhard, als Anna am Nachmittag von einem kurzen Spaziergang nach Hause kam. In den letzten Tagen war er zusehends aufgeregter geworden. »Es kann jeden Moment kommen.«

Er hatte sie unten an der Haustür erwartet und half ihr die Treppenstufen hinauf.

»Unglaublich, wie schnell man außer Atem ist, wenn man so viel zusätzliches Gewicht mit sich herumschleppt«, keuchte Anna. »Ich habe das Gefühl, das neue Leben hat meinen Körper vollends in Besitz genommen und mich in eine kleine Ecke gequetscht, von der aus ich nur noch die wichtigsten Funktionen erfülle, wie essen, alle paar Minuten den Abort besuchen und mich fortbewegen.«

In dem Moment, als sie den Treppenabsatz vor der Wohnungstür erreichten, spürte sie etwas Nasses ihre Beine hinunterlaufen. Angstvoll klammerte sie sich an Leo, weil sie befürchtete, es könnte Blut sein.

Er schien ihre Gedanken zu lesen. »Keine Sorge, Anna, das ist Fruchtwasser. Es ist alles in Ordnung.« Er brachte sie ins Schlafzimmer und kleidete sie aus, dann rief er nach der Haushälterin.

»Es geht los«, sagte er. Die Hektik der letzten Tage war schlagartig von ihm abgefallen, nun strahlte er eine beruhigende Ruhe aus, die sich auf Anna übertrug.

Die Wehen setzten ein, und Mathilde war der Meinung, es wäre an der Zeit, dass Leo die Hebamme holte.

Anna griff nach seiner Hand und hielt sie fest, wollte sie nicht mehr loslassen.

Er beugte sich über sie und strich ihr zärtlich über die Wange. »Möchtest du, dass ich bleibe?«

Sie nickte.

»Gehen Sie, Mathilde.«

Die Haushälterin stand wie angewurzelt im Türstock. »Ich habe noch nie gehört, dass der Vater bei der Geburt dabei ist, das ist Frauensache. Sie wissen doch überhaupt nicht, was zu tun ist.«

»Ich werde Sie nicht behindern, sondern bleibe hier am Kopfende des Bettes stehen und halte Annas Hand.«

Eine weitere Wehe ließ Anna wimmern. »Sputen Sie sich«, stieß sie hervor.

Dabei hatte ihr Sohn keine Eile, auf die Welt zu kommen. Es dauerte den ganzen Abend und einen Gutteil der Nacht, ehe eine vollkommen erschöpfte Anna ihr Kind das erste Mal im Arm halten konnte.

Leo küsste zuerst sie und dann seinen Sohn, über seine Wangen liefen Tränen. Er war ihr die langen Stunden nicht von der Seite gewichen, hatte mit einem feuchten Tuch ihre Stirn betupft, ihre Hand gehalten, ihr Kraft gegeben, wenn sie glaubte, keine mehr zu haben. Der Blick, mit dem er Anna ansah, zeigte ihr seine Liebe. Vielleicht war es doch noch nicht zu spät für sie beide.

»Wie soll er heißen?«, flüsterte er, wie um das Kleine nicht zu erschrecken.

»Was hältst du von Karl?«

»Nach meinem Vater?«

Sie nickte. »Würde ihm das gefallen? Und dir?« Zärtlich sah sie auf das Kind, dann legte sie es Leo in den Arm.

»Karl«, flüsterte er. »Willkommen auf der Welt.«

Die Bauarbeiten am Grandhotel kamen nur langsam voran. Es hatte länger als geplant gedauert, die alten Gebäude abzureißen. Die Grundfläche, auf der das Hotel stehen würde, war gigantisch. Zusätzlich dazu wollte Hofmeister einen eigenen Park anlegen, nur für seine Gäste, sodass sich die Anlage auf einen ganzen Häuserblock erstreckte und dem Ortskern ein neues Gesicht verleihen würde.

»Die Pläne sind in der Tat beeindruckend«, gab Leonhard zu, während er sich mit dem Bauherrn und Konrad von Feil darüberbeugte. Das Verhältnis zu seinem ehemaligen Dienstherrn hatte sich merklich abgekühlt, seit Annas Grundstück verkauft worden war. Leonhard versuchte, sich einzureden, es läge daran, dass er nicht weiter für die Saline tätig war und sie sich einfach nicht mehr so oft sahen, doch das stimmte nicht. Früher hatte er sich Respekt für von Feil abgerungen, manchmal auch Mitleid, wenn er sah, unter welchen Zwängen er stand. Diese Gefühle hatten vor einiger Zeit erste Risse bekommen und sich mittlerweile in eine tiefe Aversion verwandelt. Niemals durfte von Feil erfahren, wie sehr Leonhard ihn verabscheute. Er war auf die Gunst des Salzmeiers angewiesen, auf dessen Verbindungen, Beziehungen und seinen Einfluss. Leonhard selbst war ein junger Emporkömmling, der sich die Achtung der Bürger erst verdienen musste. Alle wussten, dass er von Feils Marionette war, was dieser ihm oft und gerne unter die Nase rieb.

Sie standen auf der Salzburger Straße, der Königliche Kurpark lag nur einen Steinwurf entfernt hinter ihnen, und blickten zwischen dem Bauplan und dem eingeebneten Grundstück hin und her.

Es fiel Leonhard nicht schwer, sich vorzustellen, wie das Ganze später einmal aussehen würde. Das Grandhotel würde das elegante Kurhaus bei Weitem in den Schatten stellen. Mit seinen fünf Stockwerken, den unzähligen Balkons, den Kolonnaden und der breiten Vorfahrt zum säulengetragenen Hauptportal würde es den großen Hotels in Berlin oder Paris in nichts nachstehen. Doch wollte all das erst einmal gebaut werden.

»Warum sind nur so wenige Handwerker hier?«, fragte er.

Hofmeister gab ein verärgertes Schnauben von sich. »Der

Westenried hat sie abgeworben. Angeblich zahlt er besser und braucht sie irgendwo auf einer seiner Baustellen.«

Sie standen in der prallen Sommersonne. Hofmeister nahm seinen Hut ab und fächelte sich Luft damit zu. Neidlos musste Leonhard anerkennen, dass er ein äußerst attraktiver Mann war. Fast alle vorbeispazierenden Damen verrenkten sich die Hälse nach ihm.

»Aber Sie haben doch Verträge mit ihnen abgeschlossen.«

»Anscheinend interessiert das niemanden!«, polterte Hofmeister.

Konrad von Feil, der in seinem neben den beiden Männern stehenden Einspänner saß, zuckte bedauernd mit den Schultern.

Leonhard fasste sich ein Herz und wies Hofmeister auf das hin, was ihm offensichtlich erschien. »Ich möchte Ihnen nicht zu nahe treten, aber haben Sie schon daran gedacht, die Bauaufsicht abzugeben?«

»Warum sollte ich das tun?«

»Weil die Uhren hier in den Bergen anders ticken als in der Großstadt. Niemand wird Sie dafür bewundern, wenn Sie möglichst viel allein machen. Pläne entwerfen, Gewerke aufstellen, alles beaufsichtigen. Die Menschen hier brauchen Arbeit, und sie vertrauen auf andere Leute, die sie kennen.«

»Ich verstehe nicht, was Sie meinen.«

Unruhig rutschte der Salzmeier auf dem Kutschbock hin und her. »Mischen Sie sich nicht ein, Achleitner, der Herr Hofmeister weiß schon, wie er es macht.«

»Nein, lassen Sie den Mann reden.«

»Otto Späth ist ein angesehener Baumeister hier, etwas älter und seit Jahrzehnten im Geschäft«, fuhr Leonhard fort. »Natürlich hat er seine Schreiner, Maurer, Dachdecker und so weiter, mit denen er gerne arbeitet, aber wenn die Leute erfahren, dass er die Bauaufsicht hat, dann kommen sie wenigstens zur Arbeit.«

»Aber ich bin derjenige, der sie bezahlt!«

»Das mag wohl sein. Doch Sie kennen sie nicht und den Otto schon. Wie gesagt, so laufen die Dinge hier bei uns auf dem Land. Sie können es natürlich anders machen, schneller würde es jedoch gehen, wenn sie nach den örtlichen Regeln spielen.«

Hofmeister setzte den Hut wieder auf und stemmte die Hände in die Hüften seines hellen Sommeranzugs. Mit dem Fuß kickte er einen auf der Straße liegenden Stein weg. Er schien zu überlegen.

»Herr Bürgermeister, Sie sind ein schlauer Kopf.«

»Dasselbe hätte ich Ihnen auch sagen können, werter Herr Hofmeister«, warf von Feil ein.

»Haben Sie aber nicht.«

Weil Sie stets allen nach dem Mund reden, die Sie für einflussreich halten, ergänzte Leonhard im Geiste.

»Können Sie mir kurzfristig einen Termin mit diesem Baumeister machen, Herr Achleitner? Und mich zu dem Treffen begleiten. Da sie den Herrn kennen, wäre es sicher von Vorteil, wenn Sie mitkämen.«

»Ich bin ebenfalls mit Otto Späth bekannt.« Dieses Mal schenkte Hofmeister dem Salinenvorstand keine Beachtung mehr. Leonhard würde sich merken, dass der Bauherr ebenso opportunistisch war wie Konrad von Feil und seine Gunst ähnlich wankelmütig verteilte.

»Aber sicher, gerne, Herr Hofmeister.«

»Kommen Sie, ich erkläre Ihnen, wie ich mir die Gartenanlage vorstelle. Auf Wiedersehen, Herr von Feil.«

Nach einem Klaps auf seine Flanke, der symbolisch wohl dem Salzmeier galt, machte das Pferd einen Schritt nach vorn. Die Unterredung war beendet und Leonhard der Günstling der Stunde, dem Hofmeister nun seine Aufmerksamkeit widmete.

Später würde Leonhard in der Saline vorbeischauen, und

seinem ehemaligen Chef erzählen, was weiterhin besprochen wurde. Innerlich empfand er den Verlauf dieses Gesprächs als vorteilhaft, nach außen hin wollte er jedoch nicht den Anschein erwecken, von Feil etwas vorauszuhaben.

Diplomatisches Geschick lag ihm im Blut, und jeden Tag in seinem neuen Amt als Bürgermeister lernte er dazu. Bevor er mit Hofmeister zu Otto Späth ging, würde er sich allein mit ihm treffen und ihm deutlich machen, dass der Baumeister nur durch die Fürsprache des Stadtoberhauptes kurz davor stand, den größten Auftrag seiner beruflichen Laufbahn zu erhalten.

35

»Ich bedaure, Herr Hofmeister, mein Mann ist nicht zu Hause.«

Als Katharina die Stimme ihrer Mutter in der Eingangshalle hörte, kam sie die Treppe herunter.

Es war früh am Morgen, und sämtliche Fenster waren geöffnet, um kühle Luft hereinzulassen, bevor die Hitze des Tages einsetzte. Hier oben auf Schönegg, hinter den dicken Mauern, ließ es sich überhaupt besser aushalten, als unten in den engen Gassen der Stadt.

Ferdinand sah zu ihr hoch, weil er ihre Schritte hörte. Hut und Spazierstock in der Hand haltend, war er in seinem nach der neuesten Mode geschneiderten Leinenanzug aus, ein Bild von einem Mann. Katharinas Herzschlag beschleunigte sich, als ihre Blicke verschmolzen.

»Frau Bahlow, wie schön, Sie anzutreffen. Wie ich gehört habe, darf man gratulieren.«

Hedwig schob sich zwischen sie, mit missbilligend verzogenen Mundwinkeln. »Du sollst doch im Bett bleiben, Katharina. Du bist noch zu schwach, um aufzustehen. Und es geziemt sich nicht, Gäste im Hausmantel zu empfangen.«

»Ich danke Ihnen, Herr Hofmeister. Gestern habe ich meinen Sohn zur Welt gebracht, möchten Sie ihn gerne sehen?«

Er schluckte hart und nickte wortlos, legte Hut und Stock ab und schritt an Hedwig von Feil vorbei die Treppe zu Katharina hinauf. Sie wusste, dass er deswegen gekommen war. Ihre Mutter öffnete den Mund zu einem Protest, klappte ihn aber wieder zu, nachdem sie Katharinas Blick aufgefangen hatte. Was immer ihre Mutter meinte, sagen zu müssen, interessierte sie nicht. Sie würde Ferdinand seinen Sohn zeigen, ihr gemeinsames Kind.

Hedwig von Feil gab sich geschlagen und folgte den beiden nicht. Im Gegenteil, Katharina hörte, wie sie Adele zu sich rief. Wahrscheinlich wollte sie nicht riskieren, dass irgendjemand dieser Begegnung beiwohnte. Immer auf ihren guten Ruf bedacht, so war Mama.

»Wie geht es dir?«, fragte Ferdinand sanft hinter Katharina.

Sie öffnete die Tür zu ihrem Zimmer und bat ihn einzutreten. »Gut. Die Entbindung war weniger schlimm, als ich erwartet hatte, Mama übertreibt gerne. Dein Sohn konnte es nicht erwarten, auf die Welt zu kommen.« Sie nahm seine Hand und führte ihn an den Stubenwagen neben ihrem Bett.

Mit angehaltenem Atem sah Ferdinand hinein. »Er ist wunderschön«, flüsterte er, »wie seine Mutter.«

Katharina spürte einen Kloß der Rührung im Hals. Sie nahm den Säugling heraus und legte ihn in Ferdinands Arme. Der setzte sich damit aufs Bett und strahlte das kleine Wesen mit feuchten Augen glückselig an.

»Wie heißt er?«

»Wolf Ferdinand Konrad.«

»Du bist mutig, Katharina.«

Sie schüttelte den Kopf. »Ferdinand war der Name meines Großvaters, ich habe alle Legitimation der Welt, meinen Sohn nach ihm zu benennen.«

»Das ist gut.«

Der sonst so beredte Ferdinand rang um Worte. Er hielt dem Kind einen Finger hin, und Wolf griff danach. Ferdinand blinzelte eine Träne der Rührung weg.

»Katharina«, begann er, »wie soll es weitergehen? Wie können wir zusammen sein?«

Sie nahm neben ihm Platz, legte einen Arm um seine Schulter und ihre Stirn an die seine. »Ich weiß es nicht.«

»Wir müssen uns von unseren Ehepartnern scheiden lassen. Ich könnte es nicht ertragen, euch beide auf der Straße zu treffen und so tun zu müssen, als wären wir lediglich Bekannte und keine Familie. Ich will, dass wir immer zusammen sind.«

Worte, die sie hören wollte, die in ihr Herz schlüpften und dort verweilen würden. Nichts wollte Katharina mehr, als Ferdinands Frau zu werden.

Wie weit sie davon entfernt war, schien sie deutlicher zu begreifen als er. Friedrich würde nur gegen eine Unsumme in eine Scheidung einwilligen. Geld, das Ferdinand aufbringen müsste. Und wie sie Margot Hofmeister einschätzte, würde die einer Trennung niemals zustimmen, nicht für sämtliche Schätze der Welt.

Darüber wollte Katharina später nachdenken. Dieser kostbare Moment gehörte ihnen dreien. Sie kuschelte sich enger an Ferdinand, und Wolf und wusste, dass es eine Lösung für alles geben musste.

An Mariä Himmelfahrt hatte der kleine Wolf seinen ersten öffentlichen Auftritt in Bad Reichenhall. Seine Mutter und die Großeltern nahmen ihn mit nach St. Zeno zum Gottesdienst, den er brav verschlief. Vorher war er freilich getauft worden, allerdings in der Kapelle von Schönegg, wie es sich für ein Kind aus dem Hause von Feil gehörte und ohne anschließende Feierlichkeiten im Bürgerbräu.

Vor der Kirche kam es dann zur unvermeidlichen Begegnung zwischen Katharina und Margot Hofmeister.

Hedwig von Feil saß bereits in der Kutsche, Katharina wollte ihrem Vater eben den Säugling reichen, um selbst einsteigen zu können, da trat Ferdinands Frau zu ihnen. Es war eine skurrile Situation, Ferdinand stand in einiger Entfernung und sprach mit dem Bürgermeister und Anna, zu weit weg, um seine Gattin daran zu hindern, das Wort an Katharina zu richten.

»Das ist er also, der Stammhalter.« Sie starrte so lange auf Wolf, bis Katharina in die Kutsche gestiegen war und Konrad ihr das Kind hinaufreichte. Man musste es Margot Hofmeister lassen, sie wählte stets die richtige Kleidung für einen grandiosen Auftritt. Während die meisten Leute trotz der Hitze in züchtiger Sonntagskleidung erschienen waren, hatte sie ihr Korsett so eng geschnürt, dass der Busen oben herausquoll und die Knöpfe des hellen Seidenkleides zu sprengen drohte. Alles war hochgeschlossen und kirchlich korrekt, doch derartig gepresst, dass es unzüchtig wirkte. Wie sie atmen konnte, war Katharina schleierhaft. Ihr Lippenrot war eindeutig zu grell für tagsüber, auch das schien beabsichtigt zu sein.

»Er sieht nicht aus wie Herr Bahlow«, sagte sie laut.

Wut stieg in Katharina auf. Wenn sie es unbedingt so haben wollte, dann bitte. »Nein, von meinem Mann hat er überhaupt nichts, Wolf kommt mehr nach mir. Sein Vater ist darüber entzückt.«

Auf Margot Hofmeisters zarten Wangen bildeten sich hektische Flecken. »Ich dachte, ihr Gatte weilt im Ausland. Wie kann er da entzückt sein?«

»Wir stehen in Briefkontakt. Ich habe ihm selbstverständlich ein Bild von Wolf geschickt.«

»Das wird ihm einerlei gewesen sein, vermute ich.«

»Ganz im Gegenteil. Besonders interessant fand er den vollen Namen, Wolf Ferdinand Konrad. Traditionelle Namen in der Familie von Feil, wissen Sie, darauf legen wir Wert.«

Endlich kam Ferdinand und rettete die Situation. Er grüßte freundlich und bat seine Frau dann, ihn hinüber zu den Achleitners zu begleiten, weil man gemeinsam zum Mittagessen gehen wollte.

Katharina entging nicht das Stirnrunzeln ihres Vaters, als er dies hörte, aber sie für ihren Teil war froh, als Gernot mit der Zunge schnalzte, die Pferde sich in Bewegung setzten und sie den bohrenden Blicken der umstehenden Leute entzogen.

»Es wird nicht einfach werden, diese Frau daran zu hindern, ihr Gift zu verspritzen«, merkte Hedwig von Feil an. Interessanterweise hatte sie seit der Geburt von Wolf eine menschliche Wandlung vollzogen. Das Kind brachte seine Großmutter zum Dahinschmelzen. Wenn es sie anlächelte, fiel die Maske der Beherrschung von Hedwig ab, und in ihre Augen trat eine Wärme, die Katharina seit Kindertagen vermisste.

Ihre Mutter schien zu verstehen, dass Ferdinand als Kindsvater weitaus besser war, als Friedrich es je hätte sein können, und hatte ihn augenscheinlich in die Familie aufgenommen. Er durfte jederzeit nach Schönegg kommen, vorzugsweise, wenn der Hausherr zugegen war, um den Schein zu wahren, aber auch, wenn er in der Saline weilte, empfing sie ihn mittlerweile freundlich.

»Ich habe gehört, Herr Hofmeister verlangt die Scheidung von ihr, doch sie willigt nicht ein«, erzählte Katharinas Vater.

Wenn sogar er davon wusste, hieß das, die Gerüchteküche brodelte in Bad Reichenhall.

»Besser ist es, sie nicht zu reizen«, sagte Katharina.

Ihre Mutter hob eine Augenbraue. »Hört, hört.«

»Für Ferdinand ist es wichtig, dass die Bauarbeiten am Hotel endlich Fortschritte machen. Mit dem neuen Bauleiter geht es nun schneller voran. Alles, was er will, ist, das Projekt zu verwirklichen. Dafür braucht er Kraft, die er aus Zeit mit seinen Lieben schöpft. Ich für meinen Teil werde mich mit öffentlichen Auftritten zurückhalten und ihm zeigen, dass er sich auf mich verlassen kann.« Damit war das Thema für Katharina erledigt. Sie lehnte sich in der Kutsche zurück, liebkoste Wolfs Köpfchen und sah hinaus auf die in der Sonne flimmernden Berge.

Zum dritten Mal in diesem Jahr hatten die Bauern das

Gras gemäht. Ein paar Knechte waren dabei, das Heu auf den Klosterwiesen hinter St. Zeno zu wenden, Feiertag hin oder her, und sein aromatischer Geruch drang an Katharinas Nase. Es war der Duft des Sommers, der in seinem Zenit stand und bald in einen hoffentlich goldenen Bergherbst übergehen würde.

Eine Zeit des Glücks brach an für Katharina. Zusammen mit Wolf fuhr sie mehrmals in der Woche nach Salzburg. Sie verlebte kostbare Stunden mit Ferdinand in der Wohnung. Ganz vernarrt war er in seinen Sohn. Sie wagten sogar öffentliche Spaziergänge im Mirabellpark und erkundeten die malerischen Gassen und die Festung. Jedes Mal, wenn die Rückkehr nach Bad Reichenhall bevorstand, fiel ihnen das Abschiednehmen schwerer. Obwohl sie im selben Ort lebten, waren sie dort unendlich weit voneinander entfernt.

Doch es würde eine Lösung für sie geben. Katharina war überzeugt davon, dass das Schicksal es gut mit ihnen meinte. Irgendwann würden sie für immer zusammenbleiben dürfen.

36

Es war erstaunlich, wie viele der wohlhabenden Bad Reichenhaller plötzlich nervös wurden, als im Oktober 1907 die Börsenkurse in Amerika zu schwanken begannen. Tageszeitungen aus München und sogar Frankfurt standen bei den Leuten hoch im Kurs und am Telegrafenamt gaben sich die Herren die Klinke in die Hand, um ihren Händlern an der Börse Aufträge zu erteilen.

Den ganzen Monat über, bis in den November hinein, war es das Hauptgesprächsthema, zumindest bei den vermögenden Herrschaften. Doch auch im Café Flora wurde gemunkelt, wer sich wohl verspekuliert habe und wer noch ungeschoren aus der Talfahrt der New Yorker Börse herauskäme.

»Geschieht ihnen recht«, sagte Frau Uhlig zu Katharinas Mutter und spießte ein Stück Johannisbeerkuchen auf ihre Gabel. »Warum müssen die Leute ihr Geld in Übersee anlegen? Was ist an unserem schönen Europa nicht gut genug? Jetzt sehen sie, was sie davon haben.« Während sie kaute, schlackerten ihre Hängebäckchen, und Katharina wunderte sich, wie jemand, der so mager war, wie Frau Uhlig einen derartigen Hautüberschuss im Gesicht haben konnte. Sie bekam den Eindruck, dass die Dresdnerin bei jedem ihrer Besuche in der Kurstadt faltiger wurde. Und kein Kuchen und keine Torte der Welt schienen ein wenig Fleisch auf ihre Rippen zaubern zu können.

Der einzige Grund, warum Katharina sich dazu bereit erklärt hatte, Wolf zu Hause bei Adele zu lassen und ihre Mutter ins Café Flora zu begleiten, bestand darin, dass sie hoffte, Ferdinand über den Weg zu laufen. Seit einigen Tagen hatte sie nichts von ihm gehört, und langsam machte sie sich Sorgen.

»Wie gefällt es Ihnen in der Villa Quisisana?«, erkundigte sie sich bei Frau Uhlig. »Ist alles zu Ihrer Zufriedenheit?«

Die ältere Dame verdrehte die Augen gen Himmel. »Frau Bahlow, ich sage Ihnen, die Hofmeisters sind auch nicht mehr das, was sie einmal waren. Ich befürchte, der gute Herr Hofmeister hat sich mit diesem Bauvorhaben ein Stück weit übernommen.«

»Wie kommen Sie darauf?« Ein flaues Gefühl breitete sich in Katharinas Bauch aus. Sie schauderte.

»Was ist mit dir, Kind? Frierst du?«, fragte ihre Mutter besorgt. »Es ist wirklich an der Zeit, dass die Geschäftsleitung hier endlich den Windfangvorhang an der Tür montiert. Draußen gießt und stürmt es, und jedes Mal, wenn jemand hereinkommt, bringt er einen kalten Luftzug mit.«

»Alles in Ordnung, Mama«, beruhigte Katharina sie. An Frau Uhlig gewandt, fügte sie hinzu: »Macht Herr Hofmeister einen überarbeiteten Eindruck auf Sie?«

»Das weiß ich nicht. Er hat sich seinen Gästen seit Tagen nicht mehr gezeigt, sitzt nur im Büro und beschäftigt mittlerweile drei Laufburschen damit, ständig zum Telegrafenamt zu rennen.«

Katharina verstand die Vorgänge an der New Yorker Börse nicht. Ihr war nicht klar, weshalb dort eine Panik ausbrach, die zum Jahresende 1907 auch ihre kleine Welt in Bad Reichenhall erschütterte. Aber die Fotografie, die sie in einer Zeitung sah, würde sie nie vergessen. Darauf war eine Menschenmenge zu sehen, die sich auf der Wall Street gebildet hatte. Dunkel gekleidete Männer standen um einige Automobile herum, die in der Masse der Leute nicht mehr vorwärtskamen und wie gestrandete Schiffe wirkten. Zu beiden Seiten der Straße erhoben sich hohe Gebäude aus hellem Stein. Der

Menschenauflauf hatte sich gesammelt wie ein Schwarm, jedes einzelne der ernsten Gesichter blickte in dieselbe Richtung, nach vorn zur Börse. Alle hatten sie Angst, ihr Geld zu verlieren, schrieb der Journalist im zugehörigen Artikel. Es war ein beklemmendes Bild, Katharina konnte sich vorstellen, dass es nicht viel brauchte, um eine ausgewachsene Hysterie unter den Menschen zu erzeugen.

Die Börsenpanik riss trudelnde Banken ins Verderben, ruinierte unzählige Anleger, und auch die amerikanische Staatskasse stand kurz vor dem Bankrott. Da entschloss sich ein Mann namens John Pierpont Morgan einzugreifen. Soweit Katharina es begriff, retteten er und einige andere schwerreiche Investoren die U.S.-Wirtschaft durch eine kräftige Finanzspritze.

Ferdinand Hofmeister konnten sie nicht retten. An dem Tag, an dem über J. P. Morgans Ankauf von Staatsanleihen berichtet wurde, erfuhr Katharina, dass er sich das Leben genommen hatte.

Ihr nachfolgender Zusammenbruch war so beängstigend, dass ihre Eltern sie aus Angst, sie könne sich ebenfalls etwas antun, in ein Sanatorium bringen ließen.

37

»Ich verstehe nicht, warum man sich erschießt, nur weil man kein Geld mehr hat«, sagte Anna zu ihrem Mann, den die Nachricht von Hofmeisters Selbstmord ebenfalls schwer erschütterte. »Wenn es danach ginge, dürfte ich gar nicht hier sitzen.«

Leo stieg zu Anna ins Bett und löschte die Lampe auf dem Nachttisch. Er zog seine Frau in einen Arm, und sie bettete ihren Kopf auf seine Brust.

»Das kann man nicht vergleichen. Wenn man einmal vom Reichtum gekostet hat, ist es für manche Menschen unerträglich, ihn zu verlieren. Geld, Macht, Einfluss, Ansehen … Hofmeister hätte alles verloren. Er hätte sein Grandhotel aufgeben müssen, bevor es überhaupt fertiggestellt war. Die Leute hätten sein Versagen gesehen, dem wollte er sich nicht stellen.«

»Und deshalb hat er einen einfachen und, wie mir scheint, sehr selbstsüchtigen Ausweg gewählt.«

Er drückte einen Kuss auf Annas Stirn. »Du gehst hart mit dem armen Kerl ins Gericht.«

»Was geschieht mit Katharina Bahlow und seinem Sohn?«

Leo holte Luft, um etwas zu sagen, doch Anna ließ ihn nicht zu Wort kommen.

»Wir wissen doch beide, dass der kleine Wolf von ihm ist.«

»Sie wird ihn allein aufziehen müssen.«

»Und wenn sie nicht stark genug dafür ist?«

»Sie wird lernen müssen, es zu sein.«

»Du hast ihn gemocht, nicht wahr?«

»Hofmeister? Ja. Er hatte tolle Pläne, viel Energie, und er

war nicht von hier. Deswegen hat er mich nicht als Emporkömmling gesehen, sondern Wert auf meine Meinung gelegt.«

»Du hast ihn bewundert.«

»Ist das so verwerflich?«

Sie hob den Kopf. In der Dunkelheit konnte sie Leos Gesicht nicht deutlich erkennen, nur das Glitzern seiner Augen, als sein Blick den ihren suchte.

»Nein. Aber du hast dich in ihm getäuscht. Er war nicht etwas Besseres als du, Leo. Du hast ein Dach über dem Kopf, das dir gehört, und weißt, dass dein Kind sicher in seinem Bettchen schläft und immer in deiner Nähe ist. Das ist viel mehr, als er jemals erreicht hat.«

Er zog sie an sich und küsste sie.

»Was wird nun aus meinem Grundstück?«, murmelte Anna. »Hofmeister hat nichts damit gemacht, es ist noch alles, wie es war.«

»Das kommt darauf an, wer seinen Besitz aufkauft. Es wird eine Preisschlacht geben, und ich vermute, dass August Westenried und Konrad von Feil sich nichts schenken werden. Der Gewinner bekommt auch das Sacherl.«

Anna legte ihren Kopf wieder auf Leos Brust. Sie lauschte seinem Herzschlag, seinem Atem und glaubte, er wäre eingeschlafen, als er leise sagte: »Es tut mir leid, dass du dein Grundstück wegen mir verloren hast.«

»Ich weiß«, antwortete sie, aber verzeihen würde sie ihm nicht.

*

Margot Hofmeister reagierte überraschend geschwind. Innerhalb weniger Wochen warf sie alles auf den Markt, was ihr Mann besaß, inklusive der Villa Quisisana und der Wohnung in Salzburg.

Konrad von Feil erschien in Leonhards Büro im Rathaus und teilte ihm mit, was er von ihm erwartete.

»Die kleinen Brocken kann sich meinetwegen schnappen, wer will. Lassen wir dem Westenried die Villa Quisisana, ich weiß aus sicherer Quelle, dass er sie haben möchte. Aber das Grandhotel bekommt er nicht.«

»Darf ich Sie erinnern, dass es noch nicht einmal steht? Es handelt sich um eine Baustelle, die weiterer substanzieller Investitionen bedarf, bis daraus ein Hotel wird.«

»Eben. Das kann sich hier niemand leisten.«

»Ich verstehe nicht, was Sie meinen.«

»Sie als Bürgermeister werden dem Gemeindeausschuss vorschlagen, dass wir eine Investorengruppe bilden, damit das beste Haus am Platz ein für alle Mal in der Hand von Reichenhallern bleibt. Es dürfte nicht allzu schwer sein, gemeinsam die nötigen Mittel aufzubringen.«

»So. Werde ich das? Dann wird es sich aber nicht vermeiden lassen, dem Westenried auch ein Stück vom Kuchen abzugeben.«

»Über die Aufteilung der Anteile reden wir später. Es gilt, rasch zu handeln, bevor uns jemand zuvorkommt. Soviel ich weiß, will Frau Hofmeister die Stadt so schnell wie möglich verlassen und vorher alles zu Geld machen. Ich zähle auf Sie, Achleitner, bilden sie eine Investorengruppe.«

Nachdem von Feil gegangen war, stand Leonhard von seinem Schreibtisch auf, trat ans Fenster und sah hinunter auf den Rathausplatz, über den der Salzmeier zackigen Schrittes davon marschierte. Er gab gern Anweisungen. In diesem Fall war es sicherlich die einzig richtige Lösung, Margot Hofmeister die Baustelle abzukaufen. Doch musste von Feil ihn noch immer wie seinen Handlanger behandeln?

Leonhards Blick fiel auf den neuen Wittelsbacherbrunnen in der Mitte des Platzes. Er erinnerte sich an seine feierliche Enthüllung vor zwei Jahren. Persönlich fand er das achteckige

Becken mit der Säule, den Löwen, Wappen und einer Statue der Bavaria nicht besonders gelungen. Es gab zweifellos schönere Brunnen. Auch die eingemeißelte Inschrift *Dem glorreichen Hause Wittelsbach – die treue Stadt Bad Reichenhall* entlockte ihm lediglich ein Augenrollen. Doch der Brunnen stand für eine Aussage. Bad Reichenhall war nicht irgendeine Stadt. Es war Königliches Staatsbad, dem Hause Wittelsbach eng verbunden. Immerhin hatte man den Aufstieg auch dem Prinzregenten zu verdanken.

Der Bau eines Grandhotels in Bürgerhand würde Leonhards Ruf als Bürgermeister für immer über den seiner Vorgänger hinausheben. Vielleicht würde man einmal einen Platz nach ihm benennen. Oder einen Brunnen.

Er nickte sich selbst aufmunternd zu und ging hinaus ins Vorzimmer. »Berufen Sie umgehend eine außerordentliche Sitzung des Gemeindeausschusses ein«, wies er seinen Sekretär an.

Die anberaumte Besprechung sprengte alle zeitlichen Rahmen. Es brauchte mehrere Unterbrechungen und dauerte tagelang, bis man sich schließlich einig war, wie viel man der Witwe Hofmeister für ihre Baustelle bieten wollte.

Konrad von Feil und Leonhard Achleitner machten sich am Freitag vor dem ersten Advent eilig auf den Weg zur Villa Quisisana, wo Margot Hofmeister bis zu ihrer Abreise noch residierte. Der Nebelmonat machte seinem Namen alle Ehre. Weiße Dunstfetzen zogen aus den Auwäldern in Richtung der Stadt. Draußen auf den Klosterfeldern standen undurchsichtige Schwaden, von den umliegenden Bergen war nichts zu sehen.

Das Geräusch von Leonhards Schritten auf der Treppe zum Eingang der Villa wurde von der dichten Luft nahezu verschluckt. Ein feuchter Film hatte sich auf seiner Kleidung gebildet. Er war froh, ins Warme zu gelangen, fühlte sich klamm und nervös. Margot Hofmeister empfing sie im Büro ihres Mannes, genau dort, wo er sich erschossen hatte. Unauffällig blickte Leonhard sich um, doch sämtliche Spuren waren natürlich beseitigt worden. Dennoch fand er es unpassend, dass sie hier Geschäfte machen wollte. Als hätte sie nie etwas anderes getan, saß die Witwe hinter dem Schreibtisch. Sie trug ein Trauerkleid aus schwarzem Seidentaft, keinerlei Schmuck und hatte ihre hellen Locken streng hochgesteckt. Ein untypisch schlichter Auftritt.

»Guten Tag, meine Herren.« Sie erhob sich und schüttelte ihre Hände wie ein Mann. »Nehmen Sie bitte Platz.« Konrad von Feil und Leonhard setzten sich auf zwei Stühle mit hohen Lehnen vor dem Schreibtisch.

»Was kann ich für Sie tun?«

Der Salzmeier ergriff das Wort, obwohl es eigentlich Sache des Bürgermeisters gewesen wäre, in Belangen der Stadt zu sprechen. An Margot Hofmeisters irritiert hochgezogenen Brauen merkte Leonhard, dass auch sie das unpassend fand.

»Sie wollen mir also ein Angebot für Grundstück und Baustelle des Grandhotels sowie eines kleinen Flurstücks mit Häuschen an der Saalach machen?«, fasste sie zusammen.

Mit gewinnendem Lächeln nickte von Feil und zog einen Zettel aus der Brusttasche seines Jacketts, den er auf den Schreibtisch legte und ihr zuschob.

»Darauf haben die Bürger der Stadt Reichenhall ihr Angebot notiert.«

Sie griff nach dem Stück Papier, faltete es auseinander und las die Summe. Bedächtig steckte sie es sodann in eine Schublade, stützte die Ellenbogen auf den Tisch und sah vom einen zum anderen.

»Ist das ein endgültiges Angebot?«

»Betrachten Sie es als Verhandlungsbasis«, ergriff Leonhard das Wort. »Was hätten Sie sich denn vorgestellt?«

Nun nahm sie ein Blatt Papier aus derselben Schublade,

griff nach einem Füllfederhalter und notierte etwas darauf. Dann faltete sie es. Konrad von Feil wollte es nehmen, aber sie reichte es ausdrücklich Leonhard.

In dem Moment, als sein Blick darauf fiel, überkam ihn eine dunkle Gewissheit. Sie kämpften auf verlorenem Posten. Margot Hofmeister trieb ein Spiel mit ihnen, dem sie nichts entgegenzusetzen hatten. Wortlos gab er von Feil den Zettel.

»Ein Strich?«, fragte der Salzmeier verständnislos. »Warum steht hier ein Strich?«

»Weil ich nicht an Sie verkaufen werde.«

»Werte Frau Hofmeister, Sie sind es den Bürgern dieser Stadt schuldig, Ihnen ihr Eigentum zurückzugeben. Wir bieten Ihnen einen guten Preis.«

Sie verzog die Lippen zu einem dünnen Lächeln. »Ich bin diesem Kuhdorf und seinen Hinterwäldlern gar nichts schuldig. Wissen Sie eigentlich, dass ich nie wegwollte aus Berlin? ‚Aber die Luft ist so gut in den Bergen', sagte mein Mann. ‚Wir werden ein viel besseres Leben dort haben, mehr Zeit für uns. Wir könnten eine Familie gründen.'« Der Blick, mit dem sie Konrad von Feil bedachte, war voller Hass. »Das hat er dann ja auch gemacht, eine Familie gegründet. Allerdings nicht mit mir. Für wie dumm halten Sie mich eigentlich, Herr von Feil? Glauben Sie allen Ernstes, ich mache Geschäfte mit dem Vater der Frau, die mir meinen Mann gestohlen hat? Mit einem eitlen Fatzke, der sich als Stadtvater sieht und meint, die Geschicke in seinem ach so wundervollen Bad Reichenhall lenken zu können?« Langsam erhob sie sich. Leonhard ebenso, weil es die Höflichkeit gebot, doch von Feil blieb wie erstarrt sitzen. »Sie kommen zu spät, meine Herren. Die Baustelle des Grandhotels, das Grundstück sowie ein Stück Land mit Häuschen an der Saalach sind bereits verkauft.«

»An wen?«, keuchte von Feil.

»An einen Investor, stellen Sie sich vor, aus dem Ausland.« Sie stützte die Hände auf den Tisch und beugte sich vor. »Eigentlich wollte ich gestern schon abreisen, aber extra Ihretwegen bin ich noch geblieben, Herr von Feil. Ihren Gesichtsausdruck, wenn ich Ihnen das sage, wollte ich mir nicht entgehen lassen.«

»Sie haben zu lange gebraucht«, stieß Konrad von Feil hervor, als sie die Villa verlassen hatten. Der Nebel war mittlerweile so dicht, dass man kaum die Hand vor Augen sehen konnte. »Der Gemeindeausschuss, diese endlosen Diskussionen, wer wie viele Anteile bekommen würde, das hat zu lange gedauert!« Aufgeregt lief er vor Leonhard her, Hut und Schal in der Hand, den Mantel offen. Die Kälte schien er nicht zu spüren.

Leonhard griff nach seinem Arm und zwang ihn stehenzubleiben. »Verstehen Sie denn nicht? Sie hätte niemals an uns verkauft. Wegen Ihnen. Egal, wann wir ihr ein Angebot gemacht hätten, nicht für alles Geld der Welt.«

»Das kann nicht sein!« Er riss sich los.

»Sehen Sie es ein. Bei Frau Hofmeister handelt es sich um eine verschmähte Frau, dagegen sind wir machtlos.«

Damit ließ Leonhard den Salinenmeister im Nebel stehen und ging in die entgegengesetzte Richtung davon. Er war es leid, Teil seiner taktischen Spielchen zu sein.

Morgen früh würde er im Gemeindeausschuss verkünden, dass ihr Angebot abgelehnt worden war. Das Grandhotel würde von einem Ausländer gebaut werden und dennoch Geld in die Stadtkasse spülen. Und er, Leonhard Achleitner, seines Zeichens Bürgermeister, würde endlich lernen müssen, sich von Konrad von Feil freizuschwimmen.

Sobald er herausgefunden hatte, wer der Investor war, würde er Annas Grundstück zurückkaufen. Er wusste, sie hatte ihm nicht vergeben, doch wenn ihr Elternhaus wieder in ihrem Besitz war, musste sie ihm verzeihen. Und ihn ebenso lieben, wie er sie liebte.

Bad Reichenhall,
Königlich Bayerisches Staatsbad
1911

38

Die Fertigstellung des Grandhotels dauerte bis zum Sommer 1911. An der Salzburger Straße war ein wahrhaft prächtiges Gebäude entstanden, das die ursprünglichen Pläne in den Schatten stellte. Der neue Besitzer, die Dawson Company, hatte einen renommierten Architekten geschickt, der den Bau zusammen mit Otto Späth und seinen Arbeitern vorangetrieben hatte. Timothy Hubermann war der Sohn einer Deutschen und eines Kanadiers und hatte den Vorteil, dass er nicht nur sein Handwerk verstand, sondern auch der Landessprache mächtig war. Es hätte schneller gehen können, aber die Stadt Bad Reichenhall hatte sich nicht kulant gezeigt, sondern auf der Einhaltung aller erdenklichen Baubestimmungen bestanden, was die Sache unnötig in die Länge gezogen hatte.

Möglicherweise hätte sich Leonhard kooperativer verhalten, doch die Dawson Company lehnte jedes seiner Kaufangebote für das Häuschen am Fluss ab, und die Bauverzögerungen waren seine Retourkutsche dafür.

Aber im Juni 1911 war es schließlich so weit. Die feierliche Eröffnung stand bevor. Herr Hubermann würde ein paar Worte sprechen, dann der Bürgermeister, gefolgt vom Besitzer der Dawson Company und dem Stadtpfarrer, bevor es Freibier und zwei Ochsen am Spieß für Arbeiter und Bevölkerung gab. Die Kurkapelle würde das Ganze musikalisch untermalen.

Anna trug an diesem Tag ein neues Sommerkleid aus cremeweißem Stoff, das unter der Brust mit einem grünen Band geschnürt war und auf dem Saum gedruckte Blüten im selben Grün hatte. Es war luftig, die Ärmel reichten lediglich bis zu den Ellenbogen und sie fühlte sich darin nicht nur wohl, sondern sogar hübsch.

Verantwortlich dafür war Leo, der ihr das Kleid hatte anfertigen lassen und dessen bewundernde Blicke sie erröten ließen. Ihr Haar hatte Anna nur locker hochgesteckt, wie es der neuen Mode entsprach. Karl durfte sie zu der Veranstaltung begleiten, er sollte den Papa reden hören, und überhaupt war die Eröffnung des Grandhotels ein Ereignis, das auch die Kleinsten miterleben wollten. Vor allem, weil man im dazugehörigen Park ein Karussell aufgebaut hatte und ein paar Buden mit süßen Leckereien. Der Säugling war zu einem hübschen kleinen Jungen herangewachsen, mit hellblondem Haar und den blauen Augen seiner Mutter. Das Grübchen am Kinn hatte er von Leo geerbt. An Annas Hand marschierte er in kurzer Hose und gebügeltem Hemd die Poststraße entlang. Leo empfing sie am Rathausplatz, und gemeinsam gingen sie hinüber zum Grandhotel. Schon von Weitem hörten sie die Musik spielen. Der Haupteingang des Hotels war mit einer breiten Schleife verschlossen, die der Bauherr später durchschneiden sollte. Davor stand ein etwas erhöhtes Podest, auf dem die Reden gehalten wurden. Für die Honoratioren waren Stühle aufgestellt worden, dahinter fand sich das normale Publikum ein.

»Wir haben Plätze in der ersten Reihe«, sagte Leo.

Mittlerweile standen die Menschen dicht gedrängt, die Sonne schien von einem weiß-blauen Himmel, und Anna nahm Karl auf den Arm, damit er sich in der Masse nicht unwohl fühlte. Sie folgte ihrem Mann bis ganz nach vorn und setzte sich neben ihn. Als er aufstand, um seine Rede zu halten, war sie stolz auf ihn.

Gut sah er aus, in seinem Anzug. Und als er ihr über das Podest hinweg schelmisch zuzwinkerte, machte Annas Herz einen Sprung. »Schau, Karli«, flüsterte sie ihrem Sohn ins

Ohr, »da vorn ist der Papa. Jetzt hören wir schön zu, was er erzählt, und hinterher gehe ich mit dir zum Karussell.«

Anna wusste, dass dies ein wichtiger Moment für ihren Mann war. Kürzlich war Leo als Bürgermeister wiedergewählt worden, ohne Konrad von Feils Zutun, ein erster Schritt auf seinem Weg, sich von dessen Einfluss zu befreien. Sie ließ ihren Blick über die Fassade des Hotels schweifen. Es sah prächtig aus, sehr geschmackvoll. Gut genug selbst für die vornehmsten Gäste.

Im ersten Stock bewegte sich ein Vorhang. Stand dort jemand? Der zu ihr heraussah? Karl forderte ihre Aufmerksamkeit, und Anna wandte den Blick ab.

Sie drückte Leos Hand, als er geendet hatte und unter dem Applaus der Leute wieder neben ihnen Platz nahm.

»Gut gemacht«, flüsterte sie ihm zu.

»Bist du stolz auf mich?«, fragte er.

Sie blickte ihm tief in die Augen. »Stolz und glücklich. Ich liebe dich, Leo.«

Warum hatte sie bis zu diesem Moment gewartet, um es ihm zu sagen? In der Öffentlichkeit, wo er sie weder küssen noch herzen konnte, weil es sich nicht schickte. Er sog hörbar die Luft ein und griff nach ihrer Hand, hauchte einen Kuss darauf und zupfte dann Karl zum Scherz an der Nase.

Er hatte sich verändert in den letzten Jahren. Anna beschloss, ihm nicht länger nachzutragen, dass er das kleine Haus verkauft hatte. Er hatte endlos Abbitte dafür geleistet. Dieser Verkauf war der Grund gewesen, warum sie ihm nicht schon früher die Wahrheit gesagt hatte. Dass sie ihn liebte. Nun, da es ausgesprochen war, kam sie sich töricht vor, als hätte sie mit ihrem Starrsinn wertvolle Zeit vergeudet.

Um auf andere Gedanken zu kommen, schaute sie nach links und rechts, auf der Suche nach den von Feils. Sie saßen nur ein paar Plätze weiter, allerdings ohne Katharina. Zwischen Konrad und Hedwig von Feil sah sie den kleinen Wolf.

Artig saß er auf einem eigenen Stuhl, nicht wie Karl auf dem Schoß.

Aus dem Seiteneingang des Hotels trat der nächste Sprecher, der Besitzer der Dawson Company. Er trug einen eleganten Anzug mit breitkrempigem Hut, den er abnahm, als er ans Rednerpult trat.

Anna erkannte ihn sofort. Unsichtbare Finger griffen nach ihrem Hals, drückten ihr die Luft ab, bis sie nicht mehr atmen konnte. Einige Leute aus dem Publikum stießen ein ungläubiges Raunen aus, und Leo ließ ihre Hand los, als hätte er sich daran verbrannt.

»Bürger und Bürgerinnen von Bad Reichenhall. Ich freue mich über die Maßen, heute hier zu sein. Mein Name ist Michael Schwarzenberg, ich bin Eigentümer der Dawson Company und eröffne hiermit feierlich das Grandhotel Schwarzenberg.«

Mit einem Schlag waren die Erinnerungen zurück. Der Tag, an dem er sie auf dem Markt angesprochen hatte. Sein jungenhaftes Lächeln, die Wildheit in seinen Zügen. Seine Stimme, die es stets vermocht hatte, einen Schauer der Erregung über Annas Haut zu schicken. Seine Hände, seine Küsse, sein Versprechen, sie zu heiraten, das er gebrochen und sie verraten hatte.

Endlich konnte Anna wieder atmen, sog die Luft tief in ihre Lungen. In diesem Moment blickte er sie direkt an.

Er sah verändert aus, älter, reifer und doch noch immer wild. Seine Haut war so dunkel gebräunt, dass seine Augen hell im Gesicht strahlten. Der Blick darin war feindselig, er glitt von ihr, zu Karl und weiter zu Leo.

Rasch griff Anna nach dem Silbermedaillon in ihrer Tasche.

Michael Schwarzenberg war zurück. Er war zu Geld gekommen, wie er es angekündigt hatte, und verlangte nun, Teil der Reichenhaller Gesellschaft zu sein. Warum? Was wollte er hier?

In Anna brachen alte Wunden wieder auf, sie fühlte sich zurückversetzt in eine Zeit, in der sie allein und verletzlich gewesen war. Und dann kam ihr ein Gedanke, der beunruhigender war als alles andere.

Wenn Michael Schwarzenberg das Grandhotel gekauft hatte, gehörte ihm auch das Häuschen an der Saalach, Annas Elternhaus.

Als er vom Podest stieg und sich anschickte, die Schleife vor dem Hoteleingang zu durchschneiden, sah er erneut zu Anna hin. Dieses Mal, das fühlte sie, lag in ihrem Blick keine Überraschung mehr, sondern dieselbe Feindseligkeit wie in seinem.

Die Achleitners blieben so lange, wie es der gute Ton erforderte. Bevor der neue Besitzer des Grandhotels seine Runde drehte, um mit den Leuten zu sprechen, gingen sie davon.

Für Karl fiel an diesem Nachmittag das Karussellfahren aus. Stattdessen durfte er daheim zu Tante Mathilde hinaufgehen, was er bereitwillig tat.

Sobald sie allein waren, knöpfte Leonhard seinen Kragen auf und warf die Krawatte auf einen Sessel, gefolgt von seinem Jackett.

Anna trat ans Fester. »Hast du das gewusst?«, fragte sie tonlos. »Hast du gewusst, dass Michael die Dawson Company ist?« Sie stand unbewegt mit dem Rücken zu ihm da und starrte hinaus auf die Berge, ohne den vertrauten Anblick wirklich wahrzunehmen. Alles in ihr war in Aufruhr.

»Natürlich nicht. Aber das erklärt einiges.«

Sie drehte sich zu ihm um. »Wie meinst du das?«

Leo lief unablässig im Raum auf und ab. »Ich habe ihm mehrfach angeboten, dein Grundstück zurückzukaufen. Am

Ende habe ich ihm mehr geboten, als Hofmeister dir gezahlt hat. Aber die Dawson Company lehnte alles rundheraus ab.«

Sie stellte sich ihm in den Weg. »Du wolltest das Sacherl zurückkaufen? Warum hast du mir das nie erzählt?«

»Weil ich es nicht geschafft habe.«

Um ihn am Weitergehen zu hindern, nahm sie sein Gesicht in ihre Hände und zwang ihn, sie anzusehen. »Aber du hast es versucht, Leo, das ist es, was für mich zählt. Kennst du mich denn noch immer nicht?«

Er trat einen Schritt zurück, löste sich aus ihrem Griff. »Nein, Anna. Anscheinend nicht. Daher frage ich dich – was wird nun geschehen, wo er wieder hier ist, was bedeutet das für uns?«

Statt einer Antwort schloss sie die Distanz zwischen ihnen und verschloss seine Lippen mit einem innigen Kuss.

ENDE

Glossar

Ausgezogene/Auszogne: Typisch bayerisch-österreichisches Hefegebäck. Die runden Küchlein werden so auseinandergezogen, dass in der Mitte eine sehr dünne Stelle entsteht, während der Rand wulstig dick bleibt, bevor sie in Fett schwimmend ausgebacken werden. Sie wurden meist freitags gebacken – und dann jeweils ganze Berge davon, die über die Woche verteilt von der gesamten Familie gegessen wurden, oft mit gestockter Milch. Samstags und sonntags schmeckte das Backwerk noch saftig frisch, im Lauf der Woche wurde es immer trockener, doch es hielt sich gut und war kostengünstig in der Herstellung. Mehr als Hefeteig und Schweineschmalz brauchte es nicht.

Brunsviga: Die Brunsviga ist eine mechanische Rechenmaschine der Firma Grimme, Natalis & Co. aus Braunschweig. Man konnte damit Grundrechenarten erledigen, daneben auch Lohnberechnungen, Zinsrechnungen und Kalkulationen anstellen, und der Hersteller warb mit der großen Zeitersparnis durch das Gerät.

Burg Schönegg: Der Name der Burg ist Fiktion. Inspiriert ist das Zuhause der von Feils von der Burg Gruttenstein, die über der Alten Saline und Bad Reichenhall thront. Die kleine Burg schaut seit über 800 Jahren auf die Stadt hinunter und befindet sich heute in Privatbesitz. Mehrmals im Jahr finden im Burghof Veranstaltungen und Märkte statt.

Café Flora: In der Bahnhofstraße in Bad Reichenhall gab es dazumal tatsächlich ein Café Flora, das von den Kurgästen gerne besucht wurde. Das Haus sah so aus wie im Roman beschrieben und beherbergte neben dem Café auch eine gleichnamige Pension. Therese Bauer, Hertha und Peppi sind Fiktion.

Eisschrank: Der Eisschrank war der Vorläufer des Kühlschranks. Vom Ende des 19. Jahrhunderts bis in die 1950er-Jahre stand er in den Haushalten, bis er vom Kühlschrank verdrängt wurde. Die Kühlung erfolgte mit Stangeneis, das in dicht abschließenden Behältern aufbewahrt wurde, damit es von den Lebensmitteln getrennt war. Schmelzwasser wurde durch einen an der Vorderseite der Schränke befindlichen Hahn abgelassen.

Fuchs (hier): Eine Verklausung, also ein Stau und eine Verkeilung des Holzes während der Trift, wurde Fuchs genannt. Dieser musste umgehend aufgelöst werden. Die Trifter versuchten, mit langen Holzstangen, an deren Enden sich metallene Haken und Spitzen befanden, die Stämme zu entwirren. Dabei mussten sie teilweise tief ins Wasser waten oder auf rutschigen Felsen und Steinen über dem Gebirgsbach balancieren. Ein Fehltritt bedeutete den sicheren Tod.

Gradierhaus: Das Gradierhaus im Kurpark von Bad Reichenhall war ursprünglich ein Überbleibsel der alten Gradierwerke, industriellen Anlagen zur Salzgewinnung. Die Sole wird über viele Meter lange, hohe Wände aus Reisigbündeln geleitet, das Wasser verdunstet, und das Salz konzentriert sich. Das alte Gradierwerk aus dem 18. Jahrhundert wurde ab Mitte des 19. Jahrhunderts von den Kurgästen in Bad Reichenhall als Freiluftinhalatorium genutzt. 1872 wurde die Anlage mit hölzernen Wandelgängen in Gelb und Weiß umbaut, auf denen die Menschen unter Dach an den Gradierwänden entlangflanieren konnten, um die salzhaltige Luft einzuatmen. 1910 baute man ein richtiges Gradierhaus, das nicht mehr an den industriellen Vorgänger erinnerte, sondern allein den Kurgästen diente.

Grandhotel: In Bad Reichenhall gibt es ein Grandhotel, das als Inspiration für das fiktive Grandhotel in diesem Roman diente. An seiner Stelle stand früher das Landschlösschen Achselmannstein, das während des großen Stadtbrandes von 1843 zerstört wurde. Danach wurde an seiner Stelle das erste Kurhotel der Stadt errichtet: die Sole- und Molkenkuranstalt Achselmannstein.

HMS Dreadnought: Die HMS Dreadnought, zu Deutsch »Fürchtenichts«, war das erste moderne Schlachtschiff des 20. Jahrhunderts der britischen Marine und stellte die Weichen für das Wettrüsten zwischen England und Deutschland.

Klause: Eine Klause war eine Absperrung in einem Bachlauf. Vor dem Durchlasstor staute sich das Wasser, dahinter lag das geschlagene und gestapelte Holz. Zur Zeit der Schneeschmelze wurden im Hauptbach und den Nebenbächen die Tore eingerissen, sodass sich die Wassermassen mit großer Wucht einen Weg bahnten und das Holz mit sich in Richtung des Flusses rissen, auf dem es weiter transportiert wurde.

Kropfband: Seit über zweihundert Jahren gehört das Kropfband zur bayerischen und österreichischen Tracht. Bei der schlichtesten Variante handelt es sich um ein breites Samtband mit oder ohne Verzierungen. Aufwendig gestaltet und kostspielig sind Kropfbänder aus Gold oder Silber. In der Gegend um Salzburg gab es aufgrund von Jodmangel seit Jahrhunderten sogenannte Kropfbildungen durch vergrößerte Schilddrüsen. Bei besonderen Anlässen bedeckten die Frauen entweder die Kröpfe oder die Narben am Hals nach deren Entfernung mit den Kropfbändern.

Lichtmess: Mariä Lichtmess ist der 2. Februar, der Beginn des Bauernjahres und ein wichtiger Tag. Zumindest war er das lange Zeit. An Lichtmess wurden Dienstverhältnisse beendet oder für ein weiteres Jahr erneuert, es war der Zahltag, an dem Knechte und Mägde ihren Lohn erhielten.

Muckbachklause/Muckklause: Die Muckbachklause liegt bei Unken im Salzburger Saalachtal. Jahrhundertelang wurde in den Wäldern um Unken Holz für die Salinen in Bad Reichenhall geschlagen. Zur Zeit, in der die Romanhandlung spielt, wurde das im Winter geschlagene Holz mittels der sogenannten Trift über Wasserwege von Österreich nach Bayern transportiert, und zwar im Frühjahr während der Schneeschmelze. Die Muckbachklause war ein Durchlasstor für das Holz und eine große Gefahrenstelle.

Muskazin-Torte: In der Zeit um 1900 war die Muskazin-Torte recht beliebt, vor allem in der k. u. k. Donaumonarchie. Ursprünglich stammte die Torte – ein flacher, in einer Springform gebackener Kuchen – wahrscheinlich aus Slowenien. Zwischen zwei Teigschichten befindet sich Ribiselmarmelade, also rote Johannisbeermarmelade. Die Torte schmeckt saftig nach Zimt, Mandeln, Nelken und Zitrone.

Noriker: Noriker, auch Pinzgauer, waren die typischen Arbeitspferde in Österreich und Bayern. Zu der Zeit, in der die Handlung spielt, wurden sie zum Beispiel für den Lastentransport, die Heuernte und die Holzarbeit eingesetzt. Für das »Holzrücken« oder »Holzfian« nutzte man gerne die winterlichen Verhältnisse im Wald, um Muskelkraft zu sparen, da sich die schweren Stämme auf einer Schneedecke leichter bewegen und aufladen ließen. Die Arbeit war kräftezehrend und gefährlich.

Prinzregent Luitpold von Bayern: Weil die Bayernkönige Ludwig II. und Otto I. geisteskrank waren, musste ein Verwandter die Staatsgeschäfte führen. Luitpold war der Onkel der beiden und hatte als Prinzregent von 1886 an die Zügel im Königreich Bayern in der Hand, bis er 1912 starb. In Reichenhall war er ein gern gesehener Gast und verfügte 1890, dass die Stadt den Zusatz Bad führen durfte, bevor neun Jahre später die Erhebung zum Königlichen Staatsbad kam.

Rechenanlage: In Bad Reichenhall gab es mehrere davon. Dabei handelte es sich um Anlagen zur Regelung des Wasserdurchflusses, zum Beispiel Schiebervorrichtungen. Ähnlich wie ein Wehr. Während der Holztrift konnte das Wasser der Saalach abgebremst werden, um die Hozldrehlinge, die kurzen Stämme, einfacher und gefahrloser aus dem Fluss zu ziehen. Der Logistik wegen befanden sich die Rechenanlagen möglichst in Salinennähe. Zumeist wurden die Stämme zum Trocknen in Ufernähe gestapelt.

Reformkleid: Frauenrechtlerinnen, Intellektuelle und Anhänger der sogenannten Lebensreform-Bewegung ab Ende des 19. Jahrhunderts propagierten eine Kleidung, die die Frauen freier atmen ließ und ihnen mehr Bewegungsfreiheit verschaffte. Das sogenannte Reformkleid kam ohne Korsett aus und hatte eine drastische Veränderung der Silhouette seiner Trägerin zur Folge. Der Adel und die höhere Gesellschaft hielten noch längere Zeit an der alten Mode fest. Erst als das Reformkleid bis in die Haute Couture vordrang und Pariser Modeschöpfer es in ihre Kollektionen aufnahmen, wurde es allmählich von den herrschaftlichen Damen akzeptiert.

Reichenhaller Grenzbote: Ende 1840 gründete der Ottobeurer Max Zugschwerdt die erste Zeitung in Reichenhall, die er *Reichenhaller Wochenblatt* nannte und die am 2. Januar 1841 erstmals erschien. Später benannte er sie um in *Der Bayerische Gebirgsbote* und in *Der Grenzbote*. Ernst zu nehmende Konkurrenz gab es erst ab 1895 mit dem *Reichenhaller Badeblatt*, aber der *Reichenhaller Grenzbote* hielt sich bis Ende 1954.

Sacherl: Ein Sacherl ist im bayerischen Sprachgebrauch ein kleines landwirtschaftliches Anwesen. Kein Bauernhof, viel kleiner, zumeist nur ein Häuschen mit angeschlossenem Stall, Gemüse- und Obstgarten und wenig Grundbesitz.

Salome-Skandal: Die Oper *Salome* schrieb Richard Strauss nach einer Vorlage von Oscar Wilde. Es geht und Mord, Sex und Wahnsinn. Die Uraufführung im Dezember 1905 in Leipzig sorgte für einen gesellschaftlichen Skandal, denn von der gezeigten Verderbtheit bei Hofe fühlte sich damals mancher Höfling persönlich auf den Schlips getreten.

Sans-Ventre-Linie: *Sans ventre* ist französisch und bedeutet »ohne Bauch«. So wurde die klassische s-förmige Silhouette bezeichnet, welche die Damen der Jahrhundertwende zur Schau trugen. Durch ein Korsett wurde der Bauch vollkommen flach, der Po nach hinten und die Brust nach vorn gedrückt. Daraus ergab sich eine unnatürliche Körperhaltung.

Stadtbrand: Der letzte große Brand brach in der Nacht vom 8. November 1834 in einem der Sudhäuser aus. Obwohl sämtliche Glocken Sturm läuteten und die Feuerwehr schnellstmöglich ausrückte, konnte der Brand nicht mehr eingedämmt werden. Vom Wind angefacht griffen die Flammen rasch auf umliegende Holzgebäude über und wüteten bis in die frühen Morgenstunden des 9. Novembers. Von den etwa dreihundert

Häusern der Stadt blieben nur vierundzwanzig verschont, es starben elf Menschen und etwa 175 Tiere.

Tageslänge: In Bayern gibt es eine alte Bauernregel zur Veränderung der Tageslänge im Winter, die auch heute noch weithin bekannt ist: Der Tag wird länger an Stephani (26. Dezember) um einen Fliegenschritt, an Neujahr um einen Hahnentritt, an Dreikönig (6. Januar) um einen Hirschensprung und an Lichtmess (2. Februar) um eine ganze Stunde. Dabei rechnet man vom Tag der Wintersonnwende am 21. Dezember aus. In Bayern und Österreich sind diese Angaben sehr korrekt, in anderen Teilen Deutschlands, zum Beispiel in Bremen oder Hamburg, beträgt die Zunahme der Tageslänge vom 21. Dezember bis zum 2. Februar deutlich mehr als eine Stunde. Also ist anzunehmen, dass diese Bauernregel ihren Ursprung tatsächlich in Süddeutschland hat.

Trift/Trifter/Triften: Triften nannte man das gesteuerte Schwemmen von Holzstämmen talabwärts durch Bachläufe. Aufgrund der Gefährlichkeit dieser Arbeit und der zahlreichen Todesfälle, durften nur unverheiratete junge Männer Trifter werden.

Villa Quisisana: Die Villa Quisisana in der Baderstraße im Ortsteil St. Zeno gab es wirklich. Ihr Besitzer Ferdinand Hofmeister ist Fiktion. Eigentlich gehörte das Haus einem Herrn Franz Hofmann. *Quisisana* ist italienisch und bedeutet sinngemäß: »Hier wird man gesund«. Das berühmteste, 1845 eröffnete Hotel Quisisana steht auf Capri und diente bei vielen anderen Namensgebungen von Kur- und Gasthäusern als Vorbild.

Zimmerherr: Der etwas veraltete Begriff bezeichnet das, was man heute einen Untermieter nennt, jemanden, der bei einer Privatperson ein möbliertes Zimmer mietet.

Nachwort und Dank

Jedes Buch bedeutet für seinen Autor etwas Besonderes. Dieser Roman ist für mich persönlich etwas GANZ Besonderes, denn er spielt quasi in meiner Heimat. Während der Arbeit daran habe ich gelernt, sie mit anderen Augen zu betrachten, nicht nur, wie sie jetzt aussieht, sondern wie sie damals war, in der Zeit um 1905.

Im ersten Teil dieser dreiteiligen Familiensaga durfte ich Charaktere entwickeln, die mich noch länger begleiten werden, daher sind sie mir sehr ans Herz gewachsen.

Bei meiner Recherche konnte ich auf viel in meiner Familie Überliefertes zurückgreifen, auf Traditionen und Alltagsabläufe. Deswegen danke ich von Herzen meinen Eltern, dass sie mich zeitlebens an diese »alten Sachen« herangeführt haben und mich gelehrt haben, unsere Traditionen wertzuschätzen. Danke, Mama und Papa, dass ich euch während des Schreibens jederzeit fragen konnte, und dass ihr stets ein offenes Ohr habt.

Auch bei Aufenthalten in Bad Reichenhall war mein bewährter Recherche-Buddy, meine Mutter, wieder mit mir im Einsatz. Vielen Dank dafür.

Meinem Mann und meinen Kindern danke ich für ihre Geduld. Eure Unterstützung bedeutet mir alles.

Herzlichen Dank an meine Agentin Alisha Bionda von der Agentur Ashera für die Vermittlung dieses Projekts. Damit hast du mir viel Freude bereitet.

Vielen Dank an Anne Pias von be-ebooks, dass sie mich auch bei diesem Projekt wieder von der Idee zum Buch begleitet hat und mit Herzblut an seiner Entstehung beteiligt war.

Ich bedanke mich von Herzen bei meiner Lektorin Dr. Ulrike Brandt-Schwarze sowie beim Korrektorat und bei allen, die an der Entstehung dieses Romans beteiligt waren.

Nicht zuletzt danke ich den Lesern, die dieser Geschichte ihre Zeit schenken und mir erlauben, sie mit auf einen Ausflug in die Vergangenheit zu nehmen. Ich hoffe, wir treffen uns bei Annas Schritten in ihre spannende Zukunft wieder.

Leseprobe

Sophie Oliver

Grandhotel Schwarzenberg

Rückkehr nach Bad Reichenhall

Das alte Reichenhaller Lied

Kennst du nicht das Tal, am Fuß vom Untersberg,
wo um den Kaiser wacht der kluge, treue Zwerg.
Von Bergen umkränzt, durchflossen von der Saal,
da liegt das schöne alte Reichenhall.

Wo jene Quell entspringt, die weit das Land ernährt,
die reichen Segen bringt und jeder Bayer ehrt.
Der ihren Namen dankt, die Stadt in jenem Tal,
da liegt das schöne alte Reichenhall.

Wo freundlich niederglänzt, von Staufens höchste Wand
ein Kreuz aus Eisen steht, gepflanzt von kühner Hand.
Als wollt aus lichten Höh‘n, es rufen in das Tal:
Da liegt das schöne alte Reichenhall.

Wo Alt und Jung so gern stets frohe Lieder singt,
wo leicht die Gämse springt und laut die Zither klingt.
Wo scharf die Büchse knallt, im grünen Saalachtal,
da liegt das schöne alte Reichenhall.

Melodie: Carl Hünn (1831–1906); Text: Franz Wisbacher (1849–1912)

Die handelnden Figuren

Anna Achleitner, später Schwarzenberg, geb. Gmeiner
Leonhard Achleitner, Bürgermeister
Karl Achleitner, ihr Sohn
Mathilde Mandling, Haushälterin

Michael Schwarzenberg, Hotelier
Franziska Schwarzenberg, seine Tochter
Mathias Schwarzenberg, sein Sohn

Stanley Meyers, Geschäftsführer des Grandhotels

Konrad von Feil, Salinenmeister
Hedwig von Feil, seine Frau
Katharina Bahlow, seine Tochter
Wolf Bahlow, ihr Sohn
Adele Gärtner, Hausmädchen
Albrecht, Hausdiener

Thomas Fischer, Rittmeister
Augustine Fischer, seine Frau

Hertha Zuck, Mitarbeiterin im Café Flora
Therese Bauer, Küchenchefin im Café Flora

Luis Zuegg, Ingenieur
Eberhard Eichinger, Sekretär des Bürgermeisters

Bad Reichenhall,
Königlich Bayerisches Staatsbad
1911

1

Seit der feierlichen Eröffnung des Grandhotels Schwarzenberg vor einer Woche befand sich Anna in einer Art Schockstarre. Michael Schwarzenberg, ihre erste Liebe, ihre große Liebe, der Mann, der ihr das Herz gebrochen hatte, war mit einem Paukenschlag nach Bad Reichenhall zurückgekehrt. Fünf lange Jahre, nachdem sie sich unter Tränen am Bahnhof voneinander verabschiedet hatten. Er hatte sein Glück in Amerika machen wollen, was ihm offensichtlich gelungen war. Der mittellose ehemalige Salzarbeiter war nun der Besitzer der Dawson Company und durfte sich zudem Hotelier nennen. Darüber hatte er wohl die arme Häuslerstochter Anna Gmeiner vergessen, der er daheim die Ehe versprochen hatte.

Zwei Briefe kurz nach seiner Überfahrt waren alles gewesen, das Anna erreicht hatte, danach hatte sie keinerlei Lebenszeichen mehr von ihm erhalten. Sie hätte ihn auch ohne einen Pfennig genommen, so verliebt war sie gewesen, aber ihr Vater hatte den Standpunkt vertreten, Michael könne keine Familie ernähren und die Einwilligung zur Ehe verweigert. Anna, damals noch nicht volljährig, musste sich fügen. Ein Jahr wollte Michael wegbleiben, es zu etwas bringen, und dann zu ihr zurückkehren. Stattdessen hatte die Ferne ihn verschlungen, in eine bittersüße Erinnerung verwandelt, die in Anna die ewige Frage aufwarf, was hätte sein können.

Und nun prangte sein Name in goldenen Lettern an der Fassade des palastartigen Gebäudes, das einen gesamten Häuserblock im Zentrum Bad Reichenhalls einnahm. *Grandhotel Schwarzenberg.* Ein Haus, das auch in Berlin oder Paris aufgefallen wäre. Vier luxuriös ausgestattete Stockwerke mit Zimmern und Suiten, Gourmetrestaurant, Ballsaal und einer weitläufigen Terrasse, die den hauseigenen Park überschaute.

Eine Woche lang hatte sich Anna zu Hause in der Schachtstraße verschanzt. Ebenfalls mitten im Ort, doch glücklicherweise nicht in Sichtweite des Hotels. Warum war er zurückgekommen? Auch aus der Ferne hätte er sich gewiss sein können, dass er ihr Herz gebrochen hatte. Wann war er so grausam geworden, dass er das Bedürfnis verspürte, sie durch seine Anwesenheit zu quälen? Musste er alte Wunden wieder aufreißen, indem er in eine Stadt zurückkehrte, die ihm niemals eine Heimat gewesen war?

Ebenso wenig wie Michaels Beweggründe verstand Anna den hasserfüllten Blick, den er ihr bei der Einweihung seines Grandhotels zugeworfen hatte. Weshalb waren die tiefen Gefühle, die er damals für sie empfunden hatte, in offenkundige Abneigung umgeschlagen? Obwohl sie keine Antworten auf ihre Fragen finden würde, kreisten Annas Gedanken um nichts anderes.

»Es ist in Ordnung, wenn du Mathilde zum Einkaufen auf den Markt schickst oder raus an die frische Luft mit Karli, aber heute ist Sonntag, und wir werden gemeinsam in die Kirche gehen«, bestimmte Leo, Annas Mann. »Du kannst dich nicht ewig hier drin verstecken«, setzte er mit sanfter Stimme hinzu.

Er trat neben Anna, die am Fenster des Schlafzimmers stand, hinausblickte und doch nichts sah. Ohne Vorwarnung war sie erneut mit den Ereignissen konfrontiert worden, die Michaels Weggang nach sich gezogen hatte. Leid, Tod und Unglück, Dinge, die sie vergessen wollte. Dies gelang ihr mittlerweile zumeist, jedoch nicht immer. In manchen dunklen Nächten erwachte sie aus quälenden Albträumen, und dann waren es Leos starke Arme und seine liebevoll tröstenden Worte, die Anna wieder beruhigten.

Mit einem leisen Seufzen drehte sie sich zu ihm und lehnte

sich gegen seine Brust. Er würde sie beschützen, vor allem, was da kommen mochte. Das hatte er stets getan, seit dem Tag, als er in Annas kleines Häuschen gekommen war und sich als ihr zukünftiger Ehemann vorgestellt hatte. Er war der Vater ihres Sohnes, der Mann, der sie liebte und der ihr ein Leben in Sicherheit schenkte. Alles, was Michael hätte werden sollen, war Leo geworden.

Anna schlüpfte in ein leichtes, fliederfarbenes Kleid nach der neuesten Mode, das ihr Gatte für sie beim Schneider nach Maß hatte anfertigen lassen. Es wurde unter der Büste durch ein schmales Band hübsch betont und umspielte locker ihre schlanke Figur. Auf das hochgesteckte honigblonde Haar setzte sie einen wagenradgroßen Hut, um ihr Gesicht zu verbergen, sobald sie den Kopf neigte. Sie befürchtete, dass sich das heute als hilfreich erweisen könnte. Viele Bad Reichenhaller erinnerten sich daran, dass Anna Achleitner, geborene Gmeiner, mit Michael Schwarzenberg verlobt gewesen war, und die fleißigen Kirchgänger und Tabernakelwanzen würden ihr beim Gottesdienst neugierige Blicke zuwerfen. Immerhin war Anna mittlerweile als Bürgermeistergattin eine Person von öffentlichem Interesse.

Der vierjährige Karl trug einen sommerlichen Matrosenanzug und sah mit seinen blonden Locken und den fröhlich dreinblickenden hellen Augen entzückend aus. Seine Gegenwart gab Anna stets Kraft. Sie empfand eine tiefe Liebe zu ihrem Kind, die sie in manchen Momenten schier überwältigte. Diese Liebe war anders als die zu Leo, anders, als es die großen Gefühle für Michael gewesen waren – sie war wie eine Naturgewalt unverrückbar in Annas Seele verankert. Ohne zu zögern, würde sie ihr Leben für das ihres Sohnes geben. Mutter zu sein, hatte ihre Seelenwunden geheilt.

Auf dem kurzen Weg zur Ägidikirche, vorbei an Läden und Cafés, wurden sie allenthalben von den Leuten gegrüßt. Leonhard Achleitner war in zweiter Amtszeit Bürgermeister, beliebt bei den Bad Reichenhallern und mit seiner jungen Familie geradezu ein Aushängeschild für den Ort.

Anna hielt Karl an der rechten Hand und hatte sich mit der Linken bei ihrem Mann untergehakt.

»Er wird nicht da sein«, versicherte sie sich mehr selbst als Leo. »Michael war noch nie ein Freund der Kirche.« Ebenso wenig wie ich, setzte sie in Gedanken dazu.

Er antwortete nicht, aber sie sah, dass er die Lippen zusammenpresste. Kurz drückte er ihre Hand. In den vergangenen Jahren hatte Anna erfahren, dass Leo kein Mann vieler Worte war. Nach außen hin wirkte er oftmals beherrscht und emotionslos, aber das war er nicht. Innere Konflikte trug er lieber mit sich selbst aus, ohne sie mit ihr zu teilen. Anfangs hatte sie darunter gelitten und sich ausgeschlossen gefühlt. Doch im Laufe der Zeit hatten sie voneinander gelernt. Immer öfter ließ er sie an seinen Gedanken teilhaben, und sie verübelte es ihm nicht, wenn er einmal nicht gleich über etwas reden mochte. Dieser Kirchgang, bei dem alle Welt mit Argusaugen beobachtete, wie die Achleitners auf die Rückkehr von Michael Schwarzenberg reagierten und ob es Spannungen zwischen ihnen gab, musste auch für Leo schwierig sein.

Im Kirchenschiff nahmen sie ihre Plätze ein, Anna auf der Frauenseite. Karl hatte darauf bestanden, wie ein großer Junge bei seinem Vater auf der Männerseite zu sitzen. Anna ließ ihren Blick schweifen und stellte erleichtert fest, dass Michael, wie sie erwartet hatte, nicht anwesend war. Aufatmend senkte sie den Kopf. Gleich wird der Pfarrer durch die Sakristei eintreten, dachte sie, als das Knarzen des bereits geschlossenen Portals einen Nachzügler ankündigte. Das leise Gemurmel verstummte gänzlich, und zahlreiche Augenpaare verfolgten Michael Schwarzenberg, wie er durch den Mittelgang schritt. Bereitwillig rückten ein paar Herren zusammen, sodass er sich schräg vor Anna am Rand einer Reihe auf die Bank setzen konnte.

Mit zitternden Fingern schlug sie das Gesangbuch auf. Beim ersten Lied versagte ihr die Stimme. Sie musste darum kämpfen, ihre Atmung unter Kontrolle zu bekommen. Was hatte sie sich nur gedacht? Ihm auf ewig aus dem Weg gehen zu können? In einer kleinen Stadt wie dieser? Sie hatte sich nichts vorzuwerfen, brauchte sich weder vor ihm zu verstecken, noch war sie ihm Rechenschaft schuldig. Entschlossen straffte Anna die Schultern und schaute starr zum Altar, ohne ein Wort von der Predigt mitzubekommen.

Kurz nach dem Vaterunser konnte sie nicht mehr dagegen ankämpfen. Wie magisch angezogen wanderte ihr Blick zu Michael hinüber. Langsam zählte sie die rot-weißen Marmorrauten des Mittelgangs, ihre Augen glitten über die gedrechselte Lehne der Kirchenbank, die seinen Rücken stützte. Sie beobachtete, wie die Schultern sich im gleichmäßigen Rhythmus seines Atems leicht hoben und senkten. Von hinten sah er aus wie früher, nur dass sein Anzug maßgeschneidert und das wilde braune Haar gebändigt war.

Als könnte Michael sie spüren, drehte er sich um und sah Anna direkt an. Sein Gesicht war schmaler geworden, erwachsener, doch wirkte es noch immer jungenhaft. Fünfundzwanzig Jahre musste er inzwischen alt sein, knapp zwei Jahre älter als sie. Mit Wehmut betrachtete sie die markant geschwungene Form seiner Lippen und die besondere Mischung aus grauen und blauen Farbwirbeln in den Augen, in denen sie sich oft verloren hatte.

Die Leute standen auf, weil der Pfarrer am Altar die Wandlung vollzog, und rasch wandte Anna den Kopf ab. Dabei fing sie Leos Blick auf, der sie beobachtete.

Als der Gottesdienst vorüber war, blieben die Kirchgänger wie üblich noch für ein Schwätzchen auf dem Ägidiplatz stehen, bevor sie heim oder zum Essen in eines der nahe gelegenen Wirtshäuser gingen. Am liebsten wär Anna einfach verschwunden, aber das war unmöglich. Bekannte schüttelten dem Bürgermeister die Hand, wechselten ein paar Worte mit ihm.

»Grüß Gott, Anna.« Beim Klang von Michaels dunkler, ein wenig rauer Stimme zuckte sie zusammen. Sie hoffte, ihn nicht per Handschlag begrüßen zu müssen, sonst würde er merken, dass ihre Finger trotz des Sommerwetters eiskalt waren. Glücklicherweise hielt er seinen Hut fest und begrüßte auch Leo mit einem Nicken und einem »Grüß Gott, Herr Achleitner«. Bei ihrer letzten Begegnung war Leo Michaels Vorgesetzter in der Saline gewesen, der Bürovorsteher, der ihm die Chance auf beruflichen Aufstieg gewährt hatte.

»Grüß Gott, Michael«, sagte Anna. »Geht es dir gut?« Gern hätte sie ihn ganz andere Dinge gefragt, keine Nichtigkeiten.

Als Antwort neigte er lediglich den Kopf ein wenig, während er ihr weiter in die Augen sah, dann beugte er sich unvermittelt nach unten und strich Karl mit der Hand durchs Blondhaar. »Wer bist du denn? Dich kenne ich noch nicht.«

»Ich heiße Karli und du?«

»Michael.«

»Kannst du angeln?«, fragte das Kind unbedarft und setzte gleich hinzu: »Ich geh gern fischen, meistens mit der Mama.«

Michael lächelte. »Das ist ja ein Zufall, ich angle auch sehr gern.«

»Sollen wir dich mal mitnehmen? Mama kennt eine Stelle bei der Hirschenmühle, da beißen die Forellen immer.« Karl strahlte Michael an. Der nickte und murmelte etwas Unverständliches. Als er sich wieder aufrichtete, entdeckte Anna zu ihrer Überraschung so etwas wie Rührung in seinem Blick. Er setzte den Hut auf, tippte mit zwei Fingern an dessen Krempe und verabschiedete sich knapp.

»Ist das ein Freund von dir?«, fragte der Junge seine Mutter im Weitergehen.

»Ich habe ihn vor langer Zeit gekannt, bevor er aus Bad Reichenhall weggezogen ist.«

Leo schnappte sich seinen Sohn und setzte ihn sich auf die Schultern, worauf Karl einen kleinen Jubelschrei ausstieß. »Jetzt ist Schluss mit der Fragerei. Mathilde wartet daheim mit dem Essen.«

»Galopp!«, rief das Kind entzückt.

»Na gut, dann muss das Pferdchen schneller laufen, damit der Braten und die Knödel nicht kalt werden.«

Während die beiden flugs die Ludwigstraße hinaufrannten, ging Anna langsam hinterher. Beklemmung breitete sich in ihrem Inneren aus, die Angst, dass sich alles verändern könnte. Es fühlte sich an, als schwebe sie im Zentrum eines Strudels und würde hinabgesaugt in Tiefen, aus denen sie aus eigener Kraft nicht wieder aufzutauchen vermochte.

[…]